決定版

「ハリー・ポッター」が英語で楽しく読める本

コスモピア

はじめに

本書は、2003年7月に「ハリー・ポッター」シリーズの第1巻にあたる*Harry Potter and the Philosopher's Stone*から第4巻*Harry Potter and the Goblet of Fire*までの内容をもとに刊行された『「ハリー・ポッター」が英語で楽しく読める本』、そして2004年に第5巻*Harry Potter and the Order of the Phoenix*の内容を加えて増補改訂された『増補改訂版「ハリー・ポッター」が英語で楽しく読める本』をもとに編纂されたものです。増補改訂版からちょうど20年後にあたる2024年、あらたに、第6巻*Harry Potter and the Half-Blood Prince*と第7巻*Harry Potter and the Deathly Hallows*の内容を加えた本書を「決定版」として刊行することにいたしました。

以下は、「増補改訂版」刊行時における本書の著者、クリストファー・ベルトンさんの手による「はじめに」の文章になります。（コスモピア編集部）

初版刊行後、大変多くの方にご愛読いただき、「ハリー・ポッター」を原書で読んでみたい、もっと深く知りたいという方の多さを、あらためて実感しました。そこで、Vol.1～Vol.4の内容に基づいていた初版を増補改訂するかたちで、初版刊行後に発表されたVol.5の情報を加えました。新たな登場人物や事物、語彙はもちろん、初版にも掲載されていた重要人物や事物についてVol.5で新たに明らかになった点も、適宜、書き加えています。

◆「名付けの魔術師」J. K. ローリング

「ハリー・ポッター」シリーズは、世界中のいたるところで、子どもから大人まであらゆる年齢にわたる人々の心をとらえました。なぜみんなが夢中になって読んでいるのか、理由を分析しようとしても、これが主原因だと断定できるものはまだありません。

ある人々は、みんなが子どものときに心に描いた夢、しかし、年をとるとともに忘れ去ってしまった夢が、「ハリー・ポッター」シリーズによってよみがえり、心の中にこだまするからと言います。

またある人々は、「ハリー・ポッター」シリーズの成功は、人類が文字を発明し文学が誕生してからというもの、ずっと物語の伝統としてあった善と悪の闘いという古典的図式を再生したことにあると言います

さらに、物語が私たちを過去の時代——現代よりも輪郭がはっきりし

て、通りで襲われる心配とか、携帯電話代を払うお金を心配する必要のない時代——に連れていき、現代人の内的衝動を満足させるからだと言う人もいます。

いずれも部分的には事実であり、なかでも、最後の説がいちばん大きな要素であるかもしれません。ある意味において、Muggle（人間）世界を前進させたすばらしい世界、しかし逆の意味では、電気やボールペン、携帯電話などの利便性とは無縁の後退した世界を、J. K. Rowlingが創造したのは確かです。

しかしながら、「ハリー・ポッター」シリーズの圧倒的な人気をめぐる国際的規模の議論で見落とされているように思える要因があります。それは、J. K. Rowlingが、このとてつもない長編物語のどんな細かいことにも細心かつ的確に意を注いで書いていること、そして、大変なその著述作業を楽しみながらやることができるという彼女のセンスです。

たとえば、Hedwig、Hogwarts、Hogsmeade、Hagrid、Hengist、Hippogriffsなど、ひとつの単語の中にHとGの両方を用いて作った名称がたくさん現れます。魔法・魔術の迷信が多かった中世のイギリスでは、人や場所の名前にHとGの両方を使うのが一般的でした。Rowlingはこの連環に目をつけ、「ハリー・ポッター」シリーズの登場人物や場面に、中世的な古い昔のイメージをきわだたせたいとき、この定式を使用して巧妙に命名しています。また、有名な神話や伝承からさりげなく引用したり、しゃれたことば遊びを用いたりして、場面をおもしろく盛り上げています。

そうした作者の意図は、翻訳できるものも、できないものもあります。英語のオリジナルで「ハリー・ポッター」シリーズを読んで作者の巧みなことばづかいに直接ふれられれば、どんなに楽しいことでしょう。本書のようなガイダンスがあれば、そういう個所を見つけて楽しめるのです。

◆「ハリー・ポッター」は楽しく英語を学ぶ最高の素材

本書を読むあなたの目的は英語力を向上させることであるかもしれません。英語の学習はけっしてたやすいことではなく、かんたんに習得できるような近道はありません。しかしながら、楽しく英語学習を進める方法はあります

「ハリー・ポッター」シリーズのようなおもしろい本をオリジナルの英語で読むのは、最高に楽しい学習になるでしょう。

本書は、題名のとおり、英語を母国語としない日本人が、英語の「ハリー・ポッター」シリーズの原書を読めるようにしたいと企画したものです。英語で書かれた「ハリー・ポッター」シリーズのおもしろさを伝え、本書の読者が英語力の増強をはかりながら、各巻の終わりまで楽しく読みとおし、大きな達成感と満足を得られるように願って書きました。

読みたいと思って原書を手にした人は、いくつかのハードルに気づかれたでしょう。ひとつは､膨大ともいえる物語の長さです。もうひとつは、イギリスの文化・歴史に基づいたテーマの多さです。イギリスやヨーロッパ以外の文化圏の人にはわからないことばや名称がたくさん出てきます。逆にみれば､「ハリー・ポッター」シリーズを原書で読んでいくと、イギリスとヨーロッパの人々の世界にどんどん入りこんでいけるということでもあります。

◆本書の構成と特徴

シリーズを通して、理解が難しいと思われる部分を指摘して解説し、語彙を解説して英語力を高めると同時に、物語をあらゆる面から楽しめるようにするのが本書の意図するところです。この目的から、本書を次のふたつの大きな要素に分けました。

PART 1は､「ハリー・ポッター」シリーズを原書で最後まで読み通すうえで必要な基礎的な英語の知識・情報です。

熟語・慣用句や文法の諸相を解説して、できるだけたやすく原書を通読していくための参考図書の役割を果たします。

この増補改訂版を執筆する時点までに刊行された第1巻から第5巻までの語彙を分析して、ひんぱんに用いられている動詞・形容詞・副詞を取り上げて解説します。さらに、英語を母国語としない読者にとってはわかりにくいと思われる構文も抽出して解説しました。

たとえば､「ハリー・ポッター」シリーズの特徴である、簡潔かつ変化に富んだ文章に大きく貢献している「said代行動詞｣、つまりadmitted、roared、hissed、groanedなどの動詞や、said crisply、said happily、said gloomily、said excitedlyなどsaidについた副詞は、話している登場人物の感情や態度を描写する、重要なことばです。 それらをリストアップして解説し、さらに怒り、困惑、喜びなど情緒的内容に分類しています。

また、英語にも、お国言葉やべらんめえ調などのしゃべり方があって、脇役たちが効果的に使っていて物語をおもしろくしていますが、その特徴的な口調も、日本の読者にはわかりにくいものなので、あわせて解説しました。

これらは「ハリー・ポッター」シリーズだけでなく、ほかの英語の文章を読む上でも役に立つことと思います。

PART 2は、物語の裏にある情報です。

イギリス人の読者なら、そこからさまざまな情報を引き出して「ハリー・ポッター」シリーズをより深く楽しく読み込んでいる、そんなイギリスの文化的アイテムを広範にとりあげました。

「ハリー・ポッター」シリーズには、イギリスやヨーロッパの社会生活や神話・伝承がたくさん登場します。英語を母国語とする人々にはあたりまえのことだけれども、そうでない人々にとっては混乱のもとになるかもしれないという事柄を解説しました。
また、主なfun-factorとなっているフレーズや用語も抽出して、物語がよりおもしろく読める情報も解説しました。それらは、英語に入ったラテン語やギリシア語、フランス語などの元の意味を利用していることが多いので、英語ボキャブラリの増強にも貢献するはずです。

「ハリー・ポッター」シリーズは、「活字離れ」をしていた人たちを読書に向かわせる、かつてないすばらしい本になりました。今度は、このシリーズを翻訳で読んだ人に英語でオリジナルの本を読んでみようとする、最高のチャンスを提供しているのです。
いろいろ書きましたが、申し上げたいことは、'Enjoy!'——「楽しんで読んでください」ということです。
この本を手にされたひとりでも多くの方が、「ハリー・ポッター」シリーズを通して、原書を読み通す喜びを自分のものとされることを祈ります。

2004年 梅雨の季節をまえに　クリストファー・ベルトン
Christopher Belton

著者のクリストファー・ベルトンさんは、2023年の年明けから体調を崩されていたため、本書のために追加したVol.6とVol.7の内容については、『「ハリー・ポッター」Vol.6が英語で楽しく読める本』『「ハリー・ポッター」Vol.7が英語で楽しく読める本』をもとに、ベルトンさんの了解を得て、翻訳した渡辺が加筆しました。ベルトンさんはこの「決定版」の出版を楽しみにしておられましたが、1年半近い闘病ののち、今年5月に逝去されました。完成した本書を手にとっていただけなかったことはたいへん残念です。
ご冥福をお祈りするとともに、長年にわたり私たち日本の読者に「ハリー・ポッター」シリーズの魅力とおもしろさを伝えてくださったことを、ベルトンさんに深く感謝したいと思います。

2024年 梅雨の季節をまえに
渡辺　順子

CONTENTS

はじめに ………………………………………………………………………………………… 2

PART 1「ハリー・ポッター」英語の基礎知識

★ボキャブラリ　ひんぱんに出てくる単語とイディオム ………………………… 12

規則的に現れる語句のうち、教科書で習った意味とはズレていたり、理解が混乱しがちな英語のポイントをおさえよう

1. 違いを知りたい「ハリー・ポッター」シリーズの頻出単語
   spell / bewitch / charm / curse / enchantment / hex / incantation / jinx **16**
   street / road / drive / alley **18**
   脚の動作 jump / leap / spring / bound **20**
   手の動作 grab /grasp / clutch / grip **22**／laugh / giggle / chuckle **23**
2. 意味を取り違えそうなまぎらわしい単語
   jumper / dormitory / cupboard / blimey **24**
   stand / bet / manage **27**
   reckon / dunno **29**
   bound **30**
3. 会話のフレーズに慣れよう
   love / lover / lovely **32**
   Dear me! / any idea / any ideas / be done for / What on earth...? **34**
   nut / nuts / nutty / nutter / nutcase **40**

★地の文　「ハリー・ポッター」英語の文章作法 ………………………………… 42

物語の背景や人物の動き、場面の状況などが書かれているのが地の文だ。この地の文に特徴的に現れる語彙と文章パターンを知っておけば理解が確実に深まる

地の文のルールと特徴 **43**
比喩のパターン like **47**
as **49**
so **51**

★キャラクター 登場人物たちの見かけと個性 ………………………………… **54**

キャラクターの性格を映し出すために、念入りに選ばれた形容詞・動詞・名詞・副詞を見ていこう

Harry Potter **55**／Hermione Granger **56**／Ron Weasley **57**
Ginny Weasley **58**／Rebeus Hagrid **59**／Albus Dumbledore **60**
Minerva McGonagall **61**／Severus Snape **62**／Voldemort **63**
Sirius Black **64**／Draco Malfoy **65**／Dudley Dursley **66**
Vernon Dursley **67**／Petunia Dursley **67**／Cornelius Fudge **68**
Crabbe & Goyle **69**／Dobby **70**／Arabella Figg **71**
Mundungus Fletcher **72**／Kreacher **73**／Dolores Umbridge **73**
Horace Slughorn **74**／Luna Lovegood **75**／Nymphadora Tonks **76**
動物たち［Cats **78**／Dogs **79**／Rats **80**／Owls **80**／Snakes **81**］

★セリフを読む隠し技 「said代行動詞」と仲間たち ………………………**84**

セリフの面白さでは群を抜く「ハリー・ポッター」シリーズの主な登場人物が話すときのスタイルとよく使う語句を紹介

「said代行動詞」 **90**
動詞＋副詞 **103**
動詞＋前置詞／副詞 **116**
キャラクターそれぞれのしゃべり方 **122**

★なまり しゃべり口調や方言 ……………………………………………………… **152**

いくら辞書を引いても出てこない、ハグリッドなどのなまりのある英語を読んでしまうテクニックと解読リスト

Rebeus Hagrid イギリス南西部の人がしゃべることばとアメリカ英語 **153**
Stan, Ernie and Mundungus ロンドンっ子のユニークななまり **161**
Beauxbatons Academy フランス語なまり **165**
Viktor Krum (Durmstrang) ゲルマン語系のなまり **168**
House-Elves: Dobby and Winky 赤ちゃん英語と極端な敬語 **170**

PART 2 「ハリー・ポッター」が生きる世界

★ホグワーツ・マニュアル
Hogwarts School of Witchcraft and Wizardry **174**

イギリスのパブリック・スクールのシステムを色濃く反映するホグワーツ魔法魔術学校の世界。学寮制度、監督生制度などを知れば、ハリーのホグワーツでの学校生活が、ぐっと身近なものになる

Hogwartsの教室と文具 **181**
Hogwartsの学寮 **182**
Hogwartsで学ぶ魔法魔術の教科 **184**
Hogwartsのスポーツ活動 Quidditch **187**
Hogwartsボキャブラリ **190**

★名付けの魔術 Rowlingは天才的名付け親 **194**

Dumbledore、Malfoyと名前を聞くだけで、キャラクターのイメージを喚起させるものがあるという、キャラクターの性格を端的に表現する、J.K.ローリングの名付けの魔術を解読する

チョイ役の名には実在した魔法使いたち **210**

★魔法の小道具 魔法使いたちのための魔法用品 **216**

Mirror of Erised（みぞの鏡）、Pensieve（ペンシーブ）など、重要な役回りとなることばの由来は？

INDEX **289**
電子版の使い方 **317**

★舞台　魔法の世界の地名事典 …… **230**

物語の背景にある情報や謎解きのヒントを秘めて付けられた地名や校名、店名などの英語を解析

★魔法生物たち　マグルおよび魔法使い以外の生き物たち …… **244**

次々に登場する不思議な生き物たちは、実際にいたといわれる生き物と、童話や伝説、古代の神話や聖書に登場する有名な生き物を交配させて作られたもの。名前の秘密を解き明かせば、不思議な生き物たちの秘密がわかる

★呪文　呪いとまじない —— ことばの魔術 …… **262**

J.K.ローリングの豊かな想像力がいかんなく発揮されている呪文。私たちのイマジネーションを刺激する呪文の正体とは？

魔法と呪文を意味する語の分類 **263**
「ハリー・ポッター」シリーズ 呪文のことば小辞典 **266**

★甘い食べ物　魔法界のおかしなお菓子 …… **278**

昔からあるお菓子、新しく作られたお菓子、ひたすら気味悪いお菓子の数々

「ハリー・ポッター」Vol.1～7の語彙徹底分析 298
Vol. 1～Vol. 7 会話の比率/基本語彙の比率 **302**

●本書は、J. K. Rowling、または、ワーナー・ブラザーズのライセンスを受けて出版されたものではなく、本書著作者および出版社は、J. K. Rowlingまたはワーナー・ブラザーズとは何ら関係ありません。

●「ハリー・ポッター」シリーズの文章・固有名詞などの著作権は、原著作者のJ.K.Rowling氏に、日本語訳は訳者の松岡佑子氏と翻訳出版元の静山社にあります。説明の都合のために本書独自の訳を入れた文には、訳の冒頭に＊を付してあります。

●原著作からの引用は、Bloomsbury社版からのものです。

■参考資料

Harry Potter and the Philosopher's Stone
(by J.K. Rowling)
Bloomsbury Children Books, 2014
ISBN: 9781408855652

Harry Potter and the Chamber of Secrets
(by J.K. Rowling)
Bloomsbury Children Books, 2014
ISBN: 9781408855669

Harry Potter and the Prisoner of Azkaban
(by J.K. Rowling)
Bloomsbury Children Books, 2014
ISBN: 9781408855676

Harry Potter and the Goblet of Fire
(by J.K. Rowling)
Bloomsbury Children Books, 2014
ISBN: 9781408855683

Harry Potter and the Order of the Phoenix
(by J.K. Rowling)
Bloomsbury Children Books, 2014
ISBN: 9781408855690

Harry Potter and the Half-Blood Prince
(by J. K. Rowling)
Bloomsbury Children Books, 2014
ISBN: 9781408855706

Harry Potter and the Deathly Hallows
(by J. K. Rowling)
Bloomsbury Children Books, 2018
ISBN: 9781408894743

『ハリー・ポッターと賢者の石』
松岡佑子・訳　静山社

『ハリー・ポッターと秘密の部屋』
松岡佑子・訳　静山社

『ハリー・ポッターとアズカバンの囚人』
松岡佑子・訳　静山社

『ハリー・ポッターと炎のゴブレット』上・下
松岡佑子・訳　静山社

『ハリー・ポッターと不死鳥の騎士団』
松岡佑子・訳　静山社

『ハリー・ポッターと謎のプリンス』
松岡佑子・訳　静山社

『ハリー・ポッターと死の秘宝』
松岡佑子・訳　静山社

PART 1

「ハリー・ポッター」英語の基礎知識

ボキャブラリ
ひんぱんに出てくる単語とイディオム

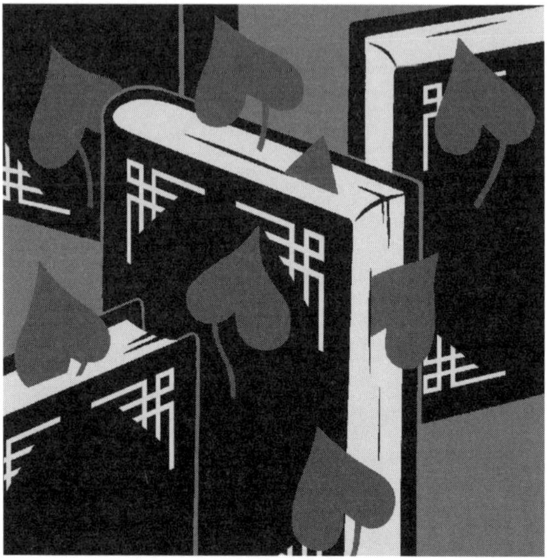

'HELLO? HELLO? CAN YOU HEAR ME? I— WANT— TO— TALK— TO—HARRY— POTTER!'
'WHO IS THIS?'...'WHO ARE YOU?'
'RON— WEASLEY!' ... 'I'M— A— FRIEND—OF— HARRY'S— FROM— SCHOOL...
'THERE IS NO HARRY POTTER HERE!' ... (Vol. 3-Chap. I)

「もし、もし？　聞こえますか？　僕—ハリー——ポッター——と——話したい——のですけど!」/「だれだ!」……「君はだれかね?」/「ロン——ウィズリーです!」……「僕——ハリー——の学校——の——友達——です」/「ここにはハリー・ポッターなどおらん!」

文明の利器を知らない魔法使いの家に育ったロンが電話をかけてきた場面。ハリーのおじさんとの会話です。どうです？　やさしい英語でしょう。ま、こんな英語ばかりなら本書を書く必要はないわけで。

学校で習った英語で十分か?

英語のオリジナルで「ハリー・ポッター」シリーズを読むには、どれくらいの数の単語を知っていなければならないでしょう。

「ハリー・ポッター」シリーズは、そもそもが子どもたちのためにやさしい文章で書かれた読み物。使われている単語を分析すると、文章全体の約80%程度は、日本の中学~高校1年 で教えられる単語・熟語で記述されているのです。第1~7巻で使われた英語の語彙は、異なり語数で約13,000語(総語数は約108万語程度)ありますが、そのうちの4割程度の約5,000語くらいは1、2回しか登場しない単語ですから、原書の「ハリー・ポッター」シリーズを読むには、あなたが中学・高校で勉強した英語の語彙に「ハリー・ポッター」シリーズ特有の語彙をプラスすれば十分だといえます。

現実的には、かつて授業で勉強した英語のすべてをさっと思い出すというわけにはいきませんから、はじめは思いどおりに読んでいけないかもしれません。それに、文学を味わうのにこれで十分という語彙力を求めればきりがなく、そんな英語力をつけるのはイギリス人でも大変なこと。第1章から終章まで、全巻をきっちりと読みこなせる英語の語彙力を即座につける魔法は……、もちろんありません。しかし、あなたの語彙力でもって、オリジナルの「ハリー・ポッター」シリーズを、楽しく読み進めていけるテクニックはあるのです。

1) 知らない英語をいちいち辞書で調べないこと

知らない英単語や英語表現がでてくるたびに辞書にあたっていたら、第1章すら読み通せなくなります。物語が中断されて、おもしろさが減ってしまうだけでなく、1ページ目で調べた英語を3ページ読むうちには忘れてしまっていて、いらいらしてくるはずです。そして、物語への興味を失って本を放り出すのも、時間の問題です。
では、忘れてしまった単語だらけの「ハリー・ポッター」シリーズを、どのようにすれば読み進めていけるのでしょうか。

2) 前後の文から単語の意味をつかんでいくこと

知らない単語なのに文脈から自然にその意味がわかってしまう、というケースがたくさんあります。知らない単語にたじろがずに読み進めていけば、文脈はちゃんとつかめていけるものなのです。
もし、不安だったら、こんな実験をしてみてください。気になる単語について、これはこんな意味ではないかなあという推測をメモしていきます。その単語がまた出てきたら、メモした意味を見直し、必要なら修正・追加をします。そして辞書で確かめるのは、推測していた単語の意味に確信をもったときに、どうしても辞書を引きたくなった場合だけにします。
本のなかで1度か2度しか出てこない単語がたくさんあります。そんな単語を辞書で調べても、その場面だけのことで、「ハリー・ポッター」シリーズ全体を読んでいく助けにはならないので、ほうっておいていいのです。
しかし、くりかえし現れる単語や熟語（予想より数は少ないはず）は気になるでしょう。読みながら「こういう意味だろう」と推測していき、イメージができたときに辞書にあたって理解しておけばベストです。

3) ひとつひとつの単語にとらわれないこと
物語の展開から気をそらさないこと

物語を読みながら、あなたの心の中につくられていく一連のイメージは、ひとつひとつの単語に左右されるものではありません。たとえ、単語が重要だとしてそれぞれを調べながら読んでいったとしても、文章や物語全体を理解していくうえで、そんなにちがいはないのだと気がつくことでしょう。
必要なのは物語を楽しむ心と、ほんのちょっとの忍耐です。読み始めるとともに英語を思い出してきて、ページが進むとともに、理解度も増していくのに気づくはずです。カギは ‘Never give up!’ 、とにかく読み続けること。そうすればけっして後悔することはありません。

この章では、「ハリー・ポッター」シリーズにたびたび現れる語句から、教科書で習った意味とはズレていたり、理解が混乱しがちな英語だけについて解説しておきましょう。作者J. K. Rowlingはことばがもつ微妙な意味のちがいをさまざまに使い分けて、ストーリーをおもしろくしています。そのちがいを理解すると、より鮮明なイメージをもってオリジナル英語版を楽しめます。

Did you know? 知らなくてもいいけど豆知識

ハリー・ポッターと翻訳事情1

*Harry Potter and the Philosopher's Stone*がアメリカで出版されたとき、題名は*Harry Potter and the Sorcerer's Stone*とされました。同じ英語を使っていても、アメリカ人の子どもにとってphilosopherということばは「哲学者・理論家」のイメージが強く、神秘的な世界を連想できないようで、sorcerer（予言者・魔法使い）でないとおもしろくないからです。

また、ハリーたちの同期生Neville Longbottomがペットに飼っているのはヒキガエルですが、スペイン語版ではなぜかカメになっています。

名称の翻訳では、日本では発音をカタカナで綴ったものが多いようですが、西欧では意味や音感を考慮して翻訳した名前も多いようです。たとえばQuidditch（クィディッチ・ゲーム）のbeater（ビ ーター）は、スウェーデン語版ではslagmanになっています。

イタリア語版では、Professor Dumbledore教授（ダンブルドア教授）が、Professore Silencioになりました。翻訳者が間違えて、Dumbledoreは「蜂」だということをわからずにdumbから直訳をしたらしいです。

オランダ語版では、Dudley Dursley（ダドリー・ダーズリー）の名前は、Dirk Duffelingになっています。

日本語のように発音から綴りかえているのはロシア語で、たとえばSeverus Snape（セブルス・スネイプ）は、[v]音がwに、[i]音がjで書き表されるので、Sewerus Snejpと綴られます。

1. 違いを知りたい「ハリー・ポッター」シリーズの頻出単語

魔法や呪文にはいろいろありまして……

spell / bewitch / charm
curse / enchantment
hex / incantation / jinx

この8つはどれも、魔法や呪文を意味する単語。「呪文」の章（*p*.262）でそれぞれくわしく解説していますので、ここではあらましを紹介します。

単語	解説
spell	魔法全体について用いられる語。charm、curse、enchantmentもspellのひとつです。また、魔法をかけるときに唱える「呪文」の意味でも使われます。
bewitch	charm、curse、enchantmentをかけることを示す動詞。bewitchedは受身形で、かけられた状態を表す形容詞としてよく使われます。
charm	「よい」魔法（'good' spell）。かけられる側にとっては、役立つ場合もあれば、迷惑ないたずらの場合もありますが、どちらにしろ、相手を傷つけたり害をおよぼしたりはしません。

curse	相手を傷つけるか殺すための呪いで、「悪い」魔法('bad' spell)です。動詞として「呪う」「呪いのことばを唱える」という意味もありますが、どちらかといえば「ののしる」の意味で使われることが多いようです。
enchantment	あらゆる魔法の中で最良のもの。誰かに、あるいは、ものや周囲の状況に対して、その機能を改良・向上させる魔法です。
hex	spellと同義語で、よい魔法にも悪い魔法にも用いることができる語。動詞として「魔法をかける」という意味もあります。
incantation	魔法をかけるときに唱える呪文。
jinx	spellやhexと同義語。よい魔法、悪い魔法どちらにも使えますが、たいていは、災厄をもたらす呪いの場合に使われます。また、動詞としても用いられます。

Did you know? 知らなくてもいいけど豆知識

魔法使いの性別
witch / wizard / witchcraft / wizardry

witchは 魔女つまり女性の魔法使い、wizardは男性の魔法使い。witchcraftは魔法・魔術を総合的にいう英語で魔女の魔法・魔術にかぎりません。wizardryは魔法だけでなく奇術や妙技の意味もあります。Hogwartsの校名のWitchcraft and Wizardryは厳密な意味を出すためにつけられたというより、'... and...' で重々しい雰囲気をかもし出しています。これはいろいろなものの名称によく見られる形です。

舞台の見え方でストーリーがちがってきます……

street / road / drive / alley

どれも「道」を意味しますが、道といってもさまざまです。

単語	解説
street	建物（家や店）が建ち並ぶ舗装された道路。drive、way、alleyなどの総称です。住所表示にも用いられます。

英文 （その日、ハリーのおじさんは不思議なことをたくさん目撃）
It was on the corner of the street that he noticed the first sign of something peculiar — a cat reading a map. [Vol.1 Chap.1]
（広い通りに出る前の角のところで、ダーズリー氏は、初めて何かおかしいぞと思った。——なんと猫が地図を見ている——）

単語	解説
road	streetのうちの自動車が走る部分（車道）。歩行者が歩く部分（歩道）はアメリカでside-walk、イギリスではpavementです。住所表示にも用います。

英文 As Mr Dursley drove around the corner and up the road, he watched the cat in his mirror. [Vol.1 Chap. 1]
（*ダーズリー氏は角を曲がって車を走らせながら、バックミラーで猫を観察した。）

単語	解説
drive	一般には団地や住宅地にあるstreetの名称に用い、一般名詞としては用いません。次のように住所表示に使われます。

英文 Mr and Mrs Dursley, of number four, Privet Drive, were proud to say that they were perfectly normal, thank you very much. [Vol.1 Chap. 1]
（プリベット通り四番地の住人ダーズリー夫妻は、「おかげさまで、私どもはどこからみてもまともな人間です」というのが自慢だった。）

alley

大通りから外れた、車道のない、せまい裏道。これも地域名や住所に用いる英語で、一般名詞ではalleyway（路地）という英語があります。

英文1 'Welcome,' said Hagrid,' to Diagon Alley.' [vol.1 Chap.5]
（「ようこそ、ダイアゴン横丁へ」ハグリッドが言った。）

英文2 （おじさんの家をとびだして夜の街をさまようハリー）
He ... turned around quickly to stare at the alleyway between the garage and fence. [Vol.3 Chap. 3]
（彼は……あわててふりむき、車庫と塀にはさまれた路地を見つめた。）

Did you know? 知らなくてもいいけど豆知識

ハリーの年齢

ハリー・ポッターが、21世紀にはすでに20代の青年になっていることを知っていましたか。

第2巻 で、ハロウィーンの日に催されたNearly-Headless Nick（ほとんど首無しニック）のdeathday party（絶命日パーティ）から計算できるのです。

その墓石をかたどったdeathday cake（絶命日ケーキ）には
'Sir Nicholas de Mimsy-Porpington died 31st October, 1492'
「ニコラス・ド・ミムジー・ポーピントン卿1492年10月31日没」
と書かれていました。

ハリーをパーティに招くとき、ニックが「私の500回目の絶命日」だと言っています。そうすると、このパーティは1992年 におこなわれたわけで、いっぽう、ハリーがこのときHogwartsの2年生ですから12歳です（Hogwarts入学は11歳）。

したがって、ハリーは1980年生まれで、2000年に20歳になったはずです。

登場人物・怪物のアクションを誤解しなければストーリーが見えてきます

脚の動作

jump / leap / spring / bound

「跳ぶ」と習った動詞ですね。ほかに、すばやい動きも表現します。「ハリー・ポッター」シリーズでは、本来の意味で用いられているかと思えば、後者のように比喩的な意味で用いられていることも多いので、混乱するかもしれません。直後にくる単語がover / onto / offのときは、文字どおりに「ジャンプする・跳躍する」、behind / through / aroundなどのときは、単に、非常に速く、急速に移動したことを示す比喩です。

単語	解説
jump	jumpは否定的な予感や驚きの感情を表現することもあります。恐怖を感じているさまをいう形容詞にjumpy（びくびくした・ひきつった）があります。

英文1　(立ち上がる動作のjump to one's feetはよく出てきます)
Mr Dursley jumped to his feet, veins throbbing in his temples. [Vol.2 Chap.1]
(ダーズリー氏ははじかれたように立ち上がった。こめかみの青筋がピクピクしている。)

英文2　Harry jumped as though he'd received a huge electric shock. [Vol.3 Chap.19]
(*ハリーは強い電気ショックをかけられたようにびくっとした。)

英文3　A rustling noise made all three of them jump. [Vol.4 Chap.9]
(*カサッと音がして三人ともぎょっとなった。)

英文4　(ほんもののムーディーはかわいそうなことに)
He was extremely twitchy, jumping every time someone spoke to him. [Vol.4 Chap.37]
(*彼 はとてもびくびくしていて、誰かから話しかけられるたびにちぢみあがっていた。)

leap 過去形は、アメリカでleapedですが、イギリスではleaptがふつう。

英文 （ハリー宛てに郵便が届きますが、おじさんはハリーに渡すまいとして）
With a strangled cry, Uncle Vernon leapt from his seat and ran down the hall, ... [Vol.1 Chap.3]
（バーノンおじさんは首を締められたような叫び声を上げて椅子から跳び上がり、廊下をかけだした。）

spring 名詞では「ばね」「泉」の意味があることば。

英文 In one bound, Crookshanks sprang after him ... [Vol. 3 Chap.17]
（クルックシャンクスがひとっ跳びしてそのあとを追いかけた……）

bound とびはねる。意味はspring、leap、jumpと似ています。動物の動きを述べていることが多いですが（*p*.31のboundその3）、人間の動きを表現することもあります。

英文 'What can I do, Molly?' said Tonks enthusiastically, bounding forwards. [Vol.5 Chap.5]
（*「モリー、何か手伝おうか？」トンクスがなんでもするわとばかり、弾むように進み出た。）

脚の動作ではこんなイディオムも

fall to one's knees

「ひざまずく」動作で、kneel downのよりドラマチックな言い方。ここに挙げるのは、意思に反した動作が起こってしまった例と、奴隷的対応の例です。

- The pain in Harry's head was so bad he fell to his knees. [Vol. 1 Chap.15]（*頭に激痛が走り、ハリーはくずれるように倒れた。）
- Then one of the Death Eaters fell to his knees, crawled towards Voldemort, and kissed the hem of his black robes. [Vol. 4 Chap.33]（そのとき、「死喰い人」のひとりが跪き、ヴォルデモートに這い寄ってその黒いローブの裾にキスした。）

手の動作

grab / grasp / clutch / grip

互いに入れ替えて使えるほど意味が似ていますが、grabとgraspは、手が何かに向かって動いていくようすを表現し、clutchとgripは何かをしっかり持っている状態のほうに重点が置かれます。

単語	解説
grab	古いオランダ語が語源です。

英文1 'Hermione!' said Ron weakly, and he tried to grab her hand as she swung it back. [Vol.3 Chap.15] (「ハーマイオニー!」ロンがオロオロしながら、ハーマイオニーが大上段に振りかぶった手を押さえようとした。)

英文2 He grabbed the struggling rat and held him up to the light. [Vol.3 Chap 16] (ジタバタと抵抗するネズミをわしづかみにして明かりにかざした。)

grasp	古くからある英語です。

英文 Harry cast a look over his shoulder and grasped his wand reassuringly in his pocket. [Vol.6 Chap.4]
(ハリーは振り返りながら、ポケットの中の杖を再確認するように握りしめた。)

clutch	自動車のクラッチでよく知っている英語です。

英文 (先生をだまして禁断の本を図書館から借り出す許可証をもらおうとしたハーマイオニー)
She approached Lockhart's desk, a piece of paper clutched tightly in her hand. [vol.2 Chap.10]
(*彼女は1枚の紙をしっかり手にしてロックハートのデスクに近づいていった。)

grip	野球やゴルフで知っている単語でしょう。

英文 (ついに最強の敵と対決したハリーが見たのは)
...saw that Voldemort's long white fingers, too, were gripping a wand that was shaking and vibrating. [Vol.4 Chap.34]
(*ヴォルデモートの青白く長い指も、ブルブルと震えて左右に揺れる杖を握りしめていた。)

「ハリー・ポッター」シリーズの登場人物はよく笑います

laugh / giggle / chuckle

この3つの笑いを表す動詞には、クスクスから大声まで、笑い声の音量によるニュアンスのちがいがあります。

単語	解説
laugh	いちばん大きく騒がしい声をたてて笑うようすを表します。

英文　The Gryffindor team laughed loudly. [Vol.3 Chap.13]
（グリフィンドール・チームが大声で笑った。）

単語	解説
giggle	小さく連続的に抑えがたく笑う（くすくす笑う）ことで、大人にも使いますが、子ども、特に女の子が笑う場面によく出てきます。

英文　'Oh, that,' said Ginny, giggling. [vol.2 Chap.18]
（「あぁ、あのこと」ジニーがクスクス笑った。）

単語	解説
chuckle	giggleに近いのですが、笑い声はさらに小さくなり、男の子を含めて男性の含み笑いを表現するときによく使われる動詞です。

英文　（意地悪なPeevesがマートルを泣かせて）
...tears now flooding down her face, while Peeves chuckled happily over her shoulder. [Vol.2 Chap.8]
（涙が滝のように頬を伝った。ピーブズはマートルの肩越しに満足げにケタケタ笑っている。）

2. 意味を取り違えそうな まぎらわしい英語

イギリス英語がたくさん

jumper / dormitory / cupboard / blimey

単語	解説
jumper	アメリカで言うsweater「セーター」を、イギリスでは一般的にjumperと言います。日本語の「ジャンパー」とはちがうので、日本人にはまぎらわしい英語です。

英文　He and Ron had pulled off their jumpers, ... [Vol.2 Chap.5]
（ロンもハリーもセーターを脱ぎ捨てた……）

単語	解説
dormitory	イギリス英語でdormitoryは「共同居室・共同寝室」を言います。日常生活のための設備を備えた建物全体（寮）をいうものではありません。ですから、すでにhouse（寮）のcommon room（談話室）にいる生徒が、「dormitoryへ行こう」と話すのは変でもなんでもないのです。単語dormitoryが出てきたら、寮のbedroom（寝室）と翻訳しながら読むとよいでしょう。

英文1　'So anyway,' a stout boy was saying, 'I told Justin to hide up in our dormitory.' [Vol.2 Chap.11]　（「だからさ」太った男の子が話している。「僕、ジャスティンに言ったんだ。自分の部屋に隠れてろって」）

英文2　Their dormitory was, as Harry had hoped, empty. [Vol.6 Chap.18]
（ハリーの予想どおり、寝室には誰もいなかった。）

cupboard

cupboardと聞いて、すぐに思うのは、cupをしまう食器棚ではないですか。しかし、Dursley家の階段の下にあるcupboardのなかで、ハリーは何をしていたでしょう。

... the cupboard under the stairs ... was where he slept. [Vol.1 Chap. 2]

ハリーがせまい戸棚の中で小さなカップや包丁などと暮らすなどありえませんね。イギリス英語のcupboardは、戸がついている収納場所で、食器棚から納戸や物置まで含みます。イギリスの家の造りで上階へ行く階段の下にはcupboards under the stairsがあって、天井は斜めに傾いていますが、下のほうはわりと広く、ふつうはコートとか掃除機、アイロン台など、ちょっとしたものをしまっておきます。cupboardという単語自体にはunder the stairsというニュアンスはなく、ドアのついた物置一般をさします。

英文1 （校内にあるという封印された秘密の部屋について討論する先生たち）
'There is not a shred of evidence that Slytherin ever built so much as a secret broom cupboard!' [Vol.2 Chap.9]
（「スリザリンが、部屋どころか、秘密の箒置き場さえ作った形跡はないのであります！」）

英文2 （妖怪のBoggartをしまっておく場所にもなります）
'...there's a cupboard under my desk he'll like.' [Vol.3 Chap. 12]
（*「……彼の気に入りそうな戸棚がわたしの机の下にある」）

blimey

驚いたり、疑ったり、怒ったりしたときに 発することばはたくさんあります（'Dear me!' は*p*.35を参照）が、イギリス庶民のあいだでいちばんよく使われるのがblimey。

'Blimey!' と叫ぶのは、ほとんど、Knight Bus（夜の騎士バス）に乗務するふたりのロンドンっ子（Stanと Ernie）やHagrid、Weasley家 の少年たちに限られます。

英文1 'Forgot!' said Stan weakly. 'Blimey, my 'eart's goin' that fast...' [Vol.3 Chap. 3]
（「忘れてたって!」スタンが力なく言った。「肝が冷えるぜ。まーだ心臓がドキドキしてやがら……」）

英文2 'Blimey, haven' yeh heard?' said Hagrid. [Vol.3 Chap.22]
（「なんと、まだ聞いとらんのか？」ハグリッドが言った。）

英文3 'Blimey,' said Ron, shaking his head and sending water everywhere. [Vol.4 Chap.12]
（「ひでぇ」ロンは頭をブルブルッと振るい、そこらじゅうに水を撒き散らした。）

男(he)か 女(she)か 以上のヒントが英語にはあります

Madam / Miss / Mrs

Missは未婚の女性、Mrsは既婚の女性の敬称であることはよく知られていますが、ほかに「ハリー・ポッター」シリーズに出てくるのがMadamという敬称です。

Madamは、Mrsにあたるものとして、フランス語のma dameから入ってきた英語で、Mrsより上流のニュアンスがあります。現在はあまり使われませんが、学校の教師には威厳を示してこの敬称をつけて呼ぶ傾向は残っています。

「ハリー・ポッター」シリーズでMadamの敬称で呼ばれる女性は、Madam Hooch、Madam Pomfrey、Madam Pince、Madam Sprout、そしてMadame Maximeと、先生が多いのです（最後のMadame Maximeは、語尾に-eがあるフランス語の綴りmadame)。ホグワーツ校のMrs NorrisはMrsなので、先生ではない女性だと判断できます。madamのもうひとつの用法でふつうに使われるのは、sirの女性バージョン。他人に話しかけるとき、たとえば、レストランのウェイターが男性には ‘Can I take your order, sir?’、女性には ‘Can I take your order, madam?’ と、注文をきくようなときに使用されます。

知ってるつもりがアダになる要注意英語

stand / bet / manage

どれも「道」を意味しますが、道といってもさまざまです。

単語	解説
stand **can't stand**	英語を習いはじめたらすぐに目にする、よく知っているはずの単語。思い浮かぶのはたぶん「立つ、立っている」という意味ではないでしょうか。しかし「がまんする」という意味でもbearとかendureのかわりにstandがよく使われます。だいたいは否定形でcan'tとともに用いられ、can't standとなります。肯定形で使われるのは質問する場合などです。

英文 1 （幽霊たちの奇妙な「命日パーティ」で）
'I can't stand much more of this,' Ron muttered, ... [Vol. 2 Chap.8]
（「僕、もう我慢できないよ」ロンがつぶやいた。）

英文 2 （魔法のマントを取りに行こうとして止められるハリー）
'How can you stand this?' he asked Hermione fiercely. [Vol.3 Chap.21]
（*「こんなこと我慢できるわけ?」彼はハーマイオニーにくってかかった。）

単語	解説
bet **I am sure**	もともとは gambleと同じ「賭ける」意味の動詞ですが、一般に 'I am sure.' の文を代用することばとして使われます。話し手には「金を賭けたっていい、ゼッタイ負けないヨ」と大きな確信があります。最初の例文ではI が省略されています。'I am sure.' のかわりに 'Bet.' を使う人たちは、正確な文法などにはトンと関心がないという例でもあります。

英文 1 （本屋で注目の的にされてしまったハリーにマルフォイが嫌味を）
'Bet you loved that, didn't you. Potter?' said a voice Harry had no trouble recognising. [Vol.2 Chap.4]
（「いい気持ちだっただろうねぇ、ポッター?」ハリーには誰の声かすぐわかった。）

英文2 'I bet it was Dumbledore,' said Ron, ... [Vol.3 Chap.11]
(「きっとダンブルドア先生だ」ロンは言った。)

---

manage

cope

日本では「マネジメント」とか「マネージャー」など、manageは仕事に関する語彙になっていますが、一般には、そして「ハリー・ポッター」シリーズでもcopeにあたる意味で、仕事にかぎらず、直面する事態にうまく対応できる、切りぬけられることを表現します。

英文1 (新学期を前に教科書をたくさん買わなければならないウィーズリー家)
'Well, we'll manage,' said Mrs Weasley, but she looked worried. [Vol.2 Chap.4]
(「まあ、なんとかなるわ」そう言いながらおばさんは少し心配そうな顔をした。)

英文2 (新型ホウキをもらったハリーにマルフォイが 'Are you...')
'Sure you can manage that broom, Potter?' [Vol.3 Chap.13]
(「その箒、乗りこなす自信があるのかい、ポッター?」)

英文3 'If we manage that without being seen, it'll be a miracle!' [Vol.3 Chap.21]
(「そんなこと、誰にも見られずにやり遂げたら、奇跡だわ!」)

Did you know? 知らなくてもいいけど豆知識

ハリーの誕生日

ハリー・ポッターの誕生日は、J.K. Rowlingと 同じ7月31日です。
ハーマイオニー・グレンジャーの誕生日は9月19日です。
ロン・ウィーズリーの誕生日は3月1日です。

見なれない単語も実はよく知っている単語のことがある

reckon / dunno

単語	解説
reckon **think**	名詞や代名詞のあとにreckonがでてきたらthinkと同じ意味。たくさんの登場人物がふつうの会話でしゃべっていますが、特にHarryとRonが気に入っていることばのようです。

英文 1 （高性能の新型ホウキを贈られたハリーですが、先生に取り上げられて）
'So McGonagall reckons he might have sent it.' [Vol.3 Chap.12]
（「それでマクゴナガル先生は、彼がそれを送ってきたのかもしれないと思っているんだ」）

英文 2 （ロンの兄パーシーは仕事ひとすじ）
'I don't reckon he'd come home if Dad didn't make him.' [Vol.4 Chap.5]
（「パパに『帰れ』とでも言われなきゃ、パーシーは家に帰らないと思うな」）

単語	解説
dunno	「ハリー・ポッター」シリーズでひんぱんに使われているdunnoは「ダナウ」（まんなかにアクセント）と読みます。'I don't know.' のdon't knowを発音どおりに綴った単語です。

英文 1 'Dunno,' said Ron, looking uneasily at Harry. [Vol.3 Chap.11]
（「わかんない」ロンが困ったようにハリーを見た。）

英文 2 'I dunno. Harry, maybe curse scars always twinge a bit, ...' [Vol.4 Chap.2]
（「ハリー、僕、わかんないけど、呪いの傷痕って、いつでも少しはズキズキするものなんじゃないかな……」）

いくつもの顔がある単語

bound

綴りも発音も同じ、けれどもぜんぜん異なる意味がいくつも存在する、というややこしい英語です。しかし、どんな場合があるかを知っておけば、前後の文脈から意味がつかめるでしょう。

単語	解説
bound その1	動詞bindの過去・過去分詞形で、巻きつけたり束ねたりして固定していること。

英文1 （とんでもない植物の上に着地したハリーたち）
...their legs had already been bound tightly in long creepers without their noticing. [Vol.1 Chap.16]
（知らないうちにハリーとロンの脚は長いツルで固く締めつけられていた。）

英文2 （魔法の世界の本屋には）
...with books as large as paving stones bound in leather... [Vol.1 Chap.5]
（*舗道の敷石くらい大きな革表紙の本で……）

単語	解説
bound その2	bindの過去分詞boundから派生した単語で、obligated（義務を負った、拘束された）という意味になります。

英文1 '...those people whose names come out of the Goblet of Fire are bound to compete in the Tournament.' [Vol.4 Chap.17]
（「……『炎のゴブレット』から名前が出てきた者は、試合で競う義務がある」）

英文2 （クラウチに仕えていたウィンキーのことをドビーが）
'Winky forgets she is not bound to Mr Crouch any more...' [Vol.4 Chap.21]
（「ウィンキーは、もうクラウチさんに縛られていないということを忘れているのでございます」）

bound その3

jump、leap、springの意味で、人間以外のモノ・動物や植物が跳びはねるような動作をするときに用いられることばです。「ハリー・ポッター」シリーズでは、動物にもよく用いられています。（*p*.20参照）

英文　（Hagridの飼い犬Fangはとても従順な犬で）
...patting his leg, and Fang bounded happily out of the house behind them, ... [Vol.2 Chap.15]
（……自分の腿を叩いて合図した。ファングは喜んで飛び跳ねながら二人について小屋を出て……）

bound その4

out ofが前にくるboundは「範囲、境界」を意味する名詞。out of boundsは「境界の外」、つまり入ってはいけない「立ち入り禁止区域」を意味する熟語です。

英文1　'You, Potter and Weasley are out of bounds, ...' [Vol.3 Chap.19]
（*「君も、ポッターも、ウィーズリーも、許された境界線を破って外に出ている……」）

英文2　（手紙にはハリーの身を心から心配する警告が……）
I'm waiting for your letter giving me your word you won't stray out of bounds again. [Vol.4 Chap.29]
（もう変なところへ出ていかないと、約束の手紙を送ってくれ。待ってる。）

bound その5

次の例は、あとに続くto不定詞の内容を必ず実行するという意味でsure toと同じです。

英文1　（三校対抗試合の課題は秘密。でもそれを知ってしまったら）
'...she's bound to tell her student, isn't she?' [Vol.4 Chap.9]
（*「彼女はきっと自分の生徒に言うにきまってるじゃないか」）

英文2　'Some of these are bound to come in handy.' [Vol.4 Chap.31]
（「このうちどれかは必ず役に立つはずよ」）

bound おまけ

形容詞で「……行きの」「……へ向かう」というとき。「大阪行き」はbound for Osakaといいます。

3. 会話のフレーズに慣れよう

知ってるはず……がまちがいのもと

love / lover / lovely

世界中で使われることばのlove。「ハリー・ポッター」シリーズの会話にもたくさん登場します。読み違えないように気をつけなければならないことばです。

単語	解説
love その1	動詞として多いのが、望んでいることや歓迎していることを強調する使い方です。

英文1　'...and Malfoy'd love to see you blown into about a million pieces, like Pettigrew!' [Vol.3 Chap.11]
(「――そして、マルフォイは、君がペティグリューみたいに粉々になって吹っ飛ばされればいいって思ってるんだ！」)

英文2　(マルフォイが「叫びの屋敷」を見ながら、ロンにまたも嫌味を)
'Suppose you'd love to live here, wouldn't you, Weasley?' [Vol. 3 Chap.14]
(「さしずめ、ここに住みたいんだろうねぇ、ウィーズリー、違うかい?」)

英文3　(記者のリータ・スキーターがハリーに強引なインタビューを)
'...But don't worry about that. Our readers love a rebel.' [Vol. 4 Chap.8]
(「だけど、心配ご無用。読者は反逆者が好きなんざんすから」)

単語	解説
love その2	もちろん、よく知っている「愛する」意味で使われている場合もあるので、とりちがえないようにしましょう。

英文1　(ケーキをほおばりながらしゃべるロン)
'She seems to love him' ... [Vol.4 Chap.21]
(「ウィンキーはクラウチのこと好きみたいだな」)

英文 2 （クラウチ氏の息子の告白）
'He loved her as he had never loved me.' [Vol.4 Chap.35]
（「俺を決して愛してくれなかった父だが、母を愛していた」）

英文 3 （ハリーの母親を語るダンブルドア）
'...to have been loved so deeply, even though the person who loved us is gone, ...' [Vol.1 Chap.17]
（「……それほどまで深く愛されたということ、愛してくれた人が亡くなっても、……」）

-lover

ハイフンを前につけた-loverは「恋人」ではなく、何かを特別に好む人をいいます

英文 1 ...the man's such a Mudblood-lover [Vol.4 Chap.11]
（「――あいつは『穢れた血』贔屓だ――」）

英文 2 （会話ではなく地の文の記述ですが）
...Mr Nicolas Flamel, the noted alchemist and opera-lover. [Vol.1 Chap.13]
（……有名な錬金術師であり、オペラ愛好家であるニコラス・フラメル氏……）

lovely その1

事柄や状況が「楽しい」「美しい」ことを表す形容詞で、love（愛）の意味は取り除かれてしまいます。おきかえる英語としてはwonderfulでしょう。

英文 1 'Lovely day,' said Fudge, casting an eye over the lake. [Vol.3 Chap.16] （「いい天気だ」ファッジは湖の方を見やった。）

英文 2 'Well, have a lovely time,' said Mrs Weasley... [Vol. 4 Chap.6]
（「それじゃ楽しんでらっしゃい」おばさんが言った。）

英文 3 'I must say, it makes a lovely change, not having to cook...' [Vol.4 Chap.31] （「お料理をしなくていいってのは、ほんと、たまにはいいものね……」）

lovely その2

独立して間投詞のように 'lovely' と叫ぶのは、喜んでいることの表現。第4巻でRita Skeeterがわざとらしく多用しています。

英文 1 'Come along, dear - that's right - lovely,' said Rita Skeeter again... [Vol.4 Chap.18]
（「さ、おいで――そう、そう――すてきざんすわ」リータ・スキーターは……。）

英文 2 'Lovely,' said Rita. 'Really lovely. Been teaching long?' she added to Hagrid. [Vol.4 Chap.21]
（「すてきざんすわ」リータが言った。「ほんと、すてきざんすわ。長く教えてるの？」）

英文 3 'Lovely... I don't suppose you'd like to give an interview, would you?' [Vol.3 Chap.16]
（「すてきざんすわ……インタビューさせていただけないざんす？」）

せりふによく出てくるフレーズ

Dear me!
any idea / any ideas
be done for
What on earth...?

「大口をたたくな!」という文は、「大」「口」「たたく」というそれぞれの語の意味から考えると、何を言っているかわかりませんね。ここに挙げるのは、それと同じように、バラバラでは意味のつながりがまったくわからないけれど、つなげるとひとまとまりの意味になる、そんな英語のフレーズです。

単語	解説
none of your business	「あなたのビジネスではない」つまり「あなたに関係ないでしょう」。相手にはそんなことを言ったり質問したりする権利はないのだと、突き放して拒絶する言い方です。言い換えれば 'It has nothing to do with you.'

英文1 (決闘をとめようとするハーマイオニーに)
'And it's really none of your business,' said Harry. [Vol.1 Chap.9]
(「まったく大きなお世話だよ」ハリーが言い返した。)

英文2 'None of your business,' said Ron jerkily, without looking up. [Vol.3 Chap.7]
(「君の知ったこっちゃない」ロンが目も合わさずに、ぶっきらぼうに言った。)

Dear me!

驚いたときに言うことば。'Oh, no!' よりもっと否定的で、'How strange!' に近いニュアンス。先に解説した 'Blimey!' とよく似ていますが、こちらは年長者が多く使う優雅な口調のことば。「ハリー・ポッター」シリーズではもっぱらProfessor Dumbledoreが言っています。

英文 'Dear me,' said Dumbledore, shaking his head, ... [Vol.2 Chap.18]
(*「ほう、それはそれは」ダンブルドアは首をふりながら言い……)

You* had better ...（You'd better ...）

***you**だけでなく、
he/she/they/we/it
も主語にできます。

相手に「……すべきだ；……しなさい；……しなきゃいけない」'you ought ...'「……したほうがいいと思う」'I think it would be a good idea to ...' と指示するものです。最初の例ではyou hadが省略されています。会話では非常に一般的なフレーズです。

英文1 'Better not let your mum hear you talking about my school,' said Harry coolly. [Vol.2 Chap.1]
(「僕の学校のこと口にするなんて、君の母親には聞かれない方がいいだろうな」ハリーは冷ややかに言った。)

英文2 'Think we'd better go and get someone?' said Ron nervously. [Vol.3 Chap.11]
(*「誰かを呼んできたほうがいいんじゃない?」ロンが不安げに言った。)

How dare you*!

***you**だけでなく
he/she/they
の場合もあります。

憤慨して大きな声で言う 'How dare you!' は「ハリー・ポッター」シリーズに多く登場するフレーズ。dareは「勇気がある」とか「敢えて……する」という意味で覚えていませんか。このフレーズになると、非常に否定的なニュアンスになり、相手の行為やことばに驚き、いきどおっていることを表現します。

英文1 'How dare you!' said Ron, in mock outrage. [Vol. 4 Chap.14]
(「なにをおっしゃる!」ロンが憤慨するふりをした。)

英文2 'How dare he,' Hagrid growled, as they strode past the lake. 'How dare he accuse Dumbledore...' [Vol.4 Chap.28]
(「あいつ、よくも」急ぎ足で湖を通り過ぎながら、ハグリッドが唸った。「ダンブルドアを責めるなんて、よくも……」)

単語	解説
any idea	ideaに複数形の-sがついていないことに注目。なんらかの知識・理解という概念を意味します。例文のほかに、それを別の表現で書き換えたものもあげておきます。

英文1　'Have you any idea how worried I've been?' said Mrs Weasley in a deadly whisper. [Vol.2 Chap.3]
（「母さんがどんなに心配したか、あなたたち、わかってるの？」ウィーズリー夫人の低い声は凄みが効いていた。）
--> 'Do you realize how worried I've been?'

英文2　'I have gone temporarily deaf and haven't any idea what you said, Harry,' said Dumbledore... [Vol.4 Chap.24]
（「急に耳が聞こえなくなってのう、ハリー、いまなんと言うたか、さっぱりわからん」ダンブルドアは……言った。）
--> 'I have gone temporarily deaf and didn't hear what you said, Harry,'

英文3　（会話ではないのですが参考に）
Lots of people had come from Muggle families and, like him, hadn't had any idea that they were witches and wizards. [Vol.1 Chap.8]
（*人間の家から来た子もたくさんいて、彼らもハリーと同じように、ここに来るまでは自分が魔法使いや魔女であるとは夢にも思っていなかった。）
--> Lots of people had come from Muggle families and, like him, didn't know that they were witches and wizards.

---

any ideas	ideaは文字どおり「アイデア」の意味です。以下の例では、ある状況に関わる提案について「何か考えがあるか」と尋ねています。

英文1　'Precisely. Now, we should aim to get in a few good compliments at dinner, Petunia, any ideas?' [Vol.1 Chap.1]
（「それでよし。さて、夕食の席で気のきいたお世辞の一つも言いたい。ペチュニア、何かあるかな？」）

英文2　'You two got any ideas on the Triwizard Tournament yet?' Harry asked. [vol.4 Chap.15]
（*「三校対抗試合のこと、ふたりとも何か考えついたの？」ハリーが聞いた。）

be done for

慣用句で、ある危険な状況にあるとき、to have reached the endしたことを意味します。大きな声で 'We are finished!' と叫ぶのと同じ意味の表現です。

英文 (自動車から出られないハリーとロン)
'We're done for!' he moaned, as the ceiling sagged, ... [Vol.2 Chap.5]
(「もうダメだ!」(自動車の)屋根が落ち込んできて、ロンがうめいた。)

Off you go

単に 'Go.' の凝った言い方ですが、命令的ではなく、穏やかな口調です。

英文1 'Off you go then, Fred,' said Mr Weasley. [Vol.4 Chap.4]
(「さあ、フレッド、行きなさい」ウィーズリー氏が声をかけた。)

英文2 'Off you go, then!' said Bagman brightly to the four patrollers. [Vol.4 Chap.31]
(「では、持ち場についてください!」バグマンが元気よく四人の巡回者に号令した。)

Who cares?

ある状況について、そんなに重要ではないという意味の 'What does it matter?' を言い換えた表現です。子どもたちがよく使います。

英文1 (誰が贈ってきたかわからないから用心しろと言うハーマイオニーに)
'Who cares?' said Ron, impatiently. [vol.3 Chap.11]
(「誰だっていいじゃないか」ロンはイライラしていた。)

英文2 'Who cares if he's a half-giant?' [Vol.4 Chap.24]
(「ハグリッドが半巨人だって、それがどうだっていうんだ?」)

英文3 (スラグホーンから招待されなかったことについての、マルフォイの負け惜しみ) 'Well, who cares what he's interested in?' [Vol.6 Chap.7]
(「まあ、あいつが何に関心があろうと、知ったこっちゃない」)

What's going on?

'What's happening?' と同じ、質問や説明に用いられます。

英文 'What - what happened?' he groaned. 'Harry? Why are we in here? Where's Sirius? Where's Lupin? What's going on?' [Vol.3 Chap.22]
(「どーどうしちゃったんだろ?」ロンが呻いた。「ハリー? 僕たちどうしてここにいるの? シリウスはどこだい? ルーピンは? 何があったの?」)

単　語	解　説
What*on earth...? ***what**だけでなく **why/who/when/ where/how**も。	何かについての驚きを表現するときに、疑問詞とともに用いて強調するのが、on earth。英語ではとてもよく使われ、'How in hell...?' 'How in God's name...?' などと同じですが、いちばん一般的なのがこのon earthです。

英文1　'What on earth did they want to block up the fireplace for?' [Vol.4 Chap.4]
(「暖炉を塞ぐなんて、まったくどういうつもりなんだ?」)

英文2　(魔法の本を調べるハーマイオニー)
'Who on earth wants to make their nose hair grow into ringlets?' [Vol.4 Chap.26]
(「鼻毛を伸ばして小さな輪を作るですって。どこのどなたがそんなことしたがるって言うの?」)

英文3　'How on earth d'you know that?' said Harry in amazement. [Vol.2 Chap.13]
(「どうしてそんなことまで知っているの?」ハリーは感心した。)

---

for ages	一般的に使われる語句でfor a long timeの意味です。agesとあるからといって年単位の長さを指すのではありません。

英文1　'...Let's - let's go down and see Hagrid. We haven't visited him for ages!' [Vol.3 Chap.11]
(*「……ねえ、ハグリッドに会いに行こう。ぼくたち、ずぅーっと彼のところに行ってないよ!」)

英文2　'We've been hearing explosions out of their room for ages, ... [Vol.4 Chap.5]
(「昔からずっと、二人の部屋から爆発音が聞こえてたけど……」)

英文3　(対抗試合の課題をやりとげる方法を考えるディゴリーのようすは)
'He lay there talking to himself for ages about it. Ages and ages...' [Vol.4 Chap.25]
(「そこに横になって、長々と独り言を言ってた。長々とね……」)

会話の場面によくでてくる

break off

やっていることを急にやめること。会話の場面で地の文に多くでてきます。誰かがbreak offしたというのは、話を途中で切ったことです。

●He broke off, shuddering. [Vol.2 Chap.9]
（ロンは身震いしてことばを途切らせた。）

● 'I just wondered where you- 'Ron broke off, shrugging. [Vol.4 Chap.19]
（「君がどこに――」ロンは途中でことばを切り、肩をすくめた。）

●(ロンに小声で説明しかけたハリー、そのとき)
...the Headmaster stood up to speak, and he broke off. [Vo1.3 Chap.5]
（*校長先生があいさつに立ち上がり、ハリーは話を中断した。）

Nutと言っても木の実じゃない

nut / nuts / nutty nutter /nutcase

この5つの英語は生徒たちが学校で使う典型的なスラングで、ハーマイオニーやロンとその兄のフレッドとジョージほか多くの「ハリー・ポッター」シリーズの登場人物たちが好んで口にすることばです。

単語	解説
nut	do one's nutと言うと、かんかんになって怒ることを意味します。

英文 'Angelina'll do her nut if you miss any more Quidditch practices.' [Vol.5 Chap.15]
（「君がまたクイディッチの練習に出られないとなったら、アンジェリーナがぶっち切れるからな」）

単語	解説
nuts	go nutsはdo one's nutの別表現。

英文 'McGonagall would go nuts if she knew —' [Vol.5 Chap.15]
（「これを知ったら、マクゴナガルは怒り狂うぜ――」）
この文を 'McGonagall would do her nut if she knew —' と変えても意味は同じです。

単語	解説
nutty	「いかれてる、ちょっと頭がおかしい」という意味です。形容詞で､nuttier､nuttiestと比較級・最上級の変化があります。

英文 Apparently, Stan did not care how nutty somebody was, ... [Vol.5 Chap.24]
（どうやらスタンにとっては、……変人だろうが奇人だろうがどうでもいいらしい。）

nutter

いかれぽんち。狂っているようなおかしな人をさします。(次のnutcase参照)

英文 'How thick would Harry have to be, to go looking for a <u>nutter</u> who wants to kill him?' said Ron shakily. [Vol.3 Chap.5]
(*「ハリーはなんてバカなんだ、ハリーを殺そうとしているいかれぽんちを探しに行くなんて」ロンはふるえながら言った。)

nutcase

nutterのもとになったことば。木の実の殻、つまり、頭の中が空っぽで脳みそがない人をいいます。

英文 (夏休み中に『日刊予言者新聞』を読んだハーマイオニーがハリーに)
'...where they spent two months reading about how you're a <u>nutcase</u> and Dumbledore's going senile!' [Vo1.5 Chap.13]
(「……それから2カ月も、あなたが狂ってるとかダンブルドアも老いぼれたとか読まされて！」)

Did you know? 知らなくてもいいけど豆知識

ニュートンと賢者の石

万有引力を発見したSir Isaac Newton(アイザック・ニュートン)が、Philosopher's Stone(賢者の石)に深いつながりをもっていることを知っていましたか。

Philosopher's Stone(賢者の石)は、現実に存在したことばです。Alchemists(錬金術師)は、金属はすべて水銀と硫黄から成ると考えました。このふたつの物質を結合して金をつくりだす成分と考えられたものこそPhilosopher's Stone(賢者の石)だったのです。

近代科学の父といわれるSir Isaac Newton(アイザック・ニュートン)も、当時はalchemy(錬金術)を研究していましたから、Philosopher's Stone(賢者の石)の開発にあたっていたはずです。

地の文
「ハリー・ポッター」英語の文章作法

There was no point worrying yet, he told himself, ...What would come, would come...and he would have to meet it when it did. (Vol. 4 - Chap.37)

(いま心配してもしかたがない。……ハリーは自分に言い聞かせた。……来るもんは来る……来たときに受けて立てばいいんだ)

語りを取り入れた地の文。主人公の思いがダイレクトに伝わってきます。

地の文のルールと特徴

「ハリー・ポッター」シリーズの地の文にある、典型的記述パターンを紹介します。

「地の文」とは、文章のうちの会話や歌でない部分で、物語の背景や人物の動き、場面の状況などが書かれている個所です。「ハリー・ポッター」シリーズの地の文はやさしく読める文章ですが、この章で紹介するような英語の語彙と文章パターンを知っておくと、どんな場面なのかがたやすく想像できますし、筋の展開や起ころうとしている事件なども、即座に確実に読み取れるでしょう。一回読んだだけではあいまいにしかわからないから、もう一度読み返さなければならない、というようなことがなくなります。

「ハリー・ポッター」の地の文はやさしく読める

「ハリー・ポッター」シリーズでは、地の文にあることばや文のひとつひとつが、意味深い描写であったり、ストーリー展開の伏線であったりします。そこが、オリジナルの英語で読むことを勧めたい主な理由です。たとえば第1巻の最初の章、つまりシリーズ全巻のはじまりにあるタイトルから、すでに、大切な情報を秘めています。

The Boy Who Lived（生きていた少年：邦訳「生き残った男の子」）は、単純なタイトルに見えますが、物語の流れに沿うように書き換えるとしたら、The Boy Who Should Have Died（死ぬべきだった少年）になるでしょう。それが、Livedを用いることで、少年が生きていたという事実を強調しているのです。なぜでしょう。少年が生き残ったことが予測を超えた事態だったのだという情報を含めたかったからです。また、なぜThe Boy Who Didn't Die（死ななかった少年）は候補にならないのでしょうか。これだと、この少年が死ななかったことを暗示はしますが、ほかの少年たちはみんな死んだことをほのめかしてしまいます。

しかし、ここまで「深読み」する楽しみは後回しにして、とにかく読み通してしまいましょう。きっと「もう一度読みたい」と思われるはずです。そして読むたびにおもしろさが増していく、そんな物語が「ハリー・ポッター」シリーズなのです。

シリーズに出てくる英文のかたちをすべて網羅するのは不可能ですが、この章では、J. K. Rowlingの文章技術や基本的な記述パターンを紹介していきます。読者のみなさんの参考になるはずです。

まずは、「ハリー・ポッター」シリーズの文章上の決まりをチェックしておきましょう。

◇ **地の文は、主人公や登場人物あるいは関係者が物語るスタイルではなく、第三者が述べているかたちです。広い視野で登場人物や背景・できごとを観察し、客観的に述べられます。**

◇ **地の文は、過去形で記述されています。**

◇ **どちらかというと陽気な書き方で会話をとりいれた文章です。そのため、登場人物が直接、読者に語りかけているように感じられます。たとえば、第1巻の冒頭からそのような書き方になっています。**

● Mr and Mrs Dursley, of number four, Privet Drive, were proud to say that they were perfectly normal, thank you very much. [Vol.1 Chap.1]

（プリベット通り四番地の住人ダーズリー夫妻は、「おかげさまで、私どもはどこから見てもまともな人間です」と言うのが自慢だった。）

文末の 'thank you very much' は 'thank you for asking'「よくお尋ねくださいました」の意味ですが、登場人物のDursley夫妻が実際の会話で使っていることばを用いて、読者をこの物語の世界にじかに触れさせています。地の文に、登場人物が話す口調をそのまま使って、読者に直接はたらきかける書き方の例をあげましょう。

● Snape, sneaking into the Forest while everyone else was at dinner - what was going on? [Vol.1 Chap.13]

（スネイプだ。ほかの人たちが夕食を食べている時にコッソリ森に行くとは――いったい何事だろう？）

最後の 'what was going on?' はハリーが自問することばそのものですが、読者はまるでハリーから尋ねられたような気がします。

● He didn't know whether it was safe to go to Madam Pomfrey—would she recognize a dragon bite? [Vol.1 Chap.14]

（ロンはドラゴンにかまれたことがバレルのを恐れて、マダム・ポンフリーのところへ行くのをためらっていた。）

そのまま訳すと、「彼はポンフリー先生のところへ行ってもいいかどうかわからなかった。ドラゴンにかまれたことを彼女に気づかれちゃうかもしれない」で、後半はロンのつぶやきです。

● Or had that been her idea of an impressive end to the test? [Vol.3 Chap.16]

（それとも試験の最後を飾る、先生独特の演出だったのだろうか？）

会話のことばだけの地の文の例です。

◇ 論理的でない記述がときどきあります。特に無生物を主語にする場合です。これは英語の特徴ですから、正確な意味にこだわらず、イメージ的に読み進めましょう。

● One morning in mid-December, Hogwarts woke to find itself covered in several feet of snow. [Vol.1 Chap.12]

（十二月も半ばのある朝、目を覚ますとホグワーツは深い雪におおわれ……）

生き物ではないHogwartsがwakeしてfind itselfなどするはずはないのですが、Hogwartsが温かい血の通った学校であるという見方を読者の心に優しく根づかせる、美しい英文です。

● Houses flashed past the window. [Vol.1 Chap.6]

（家々が窓の外を飛ぶように過ぎていった。）

Hogwarts Expressが学校へ向かって走る場面です。家が動いているという、列車の内部にいる感覚での描写です。

● ... and the pavement rose up past its glass windows... [Vol.5 Chap.7]

（*ガラス窓越しに舗道が盛り上がったかと思うと……）

ハリー・ポッターが仲間たちと、電話ボックスのエレベーターで魔法省へ降りていく場面です。舗道が盛り上がったのではなく、ガラス窓の電話ボックスが降下していったのですが、電話ボックスの中にいるハリーたちの目に映った感覚で叙述しています。

◇ 比喩が随所に使われます。単一のアクションを説明する動詞や形容詞ではまにあわないことを描写した、次のような例では、単語にとらわれないで読みましょう。

● Question exploded inside Harry's head like fireworks... [Vol.1 Chap.4]

（ハリーの頭で、まるで花火のように次々と疑問がはじけた。）

動詞explodeはquestionsに対応する動詞ではありませんが、疑問が爆発するように出てくるイメージを述べています。

● Mr Dursley stopped dead. [Vol.1 Chap.1]

（ダーズリー氏はハッと立ち止まった。）

死んだわけではもちろんなく、単に、不意に立ち止まっただけです。deadは、dead heat（死闘・デッドヒート）、dead of night（真夜中）、dead against（真っ向から反対して）などのように、副詞のcompletely、totally、abruptly、absolutelyのような強調の意味でよく使われます。

● ...the cloudless sky smiled at itself in the smoothly sparkling lake... [Vol.5 Chap.31]

（雲ひとつない空が、キラキラ光る滑らかな湖に映る自分の姿に微笑みかけ、……）

単語にとらわれずストーリーを追っていく

原書を読みなれないうちは、単語のひとつひとつにとらわれがちです。森林全体（文章）の代わりに1本の木（単語）にばかり注目してしまうと、物語の中に迷って立ち往生するか、行方不明になってしまいます。

学校で習った単語でも、実はほんの一部の意味しか習っていないことが圧倒的に多いのです。

まずは、教科書から習った個々の単語の意味から解放されましょう。そして、単語で構成されたフレーズは、文法的に解釈されることを求めているのではなく、あなたの想像力で鮮明な画像を描きだされることを求めているのだ、ということを思い出してください。文章の記述からイメージをとらえていくようにすれば、なめらかにやさしく読んでいけるはずです。J. K. Rowlingは、こうしたイメージ化しやすい文章技術に熟達した著者だといえます。

比喩のパターン

「ハリー・ポッター」シリーズの特徴的な文章パターンに比喩があります。比喩といっても、要するに、読者がよく知っていることになぞらえた表現ですから、よりやさしく読めるはずです。

比喩には直喩・隠喩・換喩・提喩・諷喩とさまざまな方式があり、そのすべてを知る必要はありません。ここでは、「ハリー・ポッター」シリーズに全般にわたってでてくるけれども、初めて原書で読む人が誤解しやすいと思われるものをとりあげました。

like

similar toやthe same asの意味を示すlikeが、頻繁に出現します。多くのことばを費やさずに確実な情報を読者に伝えていく手法として、likeを多用しているのです。

● With a bang like a gunshot, ... [Vol.3 Chap.11]

(大砲のようなバーンという音がして………)

● He seized the envelope and, holding it before him like a bomb, sprinted out of the Hall... [Vol.3 Chap.14]

(*彼は封筒をつかむと、爆弾でもあるかのように前にささげもって大広間から飛び出した……)

特定の場所やもの、人物になぞらえることもできます。

● ... they considered anyone of Muggle descent, like Hermione, second-class. [Vol.4 Chap.8]

(*彼らは、だれであれマグルの家系——ハーマイオニーのような——は三流とみなした。)

● A high-ranking Ministry official like Mr Crouch... [Vol.3 Chap.10]

(クラウチさんくらいの政府高官になると……)

このようなlikeは、look、feel、soundなどの知覚動詞と結びついたフレーズをつくります。

look like	● 'What does a Patronus look like?' [Vol.3 Chap.12]（「守護霊ってどんな姿をしているのですか?」） ● 'It would've been so easy to push Malfoy off a glacier and make it look like an accident...' [Vol.4 Chap.11] （「マルフォイを氷河から突き落として事故に見せかけたり、簡単にできただろうになぁ……」）
feel like	● ...and though Harry's legs felt like water, he was still on his feet... [Vol. 3 Chap.12] （足の感覚はなかったが、ハリーはまだ立っている……） ● ...what it would feel like to have your soul sucked out of you... [Vol.3 Chap.12] （魂を吸い取られるのはどんな感じなのだろう）
sound like	● 'Doesn't sound like anyone's there...come on, let's go...' [Vol.3 Chap.21] （「外には誰もいないみたいだ……さあ、行こう……」） ●...he was woken by what sounded like cannon-fire as the door burst open. [Vol.6 Chap.5] （……大砲のような音がしてドアが開き、ハリーは起こされてしまった。）
seem like	● '...that hut of Hagrid's must seem like a palace compared to what your family's used to.' [Vol.1 Chap.12] （「ハグリッドの小屋だって君たちの家に比べたら宮殿みたいなんだろうねぇ」） ● ...in what seemed like the dazzling light of Dumbledore's sunlit office. [Vol.4 Chap.30] （……どうやら、陽射しの溢れる、ダンフルドアの部屋の眩しい光の中だ。）
名詞 + -like	likeを名詞に結びつけて、イメージどおりの形容詞を作っている例です。 ● ...Mrs Norris turned her lamp-like eyes on them, ... [Vol.1 Chap.16] （……ミセス・ノリスはランプのような目で二人の方を見たが……） ● He sank into a deep bow so that his pencil-like nose brushed the threadbare surface of the hearthrug... [Vol.5 Chap. 8] （ドビーが深々とお辞儀をしたので、鉛筆のような鼻先がボロボロの暖炉マットを擦り、……）

as

ifやthoughと組み合わされてasがたくさん出てきます。

as if

similar toよりイメージ的な語句で、同一性を示すthe same asの意味は含みません。

- 'It was as if someone had lit a fire in my head, ...' [Vol.3 Chap.19]
（「まるで誰かがわたしの心に火をつけたようだった……」）
- 'Wouldn't dream of it,' said Fred, who was looking as if his birthday had come early. [Vol.2 Chap.18]
（「夢にも思わないさ」そう言いながらフレッドは、まるで誕生日が一足早くやってきたという顔をしていた。）

As if!

As if!が、As if I (he/She/theyなど) wouldの短縮形としてでてきます。たいていは感嘆符「!」がつき、'No way!' や 'That's impossible!' 、つまり「まさか」とか「とんでもない」という意味です。現在のイギリスの若い人々がよく使うことばで、シリーズでもHogwartsの 学生だけが使い、ほかの大人は使っていません。

- 'Him! Get to me! As if!' [Vol.4 Chap.11]
（「あいつが！　僕を挑発？　ヘヘンだ!」）
- 'Ha! As if! She just didn't want to go with Neville...' [Vol.4 Chap.22]
（「ヘン！まさか！ただネビルと行きたくなかっただけなんだ……」）

as though

as ifと同じニュアンスで、表現のバリエーションとして使われています。

- ...she kept looking darkly at the broom as though it, too, had been criticising her cat. [Vol.3 Chap.11]
（ハーマイオニーはまるで箒も自分の猫を批判したと言わんばかりに、不快そうにチラチラ箒を見ていた。）
- Harry felt as though the bottom had dropped out of his stomach. [Vol.3 Chap.17]
（ハリーは胃袋の底が抜けたような気がした。）

as for	in the case ofや with regards toに代わるフレーズです。 ● 'As for the protection surrounding the boy, I believe my plan will be effective.' [Vol.4 Chap.1] (「あの小僧の周辺が守られている件だが、俺様の計画はうまく行くはずだ」) ● As for Dumbledore's writing to the Dursleys, that was nothing. [Vol.2 Chap.5] (ダンブルドアがダーズリー家に手紙を書くことなど、ハリーには問題にならなかった。)
as yet	まだ生じていない状況を述べます。 ● There was no food as yet on the glittering golden plates, ... [Vol.4 Chap.23] (金色に輝く皿には、まだ何のご馳走もなかったが、……) 'The glittering golden plates did not yet have any food on them...' とも言い換えられます。 ● St Mungo's is as yet unable to account for the presence of the plant on the ward... [Vol.5 Chap.25] (聖マンゴでは、この植物が病棟に持ち込まれたことについて、いまだに事態が解明できておらず、……)
as... as～	as blue asとかas quickly asは英語の教科書に必ずのっていますが、「ハリー・ポッター」シリーズではどのように使われているでしょうか。
as+形容詞+as	● ...Harry saw that she looked almost as tired as Lupin. [Vol.3 Chap.12] (ハーマイオニーはルーピンと同じくらい疲れて見えた。) ● Ron looked just as confused as he did, ... [Vol.3 Chap.19] (ロンもハリーと同じくらいわけがわからない顔をして、……)
as+副詞+as	● 'Right,' he said, trying to recall as exactly as possible the wonderful, soaring sensation in his stomach. [Vol.3 Chap.12] (「わかりました」ハリーは体を突き抜けるような、あのすばらしい飛翔感をできるだけ忠実に思い浮かべようとした。)

● ...Harry's Anti-Dementor lessons were not going nearly as well as he had hoped. [Vol.3 Chap.12]
（吸魂鬼防衛術の訓練は、なかなかハリーが思うようにうまくは進まなかった。）

● Harry woke as suddenly as though he'd been hit in the face [Vol.3 Chap.13]
（顔面にパンチを受けたような気分で、ハリーは突然目を覚ました。）

so

たいていは、ほかの単語と組み合わさって登場することが多いようです。

so as (to...)

in order toの別の言い方です。

● ...he was dressed in a sweatshirt so large for him that he had had to roll back the sleeves five times so as to be able to use his hands.... [Vol.4 Chap.3]
（お下がりのコットンシャツは、大きすぎて、袖を五つ折にしてたくし上げないと手が使えなかったし…… ）

● ...walking sideways from room to room, so as not to present the same target to the enemy. [Vol.4 Chap.4]
（……前回と同じ的を敵に見せまいと、部屋から部屋へ蟹歩きで歩いている……）

so that

to make it possible toやto ensure thatと同じ意味ですが、こちらのほうが、より短い表現です。

● Lupin shifted the Grindylow tank slightly so that he and Dumbledore could shake hands. [Vol.3 Chap.22]
（ルーピンは水魔の水槽を少しわきによけてダンブルドアと握手できるようにした。）

● ...Uncle Vernon lowered his voice so that Harry could barely hear him, ... [Vol.5 Chap.1]
（バーノンおじさんは声を落とし、ハリーに聞き取れないほどになった。）

so far	過去のある時点から現時点までをいう表現で、up until nowということです。 ● So far, however, all they had managed to do was get the badges stuck on POTTER STINKS. [Vol.4 Chap.19] （しかし、これまでのところ、「汚いぞ、ポッター」で文字の動きを止めるのが精一杯だった。） ● 'Had a good summer so far?' [Vol.5 Chap.5] （*「今のところいい夏休みだったか？」） そのほか、「ハリー・ポッター」シリーズには出てきませんが、英語でよく使われるso farの用法があります。so far so goodというフレーズで、no problems up until now（今までのところ、問題はない）という意味です。

Did you know? 知らなくてもいいけど豆知識

アーサー王伝説

イギリスの南西部に巨石群があります。ストーンヘンジとして世界的に有名な、石器時代の遺物です。有名な歴史家Geoffrey of Monmouthは、ストーンヘンジを、アイルランドからきた巨人が魔法使いマーリン（アーサーArthur王に仕えた魔術師Merlin）の指示に従って作ったものと信じていたそうです。

伝説によれば、アーサー王および彼の騎士は、聖杯（the Holy Grailイエス・キリストが最後の晩餐で飲んだカップ）を見つけようとします。その聖杯が木でつくられているところは「炎のゴブレット」と同じで、また聖杯を求めて冒険するところは、ハリーとセドリック・ディゴリーが三校対抗試合の優勝杯（Triwizard Cup）をめざすのと同じです。

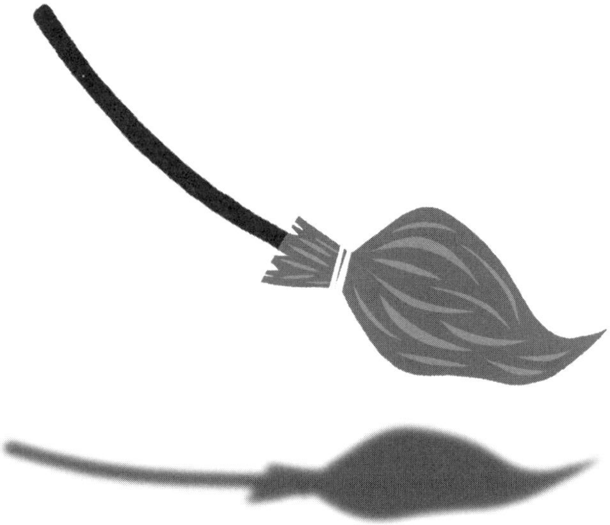

キャラクター
登場人物たちの見かけと個性

'Oh, you may not think I'm pretty,	私はきれいじゃないけれど
But don't judge on what you see.	人は見かけによらぬもの
……	
There's nothing hidden in your head	君の頭に隠れたものを
The Sorting Hat can't see,	組み分け帽子はお見通し
…… (Vol.1 - Chap.7)	

しかし、見かけも個性の大いなる一部ではあります。

「ハリー・ポッター」シリーズの登場人物描写に使われる形容詞・動詞・名詞・副詞は、そのキャラクターをいろいろな角度から映し出すように、念入りに選択されています。キャラクター別にあげていきましょう。

Harry Potter
(ハリー・ポッター)

各巻の初めに描写されるハリーの外観は、ちょっとさえない印象を与えます。最高のヒーローというより、ごくふつうの少年として描くことを意図しているものでしょう。

以下は、ハリーの描写に多く使われる形容詞です。

thin ………………………………… ほっそりした
thin scar ………………………… うすく残った傷痕
skinny ……………………………… やせっぽちの
small ……………………………… 小柄な
jet-black → jet-black hair … 真っ黒な髪
untidy hair …………………… ぼさぼさの髪
brilliant green eyes ………… あざやかな緑色の眼
bespectacled …………………… 眼鏡をかけた

● Harry had a thin face, knobbly knees, black hair and bright-green eyes. He wore round glasses held together with a lot of Sellotape because of all the times Dudley had punched him on the nose. The only thing Harry liked about his appearance was a very thin scar on his forehead which was shaped like a bolt of lightning. [Vol.1 Chap.2]

(ハリーは、膝小僧が目立つような細い脚で、細面の顔に真っ黒な髪、明るい緑色の目をしていた。丸いメガネをかけていたか、ダドリーの顔面パンチがしょっちゅう飛んでくるので、セロテープであちこち貼りつけてあった。自分の顔でたった一つ気に入っていたのは、額にうっすらと見える稲妻形の傷だ。)

● Harry, on the other hand, was small and skinny, with brilliant green eyes and jet black hair that was always untidy. [Vol.2 Chap.1]

(ハリーは、小柄で細身、輝く緑の目、いつもくしゃくしゃな真っ黒な髪。)

● Harry, though still rather small and skinny for his age, had grown a few inches over the last year. His jet-black hair, however, was just as it always had been: stubbornly untidy, whatever he did to it. [Vol.3 Chap.1]

（ハリーはいまだに年齢の割に小柄でやせてはいたが、この一年で五、六センチ背が伸びていた。真っ黒な髪だけは、相も変わらず、どうやっても頑固にクシャクシャしていた。）

●A skinny boy of fourteen looked back at him, his bright green eyes puzzled under his untidy black hair. [Vol.4 Chap.2]

（痩せた十四歳の自分が見つめ返していた。クシャクシャの黒髪の下で、輝く緑の目が戸惑った表情をしている。）

● He was a skinny, black-haired, bespectacled boy who had the pinched, slightly unhealthy look of someone who has grown a lot in a short space of time. [Vol.5. Chap.1]

（痩せた黒髪の、メガネを掛けた少年は、短い間にぐんと背丈が伸びたようで、少し具合の悪そうなやつれた顔をしていた。）

身体のなかで彼がいちばん気にしているscar（傷痕）は、ハリーの年頃の少年にありがちな自尊心、しかし、傷ついた自尊心を示しています。

Hermione Granger
（ハーマイオニー・グレンジャー）

第4巻まで、最初に登場するときの描写に、お決まりのパターンがあります。

bossy → bossy sort of voice … いばった（親分風を吹かすような）声
bushy → bushy brown hair … 量の多い縮れた褐色の髪
large front teeth ……………… 大きな前歯

bushy hairだけは第5～7巻でも変わりません。

●She had a bossy sort of voice, lots of bushy brown hair and rather large front teeth. [Vol.1 Chap.6]

（なんとなく威張った話し方をする女の子だ。栗色の髪がフサフサして、前歯がちょっと大きかった。）

●She ran down to meet them, her bushy brown hair flying behind her. [Vol.2 Chap.4]

（ふさふさした栗色の髪を後ろになびかせながら、ハーマイオニーは二人のそばに駆け下りてきた。）

● One, with very bushy brown hair and rather large front teeth, was Harry's and Ron's friend, Hermione Granger. [Vol.4 Chap.5]

（一人はたっぷりした栗色の髪、前歯がちょっと大きい女の子、ハリーとロンの仲良しのハーマイオニー・グレンジャーだ。）

物語が進むとHermioneの性格がだんだん現れてきます。

lofty ······························ 高慢な
maddening ························ いらいらした
superiority ······················ 優越感
derisive ·························· 嘲笑的な
snort ······························ 鼻を鳴ら（して怒りや軽蔑を表）す

これらのことばは、どちらかというと気難しく、だれよりも優秀であろうとする彼女を表現しています。

● 'Nothing,' said Hermione in a lofty voice, heaving her bag back over her shoulder. [Vol.3 Chap.12]

（「なんでもないわ」カバンをよいしょと背負いながら、ハーマイオニーがとりすました声で言った。）

● 'Well, isn't it obvious?' said Hermione, with a look of maddening superiority. [Vol.3 Chap.12]

（「あら、そんなこと、わかりきったことじゃない？」癪に障るような、優越感を漂わせて、ハーマイオニーが言った。）

●Hermione's terrified look vanished as she let out a derisive snort. [Vol.4 Chap.10]

（ハーマイオニーの顔から恐怖が吹き飛び、フンと嘲るように鼻を鳴らした。）

Ron Weasley
（ロン・ウィーズリー）

第4巻までの各巻で最初に紹介されるときのロンの外観は、ハーマイオニーとちがって細部まで具体的に説明されます。

tall	背が高い
thin	やせた
gangling	ひょろ長い
freckle	そばかす
→with freckles	そばかすのある
→freckle faced	そばかす顔の
big hands and feet	手も足も大きい
long nose*	高い鼻
red hair	赤毛

●He was tall, thin, and gangling, with freckles, big hands and feet and a long nose. [Vol.1 Chap.6]
（背が高く、やせて、ひょろっとした子で、そばかすだらけで、手足が大きく、鼻が高かった。）

●...a freckle-faced, red-haired, long-nosed someone. [Vol.2 Chap.2]
（……そばかすだらけの、赤毛の、鼻の高い誰かが。）

●Right in the middle of the picture was Ron, tall and gangling, ... [Vol.3 Chap.1]（真ん中に、ノッポで手足をもてあまし気味のロンがいた。）

Ginny Weasly
（ジニー・ウィーズリー）

ロンの妹Ginnyはシリーズの後半で存在感を増しますが、その外見については、どの巻にも出てくる髪の毛の描写以外、ほとんど書かれていません。

long red hair	長い赤毛
sweet-smelling hair	甘い香りのする髪の毛
brown eyes	茶色の目

●...said Ginny, tossing her long red hair out of her face and glaring at Ron. [Vol.6 Chap.14]（ジニーが長い赤毛を顔から振り払い、ロンを睨みつけた。）

注「高い鼻」ならhigh noseではないかと思いがちですが、英語では「高い鼻」をlong noseといいます。ちなみに、日本では「高い鼻」は相手に対するほめことばですが、鼻の大きな人が多い国では必ずしもほめことばにはなりません。

Rebeus Hagrid
（ルビウス・ハグリッド）

主に、その巨大な体格やひげ・目が描写されています。

体格

giant → a giant of a man …… 巨大な男
massive ………………………… がっしりした
tall → about twice as tall as a normal man
………………………… 背丈はふつうの男の倍
broad → at least three times as broad
………………………… 横幅は少なくともふつうの3倍

髪とひげ

shaggy mane → a long, shaggy mane of hair
………………………… もじゃもじゃの長いたてがみのような髪
wild /tangled /beard → long, wild, tangled black hair and beard
………………………… 長いごわごわしてもつれた髪の毛とひげ
bristling → bristle …………… 毛が密生する

目

glint → glinting like black beetles*
………………… 黒いコガネムシのようにきらきらと光を反射する

●A giant of a man was standing in the doorway. His face was almost completely hidden by a long, shaggy mane of hair and a wild, tangled beard, but you could make out his eyes, glinting like black beetles under all the hair. [Vol.1 Chap.4]

（戸口には大男が突っ立っていた。ボウボウと長い髪、モジャモジャの荒々しいひげに隠れて、顔はほとんど見えない。でも、毛むくじゃらの中から、まっ黒な黄金虫のような目がキラキラ輝いているのが見える。）

注 beetle コガネムシやカブトムシなどの甲虫。black beetleは「ゴキブリ」のことをいいますが、イギリスにはゴキブリ・カブトムシは一般にはいないので「ハリー・ポッター」シリーズでは（緑のはいっていない）黒いコガネムシをイメージするのがよいでしょう。

● About twice as tall as a normal man, and at least three times as broad, Hagrid, with his long, wild, tangled black hair and beard, looked slightly alarming... [Vol.4 Chap.12]

（背丈は普通の二倍、横幅は少なくとも普通の三倍はあろうというハグリッドは、モジャモジャともつれた長い髪も髯も真っ黒で、見るからにドキリとさせられる……）

Albus Dumbledore
（アルバス・ダンブルドア）

Dumbledore先生の描写は「賢明な古い魔法使いなら、外見はかくあるべき」とイギリスの人々が信じるものの典型です。彼の身につけている眼鏡やローブ、鼻、髪の毛やひげは、どの時代の話にも共通した典型的な「よい」魔法使いの要素です。

half-moon glasses / half-moon spectacles
…………………………………… 半月形の眼鏡
flowing silver hair …………… ふわっとした銀色の髪
long silver hair ……………… 長い銀色の髪
sweeping silver hair ………… ブラッシングされた銀色の髪
long crooked nose …………… 高い鉤鼻
extremely crooked nose …… きちっと曲がった鉤鼻
beard → beard shining in the candlelight
…………………………………… ロウソクの光に輝くひげ
moustache ……………………… 長くのびた口ひげ
very old ………………………… 高齢の
great energy …………………… 偉大なエネルギー
magnificent deep green robes embroidered with many stars and moons ……………………… たくさんの星と月を刺繍した荘厳な深緑色のローブ

● He wore half-moon glasses, had a long crooked nose and flowing silver hair, beard and moustache. [Vol.1 Chap.6]

（半月形のメガネをかけ、高い鼻は鉤鼻で、流れるような銀色の髪、あごひげ、口ひげを蓄えている。）

● Professor Dumbledore, though very old, always gave an impression of great energy. He had several fcct of long silver hair and beard, half-moon spectacles and an extremely crooked nose. [Vol.3 Chap.5]

（ダンブルドア校長は、相当の年齢だったが、いつ も偉大なエネルギーを感じさせた。長い銀髪と顎鬚は一メートルあまり、半月形のメガネをかけ、鉤鼻が極端に折れ曲がっていた。）

● ...his sweeping silver hair and beard shining in the candle light, his magnificent deep green robes embroidered with man stars and moons. [Vol.4 Chap.12]

（……流れるような銀髪と白鬚が蝋燭の明かりに輝き、堂々とした深緑色のローブには星や月の刺繍が施されている。）

Minerva McGonagall

（ミネルバ・マクゴナガル）

非常に厳格で、無意味なことはいっさい排除するタイプの先生として描写されています。イギリス人たちが思い浮かべる女性教師の典型です。

tall …………………………… 背が高い
black-haired …………………… 黒い髪の
emerald-green robes ………… エメラ ルド色のローブ
hair in a tight bun* …………… きっちりとした束髪
stern face ……………………… 怖い顔つき
sharp eyes ……………………… 鋭い視線
this was not someone to cross … 逆らってはいけない人
bespectacled / square spectacles
…………………………… 眼鏡をかけた／四角い眼鏡
stern-looking ………………… 厳格な見た目

注 bun 頭頂部または後頭部でロールパン状に束ねた髪型

● A tall, black-haired witch in emerald-green robes stood there. She had a very stern face and Harry's first thought was that this was not someone to cross. [Vol.1 Chap.7]

（エメラルド色のローブを着た背の高い黒髪の魔女が現れた。とても厳格な顔つきをしている。この人には逆らってはいけない、とハリーは直感した。）

● ...a bespectacled witch with her hair in a tight bun, ... [Vol.2 Chap.5]

（メガネをかけ、髪を後ろできつく束ね、髷にしている。）

● She was a stern-looking witch who wore her hair in a tight bun; her sharp eyes were framed in square spectacles. [Vol.3 Chap.5]

（厳格な顔をした先生で、髪をきっちりと髷に結い、四角い縁のメガネの奥に鋭い目があった。）

Severus Snape
（セブルス・スネイプ）

児童文学で一般的に用いられる悪漢の要素ばかり。極度に醜悪な、悪を詰めこんだ縮図のような描写です。

目

cold ……………… 冷ややかな
empty ……………… うつろな
dark tunnel ……………… 暗いトンネル（のような）

身体と顔

thin ……………… やせた
sallow skin ……………… 黄ばんだ皮膚
sallow-faced ……………… 黄ばんだ顔
hooked nose ……………… 鉤鼻

髪の毛

greasy ……………… てかてかした
shoulder-length ……………… 肩までたらした
long ……………… 長い

● His eyes were black like Hagrid's, but they had none of Hagrid's warmth. They were cold and empty and made you think of dark tunnels. [Vol.1 Chap.8]

（ハグリッドと同じ黒い目なのに、ハグリッドの目のような温かみは一かけらもない。冷たくて、うつろで、暗いトンネルを思わせた。）

● He was a thin man with sallow skin, a hooked nose and greasy, shoulder-length black hair ... [Vol.2 Chap.8]

（脂っこい黒い髪を肩まで伸ばし、痩せた体、土気色の顔に鉤鼻のその人は、……）

● ...the sallow-faced, hook-nosed, greasy-haired Potions master, Snape... [Vol.4 Chap.12]

（……土気色の顔、鉤鼻、べっとりした髪、「魔法薬学」のスネイプ）

Voldemort

（ヴォルデモート）

その外見の描写はそれほど多くありませんが、彼の残酷性が十分に伝わってきます。彼の話し方から彼の個性がわかります（*p.*132参照）。

顔

terrible face ……………………… 恐ろしい顔つき
chalk white ……………………… 白墨のような白さの
glaring red eyes ……………… ぎらぎらした赤い眼
like a snake ……………………… ヘビのような

声

strangely high-pitched ……… いやにかん高い
cold ……………………………… 冷ややかな

体格

tall ……………………………… 背の高い
skeletally ……………………… 骨と皮ばかりにやせた
like large, pale spiders ……… 大きな青白いクモのような
long white fingers …………… 長い白い指

●...the most terrible face Harry had ever seen. It was chalk white with glaring red eyes and slits for nostrils, like a snake. [Vol.1 Chap.17]

（……ハリーがこれまで見たこともないほどの恐ろしい顔が。蝋のように白い顔、ギラギラと血走った目、鼻孔はヘビのような裂け目になっていた。）

●...but it was strangely high-pitched, and cold as a sudden blast of icy wind. [Vol.4 Chap.1]

（……しかし、不自然に甲高い、しかも氷のような風が吹き抜けたかのように冷たい声だ。）

●...a man, tall and skeletally thin, ... [Vol.4 Chap.32]

（……骸骨のように痩せ細った、背の高い男の黒い影だった。）

● His hands were like large, pale spiders; his long white fingers caressed his own chest, his arms, his face, the red eyes, whose pupils were slits, like a cat's gleamed still more brightly through the darkness. [Vol.4 Chap.33]

（手はまるで大きな蒼ざめた蜘蛛のようだ。ヴォルデモートは蒼白い長い指で自分の胸を、腕を、顔をいとおしむように撫でた。赤い目の瞳孔は、猫の目のように縦に細く切れ、暗闇でさらに明るくギラギラしていた。）

Sirius Black
（シリウス・ブラック）

動物に化身する腐法使いSirius Blackは、3つの側面から描写されます。まず、動物であるとき、人間にもどるとき、そして人間のときです。

animagus ……………………… 魔法使いの化身である動物
enormous ……………………… 巨大な
pale-eyed ……………………… 淡い色の眼をした
jet-black ……………………… 真っ黒な（毛）

filthy, matted hair hung to his elbows
……………………… 汚いもつれた髪が肘まで垂れている
shining out of the deep, dark sockets
……………………… くぼんだ暗い窩から光っている（眼）
waxy skin ……………………… ロウのように白い皮膚
looked like a skull …………… 骸骨のような

yellow teeth …………………… 黄ばんだ歯

short and clean (hair) ……… 短く(切った)こぎれいな(髪)
fuller (face) …………………… ふっくらした(顔)

●...an enormous, pale-eyed, jet-black dog. [Vol.3 Chap.17]
(巨大な薄灰色の目をした、真っ黒な犬だ。)

●A mass of filthy, matted hair hung to his elbows. If eyes hadn't been shining out of the deep, dark socket, he might have been a corpse. The waxy skin was stretched so tightly over the bones of his face, it looked like a skull. His yellow teeth were bared in a grin. [Vol.3 Chap.17]
(汚れきった髪がモジャモジャと肘まで垂れている。暗い落ち窪んだ眼窩の奥で眼がギラギラしているのが見えなければ、まるで死体が立っていると言ってもいい。血の気のない皮膚が顔の骨にぴったりと張りつき、まるで髑髏のようだ。ニヤリと笑うと黄色い歯がむき出しになった。)

●...but the hair was short and clean now, Sirius' face was fuller, and he looked younger... [Vol.4 Chap.19]
(……でもいまは、髪をこざっぱりと短く切り、顔は丸みを帯び、あのときより若く見えた。)

Draco Malfoy
(ドラコ・マルフォイ)

顔の特徴や横柄な性質が描かれますが、後者は主に彼が話すさまを描写するsneered、drawled、smirkedで表現されています(*p*.134参照)。

顔
pale ……………………………… 青白い
pointed ………………………… とがった
sneering ………………………… (人を)あざけった顔つき
髪の毛
white-blonde hair …………… プラチナブロンドの髪
そして……
resembled his father ………… 背父親に似た

●...a boy with a pale, pointed face ... [Vol.1 Chap.15]

（青白い、あごのとがった男の子……）

●Malfoy, who had a pale, pointed, sneering face, ... [Vol.3 Chap.5]

（顎の尖った青白い顔にいつもせせら笑いを浮かべているマルフォイ……）

●A pale boy with a pointed face and white-blond hair, Draco greatly resembled his father. [Vol.4 Chap.8]

（顎の尖った青白い顔にプラチナ・ブロンドの髪のドラコは、父親に瓜二つだった。）

Dudley Dursley
（ダドリー・ダーズリー）

彼に関しては、痛烈な描写がされています。

large, pink face	大きなピンク色の（ブタのような）顔
not much neck	首がほとんどないくらい短い
small watery blue eyes	小さなうるんだ青い眼
thick, blond hair	量が多い金髪
thick, fathead	ずんぐりしてぶくぶく太った頭
porky	肥満したブタのような
piggy little eyes	ブタのように小さな眼
five chins wobbling	ぶよぶよたるんだ五重あご

●He had a large, pink face, not much neck, small watery blue eyes and thick, blond hair that lay smoothly on his thick, fat head. [Vol.1 Chap.2]

（大きなピンクの顔で、首はほとんどなく、薄い水色の小さな目をして、たっぷりとしたブロンドの髪が、たてにも横にも大きい顔の上に載っかっている。）

●Dudley was blond, pink and porky. [Vol.2 Chap.1]

（ダドリーはブロンドでピンクの豚のようだった。）

●...his piggy little eyes fixed on the screen and his five chins wobbling as he ate continually. [Vol.3 Chap.2]

（……豚のような小さな目はテレビにくぎづけのまま、五重顎をだぶつかせてひっきりなしに何かを食べていた。）

Vernon Dursley
(バーノン・ダーズリー)

図体の大きさが主に述べられます。息子にはpig(ブタ)が引き合いに出されていますが、その父親のバーノンにはrhinoceros(サイ)です。

big, beefy ………………………… 大きく太った
with hardly any[very little] neck
……………………………… ほとんどないくらい首が短い
rhinoceros ………………………… サイ
small, sharp eyes ……………… 小さな抜けめのない眼
a lot of moustache …………… 量の多い口ひげ
large red face ………………… 大きな赤ら顔

●He was a big, beefy man with hardly any neck. [Vol.1 Chap.1]

(ずんぐりと肉づきがよい体型のせいで、首がほとんどない。)

●...breathing like a winded rhinoceros and watching Harry closely out of the corners of his small, sharp eyes. [Vol.2 Chap.1]

(……息切れしたサイのようにフーッフーッいいながら、小さな鋭い目でハリーを横目でにらみつけた。)

●...a large, beefy man with very little neck and a lot of moustache. [Vol.3 Chap.2]

(……がっちり、でっぷりした大きな人で、首がほとんどなく、巨大な口髭を蓄えていた。)

●Unle Vernon's large red face was hidden behind the morning's *Daily Mail*... [Vol.4 Chap.3]

(*バーノンおじさんのでっかい赤ら顔はその日の朝の「デイリー・メール」の陰に隠れたままだったし……)

Petunia Dursley
(ペチュニア・ダーズリー)

しょうもない息子を溺愛するいっぽう、他人に対しては熱心にあら探しをする狭量な人物像です。

thin ……………………………… やせた
blonde ……………………………… 金髪の
nearly twice the usual amount of neck
……………………………… ふつうの2倍の長さの首
bony ……………………………… やせて骨ばった
horse-faced ……………………… 馬面の、顔が長い

● Mrs Dursley was thin and blonde and had nearly twice the usual amount of neck, ... [Vol.1 Chap.1]

（奥さんの方はやせて、金髪で、なんと首の長さが普通の人の二倍はある。）

● Aunt Petunia, who was bony and horse-faced, ... [Vol.3 Chap.2]

（馬面でガリガリにやせているペチュニアおばさん……）

Cornelius Fudge
（コーネリウス・ファッジ）

身につけた衣服の奇妙なとり合わせが、読者に印象付けられます。

short ……………………………… 背が低い
rumpled grey hair …………… くしゃくしゃした白髪
anxious expression …………… 心配事のあるような暗い表情
a strange mixture of clothes … 組み合わせがごたまぜのおかしな服装

● The stranger was a short, portly man with rumpled grey hair and an anxious expression. He was wearing a strange mixture of clothes: a pin-striped suit, a scarlet tie, a long black coat and pointed purple boots. Under his arm he carried a lime-green bowler. [Vol.2 Chap.14]

（見知らぬ男は背の低い恰幅のいい体にくしゃくしゃの白髪頭で、悩み事があるような顔をしていた。奇妙な組み合わせの服装で、細縞のスーツ、真っ赤なネクタイ、黒い長いマントを着て先の尖った紫色のブーツを履いている。ライムのような黄緑色の山高帽を小脇に抱えていた。）

Crabbe & Goyle
(クラッブとゴイル)

いつもふたりいっしょに描写されます。個別の描写が出てくるのは第3巻になってから。

thickset	ずんぐりした
looked extremely mean	とても下品な感じの
bodyguards	ボディガード
flanked	側面を固めている
thuggish	暴漢の
crony	仲良し
wide and muscly	胸が広くて筋肉がはっている
pudding-basin haircut	プディングを作るボウル状の髪型
thick neck	太い首
short, bristly hair	短い剛毛
long, gorilla arms	ゴリラのように長い腕

● Both of them were thickset and looked extremely mean. Standing either side of the pale boy, they looked like bodyguards. [Vol.1 Chap.6]

(二人ともガッチリとして、この上なく意地悪そうだった。青白い男の子の両脇に立っていると、ボディガードのようだ。)

● He had stopped right behind Colin, flanked, as he always was at Hogwarts, by his large and thuggish cronies, Crabbe and Goyle. [Vol.2 Chap.6]

(いつものように、デカで狂暴そうなクラッブとゴイルを両脇に従えて、マルフォイはコリンのすぐ後ろで立ち止まった。)

● They were both wide and muscly; Crabbe was the taller, with a pudding-basin haircut and a very thick neck; Goyle had short, bristly hair and long, gorilla arms. [Vol.3 Chap.5]

(両方とも筋肉隆々の肩幅ガッチリ体型で、クラッブの方が背が高く、鍋底カットのヘアスタイルで太い首。ゴイルはたわしのような短く刈り込んだ髪で、長いゴリラのような腕をぶら下げていた。)

Dobby
（ドビー）

小さな妖精ですが、容貌の描写からかなり異常な存在であると印象づけられます。この妖精の場合、着ているものがストーリーに関係してきます。

house-elf…………………………… 家庭に住みついている妖精
家事にあたる妖精
little creature …………………… 小さな生き物
large, bat-like ears …………… 大きなコウモリのような耳
bulging green eyes …………… 飛び出した緑の眼
enormous, green, tennis-ball-shaped eyes
……………………………… 巨大な緑のテニスボールみたいな眼
old pillow case ………………… 古い枕カバー
long fingers and feet ………… 長い指と足

● The little creature on the bed had large, bat-like ears and bulging green eyes the size of tennis balls. [Vol.2 Chap.2]

（ベッドの上にはコウモリのような長い耳をして、テニスボールぐらいの緑の目がギョロリと飛び出した小さな生物がいた。）

● Harry noticed that it was wearing what looked like an old pillow-case with rips for arm and leg holes. [Vol.2 Chap.2]

（ハリーはその生物が、手と足が出るように裂け目がある古い枕カバーのようなものを着ているのに気づいた。）

● his enormous, green, tennis-ball-shaped eyes brimming with tears of happiness. ...except the clothes, which were very different. [Vol.4 Chap.21]

（巨大な、テニスボールのような緑の目が、うれし涙でいっぱいだった。……ただ、衣服だけはまったく違っていた。）

Arabella Figg
（アラベラ・フィッグ）

シリーズに何度か登場してきたミセス・フィッグ、第5巻でやっとその役割がはっきり見えてきます。家の外でも毛織のスリッパをはいている、おかしな外見の老婦人に描かれています。

mad ………………………… 気がちがった
batty ………………………… 風変わりな、酔っ払った
grizzled grey hair …………… 白髪の、白髪まじりの
hairnet ………………………… ヘアネット
carpet slippers ………………… 毛織のスリッパ

● Every year, Harry was left behind with Mrs Figg, a mad old lady who lived two streets away. [Vol.1 Chap.2]

（ハリーはいつも置いてけぼりで、ふた筋むこうに住んでいる変わりもののフィッグばあさんに預けられていた。）

● Mrs Figg, their batty old neighbour, came panting into sight. Her grizzled grey hair was escaping from its hairnet, a clanking string shopping bag was swinging from her wrist and her feet were halfway out of her tartan carpet slippers. [Vol.5 Chap.1]

（*風変わりな隣人のミセス・フィッグが息を切らして姿を現わした。その白髪まじりの髪はヘアネットからはみだし、網の買い物バッグはカタカタ音を立てて揺れ、格子じまの毛織のスリッパは、いまにも脱げそうだった。）

● A moment later, Percy returned, followed by Mrs Figg. She looked scared and more batty than ever. Harry wished she had thought to change out of her carpet slippers. [Vol.5 Chap.8]

（パーシーは、すぐ戻ってきた。後ろにフィッグばあさんが従っている。怯えた様子で、いつにも増して風変わりに見えた。いつもの毛織のスリッパを履き替えてくる気配りがほしかったと、ハリーは思った。）

Mundungus Fletcher
（マンダンガス・フレッチャー）

ケチ臭いやくざらしく、身だしなみにはぜんぜんかまわないようです。外見だけでなく、においも描写されています。

smell of drink	酒のにおいがする
stale tobacco	すえたタバコ（のにおい）
squat	ずんぐりした
unshaven	無精ひげの
tattered overcoat	ぼろぼろのコート
long, straggly ginger hair	ぼうぼうと伸び放題の赤毛
bloodshot, baggy eyes	充血したはれぼったい目
matted ginger hair	赤茶けたもじゃもじゃの髪

● There was a loud crack and a strong smell of drink mingled with stale tobacco filled the air as a squat, unshaven man in a tattered overcoat materialised right in front of them. [Vol.5 Chap.2]

（パシッと大きな音がして、酒臭さとむっとするタバコの臭いがあたりに広がり、ボロボロの外套を着た、無精ひげのずんぐりした男が、目の前に姿を現した。）

● He had short, bandy legs, long straggly ginger hair and bloodshot, baggy eyes that gave him the doleful look of a basset hound. [Vol.5 Chap.2]

（ガニ股の短足、長い赤茶色のざんばら髪、それに血走った腫れぼったい目が、バセット・ハウンド犬の悲しげな目つきを思わせた。）

● 'Eh?' said Mundungus, peering balefully at Harry through his matted ginger hair. [Vol.5 Chap.5]

（＊「え？」マンダンガスは陰険な目つきで、顔にかかる赤茶けたもじゃもじゃの髪越しにハリーをのぞきこんだ。）

Kreacher
（クリーチャー）

第5巻から登場する屋敷しもべ妖精です。シリーズに登場してきたほかの屋敷しもべたちとは、まったく異なった態度を見せます。

old	年寄りの
bald	頭がはげている
batlike ears	コウモリのような耳
bloodshot, watery grey eyes	どんよりした灰色の血走った目
fleshy nose	肉づきのいい鼻
snoutlike	豚のような（鼻）

● It looked very old. Its skin seemed to be several times too big for it and, though it was bald like all house-elves, there was a quantity of white hair growing out of its large, batlike ears. [Vol.5 Chap.6]

（相当の年寄りに見えた。皮膚は体の数倍あるかのようにだぶつき、しもべ妖精に共通の禿頭だが、蝙蝠のような大耳から白髪がぼうぼうと生えていた。）

● Its eyes were a bloodshot and watery grey and its fleshy nose was large and rather snoutlike. [Vol.5 Chap.6]

（どんよりした灰色の眼は血走り、肉づきのいい大きな鼻は豚のようだ。）

Dolores Umbridge
（ドロレス・アンブリッジ）

ぜったいにお近づきになりたくない存在という印象で描写されています。

large, pale toad	大きな青いヒキガエル
squat	背が低い、ずんぐりした
broad, flabby face	大きく締まりのない顔
wide, slack mouth	への字に曲げた大きな口

large, round eyes ……………… 大きな丸い目
bulging ………………………… (目が) とびだしている
fluttery, girlish voice ………… 媚びるようなかわいい女の子ぶった声
high-pitched voice …………… かん高い声

● He thought she looked just like a large, pale toad. [Vol.5 Chap.8]
（まるで、大きな蒼白いガマガエルのようだ、とハリーは思った。）

● She was rather squat with a broad, flabby face, as little neck as Uncle Vernon and a very wide, slack mouth. [Vol.5 Chap.8]
（ずんぐりして、大きな顔は締まりがない。首はバーノンおじさん並みに短く、口はぱっくりと大きく、だらりとだらしがない。）

● Her eyes were large, round and slightly bulging. [Vol.5 Chap.8]
（丸い大きな目は、やや飛び出している。）

● The witch spoke in a fluttery, girlish, high-pitched voice that took Harry aback... [Vol.5 Chap.8]
（魔女が、女の子のように甲高い声で、ひらひらと話しだしたのには、ハリーはびっくり仰天した。）

Horace Slughorn
（ホラス・スラグホーン）

第6巻から登場するこの先生は、贅沢で快適な暮らしが大好き。外見からもそれがうかがえます。

顔・頭
prominent eyes ……………… 飛び出した目
enormous, silver walrus-like moustache ………………………… 堂々たる銀色のセイウチ髭
shiny pate ……………………… つるつる頭のてっぺん
体格
great belly ……………………… でっぷりとした腹
pudgy hand …………………… むっちりした手

服装

highly polished buttons …… ピカピカに磨かれたボタン
maroon velvet jacket ………… 栗色のビロードの上着
lilac silk pyjamas …………… ライラック色の絹のパジャマ

● The wand-light sparkled on his shiny pate, his prominent eyes, his enormous, silver walrus-like moustache, and the highly polished buttons on the maroon velvet jacket he was wearing over a pair of lilac silk pyjamas. [Vol.6 Chap.4]

(飛び出した目と、堂々たる銀色のセイウチ髭。ライラック色の絹のパジャマ。その上に羽織った栗色のビロードの上着についているピカピカのボタンと、つるつる頭のてっぺんに、杖灯りが反射した。)

● ...his great velvet-covered belly seemed to fill all the remaining space in the compartment. [Vol.6 Chap.7]

(*ビロードで覆われたでっぷりとした腹が、コンパートメントの空間をすべて埋めつくしているように見える。)

● Slughorn raised a pudgy hand and pressed his shaking fingers to his mouth. [Vol.6 Chap.22]

(スラグホーンはむっちりした片手を上げ、指を震わせながら口を覆った。)

Luna Lovegood
(ルーナ・ラブグッド)

変人のようななりでエキセントリックに登場しますが、だんだん好ましい存在になっていきます。体の特徴だけでなく、身に着けているものにも注目。

straggly, waist-length hair … ばらばらにほつれた腰まで伸びた髪
dirty blonde ……………………… くすんだ色のブロンド
pale eyebrows …………………… うすい眉
protuberant eyes ……………… 飛び出した目、出目
surprised look ………………… びっくりした顔つき

dottiness	風変わりな
radish earrings	ラディッシュのイヤリング
Butterbeer-cork necklace	バタービールのコルク栓をつないだネックレス
Spectrespecs	メラメラメガネ （雑誌の付録のメガネ）

●She had straggly, waist-length, dirty blonde hair, very pale eyebrows and protuberant eyes that gave her a permanently surprised look. [Vol.5 Chap.10]

（濁り色のブロンドの髪が腰まで伸び、バラバラと広がっている。眉毛がとても薄い色で、目が飛び出しているので、普通の表情でもびっくり顔だ。）

●The girl gave off an aura of distinct dottiness. [Vol.5 Chap.13]

（この女の子には、明らかに変人のオーラが漂っている。）

●Harry was glad, in any case, that she had left off her radish earrings, her Butterbeer-cork neck-lace and her Spectrespecs. [Vol.6 Chap.15]

（とにかくハリーは、ルーナがオレンジ色の蕪のイヤリングを着けてもいないし、バタービールのコルク栓をつないだネックレスも「メラメラメガネ」もかけていないことがうれしかった。）

Nymphadora Tonks
（ニンファドーラ・トンクス）

思うままに姿を変えられるMetamorphmagus（七変化）の魔女。最初に登場したとき、その髪はつんつんと立った強烈なスミレ色のショートヘアでしたが、その後ブロンドの巻き毛、風船ガムピンク、ネズミのようなくすんだ色、ふたたびピンク色、そして柔らかな茶色へと、目まぐるしく変化します。

youngest ………………………… いちばん若い
pale heart-shaped face ……… 青白いハート型の顔
dark twinkling eyes ………… キラキラ光る黒い瞳
short spiky hair ……………… つんつんと立った短い髪
violent shade of violet ……… はでなスミレ色
lblonde and curly hair ……… ブロンドの巻き毛
bubblegum-pink hair ……… 風船ガムピンクの髪
mouse-coloured hair ………… ネズミのような色の髪
soft brown ………………………… 柔らかい茶色(の髪)

● She looked the youngest there; she had a pale heart-shaped face, dark twinkling eyes, and short spiky hair that was a violent shade of violet. [Vol.5 Chap.3]

(中では一番若いようだ。色白のハート型の顔、キラキラ光る黒い瞳、髪は短く、強烈な紫で、つんつん突っ立っている。)

● Her hair was blonde and curly this morning. [Vol.5 Chap.7]

(*けさの彼女はブロンドの巻き毛だった。)

● Certainly her appearance was less colourful than usual without her customary shade of bubblegum-pink hair. [Vol.6 Chap.5]

(見た目には、いつもの風船ガムピンクの髪をしていないので、間違いなく色褪せている。)

人物とそれに類する生き物の描写には、主に形容詞・副詞が使われていましたが、動物たちの描写では動詞が活躍します。動詞をとおして見える動物の動きに、さまざまな情報がこめられています。

Cats ネコたち

変身したProfessor McGonagall、Crookshanks、Mrs Norrisの3匹(ひとり+2匹?)が主な登場ネコですが、Professor McGonagallはtabby cat*と紹介されるだけなのに対して、ほかの2匹は詳しく描写されています。

Crookshanks(クルックシャンクス)

●The cat's ginger fur was thick and fluffy, but it was definitely a bit bow-legged and its face looked grumpy and oddly squashed, as though it had run headlong into a brick wall. [Vol.3 Chap.4]

(赤味がかったオレンジ色の毛がたっぷりとしてフワフワだったが、どう見てもちょっとガニマタだったし、気難しそうな顔がおかしな具合につぶれていた。まるで、レンガの壁に正面衝突したみたいだった。)

Mrs Norris(ミセス・ノリス)

● Filch owned a cat called Mrs Norris, a scrawny, dust-coloured creature with bulging, lamp-like eyes just like Filch's. [Vol.1 Chap.8]

(フィルチはミセス・ノリスという猫を飼っていた。やせこけて、ほこりっぽい色をして、目はフィルチそっくりのランプみたいな出目金だった。)

ネコたちの動作を表す動詞

bound … ジャンプする
chew …… くわえる
claw …… 爪をたてる
curl up … まるくなる
hiss……… 怒って「シャーッ」と声をあげる
leap …… さっと動く 跳ぶ
peer …… のぞく
propel … 飛び出す　進む
prowl…… うろつく 歩きまわる 徘徊する

注 tabby ぶち[とら]ネコ=tabby cat;(特に雌の)飼いネコ;せんさく好きな女性、オールドミスなどの意味があります。

purr …… ゴロゴロ喉を鳴らす	**slink** …… 忍びよる
scarper … 遁走する 逃げる	**soar** …… 飛び上がる
settle …… 座る	**spit** ……… うなる
sink …… 沈み込む	**spring** … 跳びのる
sit up …… 起き上がる	**stare** …… 見つめる
	stretch … 体をのばす

Dogs イヌたち

Hagridが飼っているFangと、Sirius Blackの化身 Padfootで、後者は物語の展開に重要な登場人物（兼犬）ですが、その姿の描写については前項 (*p*.64-65) を参照してください。

●When Harry knocked they heard a frantic scrabbling from inside and several booming barks. [Vol.1 Chap.8]

（ノックすると、中からメチャクチャに戸を引っ掻く音と、ブーンとうなるようなほえ声が数回聞こえてきた。）

● He let them in, struggling to keep a hold on the collar of an enormous black boarhound. [Vol.1 Chap.8]

（ハグリッドは巨大な黒いボアーハウンド犬の首輪を押さえるのに苦労しながら、ハリーを招き入れた。）

イヌたちの動作を表す動詞

bark …… ほえる	**scrabble** … ひっかく
bound … とびはねる	**scratch** …… ひっかく
cower…… すくむ	**sit** ………… 座る
drool …… よだれをたらす	**slump** …… ゴロンと床に横たわる
gnaw …… かみきる　かじる	**sniff** ……… くんくんかぐ
growl …… うなり声をあげる	**spring** …… とびかかる
howl …… (声をひいて) ほえる・鳴く	**trot** ………… トコトコ走る
	whimper … クンクン鳴く
lick ……… (舌で) なめる	**whine**……… キャンキャン鳴く

Rats ネズミたち

Sirius Blackの登場で意外な事実が判明してくる、ロンが大事に飼っていたScabbers、その描写は、ストーリー展開の伏線になっています。

●The witch's eyes moved from Scabbers's tattered left ear to his front paw, which had a toe missing, and tutted loudly. [Vol.3 Chap.4]

（魔女の目がスキャバーズのボロボロの左耳から、指が一本欠けた前足へと移った。そこからチッチッチッと大きく舌打ちした。）

ネズミの動作を表す動詞

chew …… かじる
escape … 逃げる
fight …… けんかする　あばれてさからう
hang …… くらいつく
be huddled …… 押し込まれる
lurk …… かくれる
scarper … 逃げ出す
scratch … ひっかく
shoot ……… すりぬける　もぐりこむ
squeak …… キーキー鳴く
squeal …… キーキーわめく
struggle…… 身をよじる
thrash …… じたばたあばれる　もがく　ころげまわる
wiggle …… じたばたする
writhe …… 身をよじる

Owls フクロウたち

いろいろなフクロウがたびたび登場します。ハリー・ポッターにHagridが買ってやったフクロウHedwigは、どうという特徴のないシロフクロウで、あまり描写されてはいませんが、しかし、ロンのフクロウPigwidgeonはとても活き活きとおもしろく描写されています。

●Harry now carried a large cage which held a beautiful snowy owl, fast asleep with her head under her wing. [Vol.1 Chap.5]

（ハリーは大きな鳥籠を下げている。籠の中では、雪のように白い美しいふくろうが、羽根に頭を突っ込んでぐっすり眠っている。）

● Hedwig had woken up with a particularly loud screech and was beating her wings wildly against the bars of her cage. [Vol.2 Chap.2]

（ヘドウィグが目を覚まし、ひときわ大きく鳴いたかと思うと鳥籠の格子にバタバタと激しく羽を打ちつけた。）

フクロウたちの動作を表す動詞

beat …… 羽をうちつける	**hold** ……… 支える
bring …… くわえてくる 運ぶ	**hoot** ……… ホーホー鳴く
carry …… 運ぶ	**hunt** ……… 狩りをする
click …… (くちばしを)ならす	**land** ……… 着地する　止まる
clutch … (くちばしに)くわえる	**nip** ………… はさむ
deliver … 配達する	**ruffle** ……… (羽を)逆立てる
dip ……… (コップにくちばしを)つっこむ	**rustle** ……… カサコソと音を立てて動きまわる
drink …… (水を)のむ	**screech** …… キーキー鳴く
eat ………… ついばむ	**shriek** …… 鋭い声をあげる
flap ………… 羽ばたく	**soar** ……… 舞い上がる
flinch ……… たじろぐ 身を引く	**stretch** …… 伸ばす
flutter …… 羽ばたく	**sway** ……… ゆする 影響力を持つ 支配する
fly ………… 飛ぶ	**swoop** …… 飛びかかる
glide ……… 滑走する	**take off** …… 立ち去る
gulp ……… (がつがつと)急いで食べる	**twitter** …… 喜んで興奮する
	wake ……… 起きる
	zoom ……… 急上昇する

Snakes ヘビたち

シリーズの全体にわたって、さまざまな姿で登場し、いろいろな描写があります。初めにブラジルの大蛇boaが現れます。

●It could have wrapped its body twice around Uncle Vernon's car and crushed it in to a dustbin-but at the moment it didn't look in the mood. [Vol.1 Chap.2]

(バーノンおじさんの車を二巻きにして砕いてくずかごに放り込みそうな大蛇だ——ただし、今はそういうムードではないらしい。)

第2巻で出てくるBasiliskはこんなふうに描写されます。

● The enormous serpent, bright, poisonous green, thick as an oak trunk, had raised itself high in the air and its great blunt head was weaving drunkenly between the pillars. [Vol.2 Chap.17]

(巨大な蛇だ。テラテラと毒々しい鮮緑色の、樫の木のように太い胴体を、高々と宙にくねらせ、その巨大な鎌首は酔ったように柱と柱の間を縫って動き回っていた。)

また、VoldemortもNaginiという名前のヘビをペットにしています。

● 'Dinner, Nagini,' said Voldemort softly, and the great snake swayed and slithered from his shoulders on to the polished wood. [Vol.7 Chap.1]

(*「ナギニ、夕食だ」ヴォルデモートが優しく声をかけると、大蛇は身をよじらせ、ヴォルデモートの肩から磨き上げられたテーブルへと滑り下りた。)

ヘビたちの動作を表す動詞

bite	かむ
budge	(ちょっと)動く 身動きする
coil	とぐろを巻く 巻きつく
crawl	はう
crush	絞る　押し込む
glide	滑るように動く
hiss	シューッという音を立てる
jab	ずぶりと突き刺す
jerk	ひょいと投げる
lash	前後に激しく動かす
lunge	突進する 攻撃する
rear	鎌首を持ち上げる
shake	振る　ゆさぶる 振りまわす
sink	沈む 見えなくなる
slide	滑る　そっと動く
slither	ずるずる滑っていく
snap	パクリと食いつく
stir	吐き出す
stretch	引っ張る 伸ばす
swallow	飲み込む
sway	ゆさぶる 振り動かす
thrash	打ちのめす
uncoil	(巻いたもの・とぐろを)ほどく 解く
weave	縫うように進む 作り上げる
wrap	巻きつく

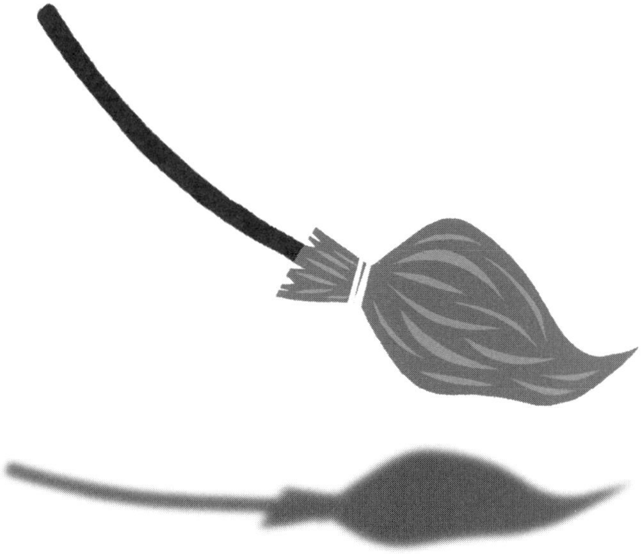

Did you know? 知らなくてもいいけど豆知識

ローリングが好きな動物、きらいな動物

J. K. Rowlingが、もしAnimagus「動物もどき」になれるなら、そのときは、自分の化身にotter（カワウソ）を選びたいと思っているそうです。知っていましたか。J. K. Rowlingはクモがだいきらいで、「ハリー・ポッター」シリーズにクモを登場させるかどうか、ためらったそうです。

「ハリー・ポッター」シリーズに現れる生き物のうちで、J. K. Rowlingがいちばんほしいのは、DumbledoreのFawkes（フォークス）のようなphoenix（不死鳥）だそうです。

セリフを読む隠し技
「said代行動詞」と仲間たち

'Are you really?' said Hermione. 'I know all about you, of course – I got a few extra books for background reading, and you're in Modern Magical History and The Rise and Fall of the Dark Arts and Great Wizarding Events of the Twentieth Century.' (Vol.1 - Chap.6)

「ほんとに？　私ももちろんあなたのこと全部知ってるわ。―― 参考書を二、三冊読んだの。あなたのこと、『近代魔法史』『黒魔術の栄枯盛衰』『二十世紀の魔法大事典』なんかに出てるわ」

こんなセリフを初対面のハリーに投げる女の子って……。

登場人物たちがかわす会話のおもしろさに関しては、「ハリー・ポッター」シリーズは群を抜いた物語です。ひとりごとも、心の中のつぶやきも含めて、何を言っているのか、どんな感情で話しているのか、わかればわかるほど、ストーリーのおもしろさが増していきます。この章では、主な登場人物たちが話すときのスタイルと、よく使う語句を紹介しようと思います。

本章は次の4つのセクションに分かれます。

「said代行動詞」

「『……』と言いました」のsaidのかわりに使われていることば。登場人物が、どんな感情・様相で話しているのかを簡潔に表現しています。

動詞＋副詞

saidおよび「said代行動詞」についている副詞によって、会話部分をめぐる文脈がしっかり把握できます。

動詞＋前置詞

対話のようすを表すフレーズをみちびいている前置詞を調べました。それぞれに役割があるようです。

キャラクターそれぞれのしゃべり方

主な登場人物が話すスタイルの特徴です。

その前に、英語の本では、会話（セリフ）がどのように記述されているか、そのルールについて基礎知識を身につけましょう。

引用符‘　’の中がセリフ

セリフは、口に出してしゃべっているか否かにかかわらず、必ず引用符*ではさまれます。「ハリー・ポッター」シリーズでは‘　’です。その中でさらに“　”でかこまれた語句は、特別な文句や、ほかの人や本からの話を引用していることを示します。

注「ハリー・ポッター」シリーズでは‘　’single quotation marksが「　」の役割、“　”double quotation marksが『　』の役割をしています。これはイギリスで一般的な書き方で、アメリカではこの逆が一般的ですが、一貫してさえいれば、どちらの書き方を用いても構いません。

【例 1】‘Stick out your right hand over your broom,’ called Madam Hooch at the front, ‘and say, “Up!”’

*「右手を箒の上に突きだして」みんなの前に立っているフーチ先生が大きな声で言った。「それから『上がれ！』と言いなさい」

【例 2】‘Oooooo, Professor Trelawney, ... “Around Easter, one of our number will leave us for ever!” You said it ages ago. Professor!’

*「ああ、トレローニー先生！（中略）『イースターのころ、われわれのうちから１人が永遠に去るだろう』と、ずっと前におっしゃいました。先生！」

【例 3】‘You - you tap it and say “Dissendium”,’ said Harry.

*「あのね——それ叩いて『ディセンディウム』と唱えるんだ」とハリーは言った。

話し手はだれか

コンマで終わるセリフ ‘...,’ に続く文は、だれが話し手かを伝えます。セリフが感嘆符（！）あるいは疑問符（？）で終わり、次の文が小文字で始まるときも同じです。

【例 1】‘I shall return when we are ready for you,’ said Professor McGonagall.

*「準備ができたら戻ってきます」とマクゴナガル先生が言った。

【例 2】‘I’ve found him!’ he whispered.

*「あいつを見つけたよ！」と、彼はささやいた。

【例 3】‘See?’ said Hermione.

*「わかった？」ハーマイオニーが言った。

どんなふうに話しているか

終わりがコンマで、そのあとにセリフ‘　’が続く句や節は、そのセリフがどのように話されたかを示します。

【例】 Everyone stared as he reached Professor Dumbledore’s chair, slumped against the table and gasped, ‘Troll — in the dungeons — thought you ought to know.’

* 彼はダンブルトア教授の席にたどりつくと、テーブルに手をついてあえぎながら言った。「トロールが……地下室に……お知らせに来ました」その瞬間みんなの目が釘付けになった。

話が長く続くときは

対話の段落の終わりに閉じる引用符(’) がなく、次の段落は引用符(‘)で始まっているのは、同じ話し手が話し続けていることを意味します。

【例】 ‘...Men have wasted away before it, entranced by what they have seen, or been driven mad, not knowing if what it shows is real or even possible.

‘The Mirror will be moved to a new home tomorrow, Harry...’

* 「……それの前で、人々は衰弱してしまった。目にしたものに魅せられて虜になってしまったり、狂気におちいってしまったのじゃ。見たことが現実なのか、あるいは可能なことなのかもわからないままな。
「あした、鏡は別の場所に移そう、ハリー……」

‘　’内のイタリック体は強調

‘　’のセリフでイタリック体(斜めの活字)になっていることばがありますが、それは強勢の、つまり強いアクセントで強調して話されていることを示します。

【例 1】It's - it's ***true***?' faltered Professor McGonnall.

【例 2】And ***this diary*** is fifty years old,' said Hermione.

ほかに、英語でない外国語（このシリーズでは主に呪文）や本の書名、新聞名などもイタリック体になっています。

【例 1】'***Expelliarmus!***' Lupin shouted.

【例 2】'You know, I'm surprised the ***Daily Prophet*** hasn't reported all these attacks yet,'

' ' 内が大文字は大声

全部が大文字のことばは、大声で叫んでいることを示します。

【例 1】'WHAT D'YEH THINK YOU'RE DOIN', EH?' he roared.

【例 2】'HAVE YOU GONE MAD?' Ron bellowed.

しゃべりことばを書き下ろすときの省略

しゃべるままを文字に書き表している会話文は、文法にしたがっているとはかぎりません。あるときは、文頭にあるべき単語がひとつ、ふたつ省略されます。例で、矢印以下が文法的に正した文です。

【例 1】'Out of the way, you,'
→ 'Get out of the way, you,'
「出ていけ、お前だ」

【例 2】'Ever seen a game of Quidditch, Potter?'
→ 'Have you ever seen a game of Quidditch, Potter?'
「クィディッチの試合を見たことある？ポッター」

【例 3】'Anyone sitting there?'
→ 'Is anyone sitting there?'
「だれかそこに座ってるの？」

【例 4】'Good of her to get us out of trouble like that,'
→ 'It was good of her to get us out of trouble like that,'
「あんなふうにトラブルからぼくたちを救ってくれるなんて、彼女もよくやるなあ」

話し手の動きにも注目させる書き方

次の例の下線部のような文は、話し手の行動を述べます。

【例 1】'Stay there!' she said, **and she sprinted up the stairs to the girls' dormitories.**
「そこにいて！」と言って、彼女は女子共同寝室への階段を駆けあがった。

【例 2】'I want Fang,' said Malfoy quickly, **looking at Fang's long teeth.**
「ファングがほしい」マルフォイは、ファングの長い牙を見るなりそう言った。

「said代行動詞」

話し手の感情や態度を表すために、決まり文句のsaidだけではなく、いろいろなことばが会話文のあとに使われます。「ハリー・ポッター」シリーズの中のこのような「said代行動詞」*を、分類して、どんな文脈で使われるか、一覧にしてみました。

リストの見方① 単語

「ハリー・ポッター」シリーズの「said代行動詞」は過去形で書かれていますから、この欄の動詞も過去形であげました。不規則動詞には、原形を注記しました。

リストの見方② ☺😑😣

話し手がどんな感情で言ったのか、肯定的positiveか、否定的negativeか、どちらでもない中立neutralか、を示します。同じことばでも、文脈によって異なる感情を描写することがあるときは、分類が複数になります。例えば、smirked（にたにた笑った、得意げに笑った）は、よいことに成功して笑ったのか、悪いことをして笑ったのか、文脈でちがってきますし、roared（大声をだした）は、Uncle Vernonがroarすれば、彼が怒っているか不機嫌かで否定的ですが、Hagridがroarするのは、彼がもともと声が大きいからにすぎず、中立です。

リストの見方③ 表す概念

会話部分の状況について、その英語が読者に提供する情報です。None（無）とあるのは、リストした単語からは特定の感情について補足情報を得られないことを意味します。ふたつ以上の叙述情況がはいっていることばは、文脈によって異なる場合です。例えばhowledは、状況によって苦痛や失望あるいは怒りを表します。

注 正式な文法用語ではありません。念のため。

単語	☺😐☹	表す概念	意味
added	😐	Provision of information 情報の供給	言い足す、付け加える
admitted	☺	Truth 誠実、正直	認める、白状する、(しぶしぶ)認める *承認する
advised	☺	Provision of information 情報の供給	忠告する、助言する、通知する
agreed	☺	Conformity 調和、従うこと	同意する、承知する、意見が一致する、賛成する
amended	😐	Correction 訂正 Provision of information 情報の供給	訂正する
asked	😐	None	尋ねる、頼む、求める
assured	☺	Confidence 信頼、自信	保証する、確言する、納得させる、安心させる、確信させる
barked	☹	Anger 怒り	どなる、どなり散らす
beamed	☺	Happiness 満足、幸福	ほほえみで表す、明るくほほえむ
began **begin**	😐	Provision of information 情報の供給	話し始める *開始する
bellowed	☹	None / Anger 怒り / High volume 大声	(太い声で)どなる、うめく *(雄牛が)大きな声で鳴く
blurted	😐	Speed 速さ	(言ってはならない事や秘密)をうっかり口をすべらせて言う
boomed	😐	High volume 大声	声高に言う *とどろくような音を立てて知らせる
breathed	😐	Calmness 静けさ、平穏、落ち着き、冷静さ / Low volume 小声	ささやく、そっと言う、(態度で)表す *ときに「中傷する」の意味も

☺ Positive 😐 Neutral ☹ Negative

単語	☺😐☹	表す概念	意味
burst out	☹	Impatience　短気	ののしる
cackled	☹	Sarcasm　皮肉、いやみ	おしゃべりする、かん高く笑う　*cut the cackle（英語の口語） くだらないおしゃべりはやめろ、黙れ
called	😐	Provision of information 情報の供給 / High volume 大声	呼ぶ
chanted	😐	None / Two or more people speaking together　複数で話す	しゃべる
chimed	😐	Melodious　音楽的	歌うように（韻律調で）話す
choked	☹	Discomfort　不快、苦痛 / Disbelief　不信、驚愕	詰まる、声が出ない *通路をふさぐ意味
chortled	☺	Amusement　愉快、楽しさ	得意げに笑う、 満足げに言う
chorused	😐	None / Two or more people speaking together　複数の人々がいっせいに言う	口をそろえて言う、（歓声などが）いっせいにわく
chuckled	☺	Amusement　愉快、楽しさ、面白さ、慰み、気晴らし、娯楽、楽しみ	くすくす笑う、（満足、おかしさの）含み笑いをする
clicked	😐	（Aragogとクモだけ）	かちっと鳴らす、 （舌を）ちっと鳴らす
commanded	☹	Authority　権威	命じる、要求する
concluded	😐	Provision of information 情報の供給	結論を出す
confessed	☺	Truth　正直	自白する、自ら認める
continued	😐	Provision of information 情報の供給	続ける

☺Positive　😐Neutral　☹Negative

単語	Positive / Neutral / Negative	表す概念	意味
contradicted	Negative	Rebellion　反駁	否定する
cooed	Positive	Servility　卑屈 / Persuasion 説得	(ハトのように)くうくう鳴く、くっくっとのどを鳴らす *優しくささやく意味も
corrected	Positive	Provision of information 情報の供給	正す
coughed	Negative	Discomfort　不快、苦痛	せきみたいな音を出す、白状する
cried	Positive, Negative	High volume　大声 / Enthusiasm　熱狂、熱中、熱心、熱意(for, about) / Anxiety　心配 / Discomfort 不快、苦痛	叫ぶ、大声で言う、叫び求める
croaked	Negative	Discomfort　不快、苦痛	しわがれ声で言う、不吉な予言をする
demanded	Negative	Authority　権威	返事を要求する、(命令的に)を尋ねる、詰問する
drawled	Negative	Sarcasm　皮肉、いやみ	わざとらしく言う、ものうげに言う　*母音をのばしたしゃべり口調
echoed	Neutral	Repetition　反復	繰り返す
encouraged	Positive	Confidence　信頼	はげます
erupted	Positive	Enthusiasm　熱狂、熱意	(感情などを)激発させる
explained	Positive	Provision of information 情報の供給	説明する、解釈する、弁明する、釈明する
exploded	Negative	Anger　怒り	論破する、(感情が)激発する
faltered	Negative	Hesitation　ためらい	口ごもる、口ごもりながら言う、どもる、(声が)震える、ためらう
finished	Neutral	Provision of information 情報の供給	話を終わらせる

Positive　Neutral　Negative

単語	☺😐☹	表す概念	意味
grabbled	☹	Nervousness　心配	早口でしゃべる
gasped	☹	Disbelief　不信、驚愕 / Fear　恐怖	あえぎながら言う、息を切らせながら言う
grinned	☺	Happiness　満足、幸福	（喜び、満足、軽蔑などで）歯を見せてにやっと[にこっと]笑う
groaned	☹	Disappointment　失望	うなる、うめく、（不満で）ぶうぶう言う
growled	☹	Anger　怒り	がみがみ言う、不平を言う、うなるような声で言う、怒る
grumbled	☹	不平を 言う 、愚痴を 言う 、ぶつぶつ言う、不平がましく言う、不機嫌に小声で不平を繰り返す	詰まる、声が出ない *通路をふさぐ意味
grunted	☹	Agreement　同意 / Non-conformity　非協調 / Discomfort　不快	ぶーぶー言う、うなる、ぶつぶつ不平を言う
gulped	☹	Fear　恐れ	はっと息をのむ
hiccoughed	☹	Discomfort　不快、苦痛	しゃっくりしながら言う
hissed	☹	Anger　怒り	小声できつく言う、しーっと言って不満[非難]を表す、しーっと言って追い払う
howled	☹	Anger　怒り / Pain　苦痛 / Disappointment　失望	うなる、大声を出す、大声でやじる、どなって黙らせる、泣きわめく *（犬・オオカミなどが）遠ぼえすること
implored	😐☹	Persuasion　説得	熱心に頼む
informed	☺	Provision of information 情報の供給	知らせる、情報を流す、密告する
instructed	😐	Provision of information 情報の供給	告げる、指示する

☺Positive　😐Neutral　☹Negative

単語	☺ 😐 ☹	表す概念	意味
interjected	😐	Provision of information 情報の供給	(ことば)を不意にさしはさむ
interrupted	😐	Provision of information 情報の供給	さえぎる、妨げる、中断する、割り込む
intoned	😐	Provision of information 情報の供給	唱える、抑揚をつけずに言う
invented	☹	Provision of information 情報の供給	考え出す、(口実などを)でっち上げる *発明する
laughed	☺	Happiness 満足、幸福	(声を立てて)笑う、喜んで笑う、あざける
leered	☹	Sarcasm / Superiority 皮肉、さげすみ	いじわるい目つきで言う
lied	☹	Untruthful うそ、不誠実	うそをつく
moaned	☹	Pain 苦痛 / Discomfort 不快	うめく、うめくように言う、嘆く、不平を言う
mouthed	😐	Low volume 小声 / Provision of information 情報の供給	もぐもぐ口だけ動かす、本気に話さない *気どって話す、弁じ立てる
mumbled	😐	Low volume 小声 / Provision of information 情報の供給	もごもご言う、(低い声で)つぶやく、ぶつぶつ言う、不平を言う
murmured	😐	Low volume 小声 / Provision of information 情報の供給	ささやく、ぼそぼそ言う、…とつぶやく、ぶつぶつ不平を言う
muttered	😐	Low volume 小声 / Provision of information 情報の供給	(低い声で)つぶやく、ぶつぶつ言う、不平を言う *雷が遠くで低くごろごろ鳴ることから
observed	😐	Provision of information 情報の供給	気づいたことを言う、所見を述べる、…であると言う
ordered	☹	Authority 権威	指示する、命令する、指図する
panted	😐	None (out of breath)	あえぎながら言う

☺ **Positive** 😐 **Neutral** ☹ **Negative**

単語	☺😐☹	表す概念	意味
persisted	☹	Persistence　忍耐	固執する、あくまで主張する、頑張る
piped	😐	Melodious　音楽的	かん高い声を出す *笛を吹く
pleaded	😐☹	Persuasion　説得	抗弁する 、言い 訳する
pointed out	😐	Provision of information 情報の供給	指摘する
pressed	☹	Persistence　忍耐	精神的に圧迫する、言い張る、強調する、せがむ、強要する
promised	☺	Sincerity　真剣	約束する、警告・脅迫として断言する
prompted	😐	Encouraged　激励、支援	促す、鼓舞する、刺激する、思いつかせる、ヒント[助け]を与える
protested	😐☹	Persuasion　説得	抗議する
puffed	😐	None (out of breath)	あえぎながら言う
raged	☹	Anger　怒り	激怒する、憤然とする
reminded	☺	None	思い出させる、気づかせる、注意してやる
repeated	😐	None	繰り返して言う、暗誦する、他言する
replied	😐	None	(慎重に)答える、返事をする、回答する、応じる、応酬する *answerよりも改まった語
requested	😐	None	要望する
resumed	😐	Provision of information 情報の供給	再び話し始める、続けて言う

☺**Positive**　😐**Neutral**　☹**Negative**

単語	☺😐☹	表す概念	意味
retorted	☹	Rebellion　反抗	(不快なことなどを言われて、怒って)言い返す、口答えする
roared	😐☹	None / High volume　大声 / Anger　怒り	声を出す、どなる、笑いどよめく、泣き叫ぶ
rumbled	😐☹	None / Low volume　小声 / Anger　怒り	低く太い声で言う、がらがら声で言う、密告する
sang **sing**	☺	Melodious　音楽的	歌を歌って…させる、歌を詠む、(歌・詩で)賛美する *〔俗〕密告する
screamed	☹	High volume　大声 / Anger 怒り	悲鳴を上げる、金切り声で言う　*言いたてる
screeched	☹	High volume　大声 / Anger 怒り	ぎゃーぎゃー言う、金切り声を出す *screamより不愉快な声を出す
shouted	☹	High volume　大声 / Anger 怒り	大声で言う、どなる、叫ぶ 大声で話しかける
shrieked	☹	High volume　大声 / Fear 恐れ / Anger　怒り	金切り声で言う、悲鳴を上げる、きゃっと叫ぶ
shrugged	☹	Disinterest　無関心	肩をすくめる　*疑い·当惑·無関心などを示す動作
shuddered	☹	Discomfort　不快、苦痛 / Disbelief　驚愕 / Fear　恐れ	身震いする 、ぞっとする
sighed	☹	Low volume　小声 / Disappointment　失望 / Acceptance　受容	ため息をつく、ため息まじりに言う
simpered	☹	Servility　卑屈 / Persuasion 説得	間の抜けた作り笑いをする、へらへら [にやにや] 笑いながら言う
smiled	☺	Happiness　満足、幸福 / Amusement　愉快	ほほえむ、笑顔で示す、好意を示す
smirked	☺ ☹	Happiness　満足、幸福 / Amusement　愉快、楽しみ / Sarcasm　皮肉	(得意げに)きどって笑う、人を小馬鹿にしたようににやにや笑う

☺Positive　😐Neutral　☹Negative

単語	☺😐☹	表す概念	意味
snapped	☹	Anger 怒り	かみつく、がみがみ言う、あたり散らす *勢いよく動く
snarled	☹	Anger 怒り	がみがみ言う、どなる *犬が牙をむいてうなる
sneered	☹	Derision あざけり / Sarcasm 皮肉	せせら笑って言う、嘲笑して言う
sniffed	☹	Discomfort 不快、苦痛 / Fear 恐れ	鼻であしらう、ばかにする、かぎつける、鼻をふんふんならす
sniggered	☺ ☹	Happiness 満足、幸福 / Amusement 愉快、楽しみ / Sarcasm 皮肉	くすくす笑う
snorted	☹	Anger 怒り / Derision あざけり / Sarcasm 皮肉	鼻をならして言う *軽蔑・いらだち・憤慨などを表して鼻を鳴らす
sobbed	☹	Unhappiness 不満、不幸	涙ながらに言う、すすり泣く、むせび泣く、嗚咽(おえつ)をもらす
spat spit	☹	Anger 怒り	つばを吐く、侮辱する、(悪口など)吐き出すように言う
spluttered	☹	Discomfort 不快、苦痛 / Disbelief 不信、驚愕	早口で(訳のわからないことを)しゃべる、つばを飛ばしてしゃべる
squeaked	☹	High volume 大声 / Timidity 臆病	きーきー声で言う *(ネズミなどが)ちゅーちゅー鳴く声、きーきーいう音のこと
squealed	☹	High volume 大声 / Timidity 臆病 / Fear 恐れ	きーっという、悲鳴を上げる、きーっと耳障りな声で言う、不平[不満]を言う
stammered	☹	Disbelief 不信、驚愕 / Fear 恐れ	口ごもる、どもりながら言う
stated	😐	Provision of information 情報の供給	表明する
stormed	☹	Anger 怒り / Disappointment 失望	どなる、(要求など)をどなりながら言う

☺Positive 😐Neutral ☹Negative

単語	☺😐☹	表す概念	意味
stuttered	☹	Disbelief　不信、驚愕 / Fear　恐れ	どもりながら言う
suggested	☺	Provision of information　情報の供給	暗示する、ほのめかす、言い出す、提案する
thought **think**	😐	None	思う、考える
thundered	☹	High volume　大声 / Anger　怒り	大声で話す、威嚇する、激しく非難する
told **tell**	😐	Provision of information　情報の供給	言う、語る、知らせる、説明する、命じる、教える
trilled	☺	Melodious　音楽的	歌うように話す
urged	☺	Encouraged　激励、支援	強く主張する、熱心に提唱する、力説する、しきりに励ます
wailed	☹	High volume　大声 / Discomfort　不快、苦痛	嘆き悲しむ、声をあげて泣く、くどくど愚痴を言う
warned	☹	Provision of information　情報の供給	前もって 知らせる 、警告する、注意する
wept **weep**	☹	Unhappiness　不満、不幸	(声を上げずに)泣く、涙ぐむ *cryより形式ばった語
wheedled	☹	Servility　卑屈 / Persuasion　説得	甘言で…させる、ねだって…させる、口車にのせてだまし取る
wheezed	😐	None(声の状態)	ぜーぜーしながら言う
whimpered	☹	Servility　卑屈 / Fear　恐れ / Anxiety　心配 / Discomfort　不快、苦痛	泣きそうな声で話す *子供などがしくしく泣く、犬などがくんくん鳴くこと
whined	☹	Servility　卑屈 / Persuasion　説得	めそめそ泣き言を言う、愚痴をこぼす *子供がむずかって泣く、犬などがくんくん鳴くこと

☺**Positive**　😐**Neutral**　☹**Negative**

単語	☺😐☹	表す概念	意味
whispered	😐	Low volume　小声 / Provision of information 情報の供給	ささやく、ひそひそ話す、内緒話をする、こっそり言いふらす
wondered	😐	None	驚く、疑う、…かしらと思う、…ではないかと思う *不思議に思う、不審に思う、はっきりわからない
yawned	😐	Provision of information 情報の供給(sleepy)	あくびをしながら…と言う
yelled	☺ ☹	High volume　大声 / Anger　怒り	叫んで 言う 、わめいて 言う 、大声で命令する
yelped	☹	High volume　大声 / Pain　苦痛 / Discomfort　不快、苦痛	叫び声(悲鳴)を上げる　* (犬など)かん高い鳴き声を立てる、キャンキャン鳴くこと

☺**Positive**　😐**Neutral**　☹**Negative**

おもしろいことに、ローリングの記述スタイルは巻を追うにしたがって変わっています。第5巻あたりから「……と言った」の表現に「said代行動詞」を使うことが少なくなり、話者の感情を副詞で表すことが多くなります。特に前半では、対話を述べるところ全般にsaidが用いられています。読みやすくなるでしょうが、一方で、副詞について知っていく必要があります。*p*.103から解説をしています。

「said代行動詞」のほかにも、会話を読み進める手がかりになるいくつかの方法があることを紹介しておきましょう。

heard

話し手が何と言ったのかを直接に示すのではなく、話し手のセリフ(の内容)を第三者が受け取ったという形で、単語heardが使用されます。2つの例を次にあげましょう。

● Harry heard her mutter.

（彼女のつぶやきがハリーに聞こえた。）

● Harry heard Hermione snap.

（ハリーは、ハーマイオニーがぴしゃりと言うのを聞いた。）

came

heardと似たかたちで使用され、話し手が何と言ったかではなく、ほかの人々が何を聞いたかを示します。

● came Malfoy's cold drawl

（*Malfoyの感情のない引きのばすような話しぶり）

put in

added、interrupted、interjectedなどと同じように、話し手がさらに話を付け加えていったことを示します。よく副詞が続きます。

● put in hopefully

（*願いを込めて付け加えた）

動詞＋a ...voice

誰が話しているのかすぐには示されないときに、この句が使われます。３つの例をあげます。

● said a sharp voice（鋭い声がした）

● said a small voice（小さな声が聞こえた）

● said a soft voice（穏やかな声が言った）

Did you know? 知らなくてもいいけど豆知識

Rowlingが書いた初めての物語とは？

J. K. Rowlingは6歳のときに最初の本を書きました。*Rabbit*『うさぎ』という題です。

J. K. Rowlingは、ブリストルBristol近くのChipping Sadburyという町に生まれ、9歳のときにSouth Wales（サウス・ウェールズ）地方Chepstow付近の小さな村Tuthillに引っ越しましたが、その村には高い崖の上に城がそびえたっていました。その城は、Hogwartsに必要なインスピレーションを彼女に与えたものでしょう。

ハリーの姓Potterは、Sean Potter（ショーン・ポッター）というJ. K. Rowlingの知人からとっているそうです。

J. K. Rowlingの父親は、有名なイギリスの自動車メーカー、Rolls Royce（ロールスロイス）で働いていました 。ウィーズリ一家の空飛ぶ自家用車はFord（フォード）ですが……。

新学年は、必ずホグワーツ特急（Hogwarts Express）に乗って行くところから始まりますが、J. K. Rowlingが最初に「ハリー・ポッター」シリーズの着想を得たのも列車の中だったそうです。

動詞＋副詞

saidおよび「said代行動詞」についている副詞によって、会話部分をめぐる状況がしっかり把握できます。

会話がどのように交わされていったのか、そのようすを表すのは、たいてい副詞です。話している人の人物像も描き出しますから、読み進むにつれ、だんだんと、登場人物それぞれの話し方のなかに個性を発見していくでしょう。例えば、Snape先生やDraco Malfoyのような悪役には、coldly、icily、lazilyのようなネガティブな副詞が使われる傾向があるいっぽう、Dumbledore先生のような善玉にはgently、quietly、dreamilyなど、より肯定的な副詞がつきます。

次ページからそのような副詞を選んで、リストにしました。

Did you know? 知らなくてもいいけど豆知識

「献辞」ということばを知っていますか？

本の最初のほうに「本書を……に捧げる」とある、あれです。
日本で刊行される本ではあったりなかったりしますが、イギリスの本に「献辞」は欠かせないものです。

もちろん「ハリー・ポッター」シリーズにもあります。邦訳本にも、原典を記載するページに、原文のまま掲載されています。そのなかでストーリーに関わるものがあります。

第2巻の献辞が捧げられたSean P. F. Harrisは、J. K. Rowlingが最終学年だったときの友人。雨の日に送り迎えしてくれた彼の自動車は青いフォードでした。そう、ロンとハリーが第2巻でホグワーツに飛んで行った自動車、turquoiseカラーのFord Anglia（フォード・アングリア）です。

単語	Positive	Neutral	Negative	意味
abruptly			☹	ぶっきらぼうに、無愛想に、無作法に、いきなり
absently			☹	ぼんやり
absent-mindedly			☹	ぼんやりして、うわの空で
accusingly			☹	とがめるように、非難して
acidly			☹	しんらつに、てきびしく
admiringly	☺			感心して、賞賛して
affectionately	☺			やさしく、愛情をこめて
aggressively			☹	攻撃的に、積極的に、強引に
airily		😐		優美に、気軽に、快活に、むとんちゃくに、非現実的に、雲をつかむように
aloofly			☹	よそよそしく、冷淡に
aloud		😐		声をはりあげて、大声で cry～、laugh～、yell～など
anxiously			☹	心配して、しきりに欲しがって
apologetically			☹	謝って、おずおずと
appreciatively	☺			感謝して
approvingly	☺			賛成して、満足そうに
awkwardly			☹	不器用に、ぎこちなく、気まずく、間が悪そうに
baldly		😐		露骨に、ありのままに
beadily			☹	さぐるように
bitterly			☹	痛烈に、苦々しそうに、敵意をこめて
blandly		😐		おだやかに、平然と
blankly			☹	ぼんやりと、呆然と

☺Positive 😐Neutral ☹Negative

単語	☺ 😐 ☹	意味
bleakly	Negative	陰気に、冷ややかに
blissfully	Positive	とてもうれしく、非常に喜んで
bluntly	Negative	ぶっきらぼうに
boldly	Positive	大胆に、きわだって
bracingly	Positive	そう快に、元気づけられて
breathlessly	Neutral	息を切らして、かたずをのんで
breezily	Positive	快活に
briskly	Neutral	きびきびと、威勢よく、活発に
brusquely	Negative	無愛想に、ぞんざいに
brutally	Negative	冷酷に、きびしく
cagily	Negative	用心深く、ぬけめなく
calmly	Positive	静かに、穏やかに、落ち着いて
casually	Negative	偶然に、ふと、なにげなく、大した事ではない様子で、さらりと、くだけて
cautiously	Neutral	用心深く、慎重に
cheerfully	Positive	きげんよく、陽気に、楽しそうに、いそいそと
coaxingly	Neutral	なだめて
comfortably	Positive	気持ちよく、のんきに
composedly	Positive	落ち着いて、冷静に
confidently	Positive	確信して、自信をもって
consolingly	Positive	なぐさめて
constantly	Neutral	絶えず、いつも、しばしば
contemptuously	Negative	軽蔑して、軽蔑をこめて

☺Positive 😐Neutral ☹Negative

単語	☺	😐	☹	意味
conversationally		😐		（話しをするのが）じょうずに
courteously	☺			丁寧に、礼儀正しく
crisply		😐		はきはきと、明快に、簡潔に、てきぱきと
croakily			☹	ぎゃあぎゃあと、しわがれ声で
crossly			☹	意地悪く、不きげんに
curiously		😐		ものめずらしそうに、ふしぎそうに
curtly			☹	そっけなく、ぶっきらぼうに
cuttingly			☹	痛烈に、ぴしゃりと
dangerously			☹	たけだけしく
darkly			☹	ゆううつそうに、陰うつに、険悪に、不明確に、こっそりと
decisively	☺			断固として、きっぱりと
defensively			☹	防御して、守勢になって
defiantly			☹	挑戦的に、反抗的に
delicately	☺			繊細に、そっと、微妙に、できるだけ穏やかに、上品に
delightedly	☺			とてもうれしがって、とても喜んで
desperately			☹	絶望して、必死になって、死に物狂いで
determinedly		😐		決然として、断固として
dismally			☹	陰気に
dismissively			☹	人を無視して、見下げるような態度で、はねつけるように
disparagingly			☹	けなして、さげすんで
distractedly			☹	取り乱して、狂気のように

☺Positive 😐Neutral ☹Negative

単語	😊	😐	😣	意味
doggedly		😐		がんこに、屈することなく
doubtfully		😐		疑って、自信なさそうに、あいまいに
drily			😣	冷淡に、そっけなく、皮肉に、無味乾燥に、つまらなさそうに
dully			😣	鈍く、のろのろと、ぼんやりと、退屈させるように
eagerly	😊			熱心に、しきりに
earnestly	😊			まじめに、熱心に、本気で
emphatically		😐		きっぱりと、強調して
encouragingly	😊			はげまして、元気づけて
enthusiastically	😊			熱狂的に、熱心に
enviously			😣	うらやんで、うらやましそうに、ねたんで、ねたましそうに
evasively			😣	回避的に、あいまいに、うやむやに
evilly			😣	よこしまに、悪意[敵意]をもって
exasperatedly			😣	腹を立てて 、腹立たしそうに
excitedly	😊			興奮して、おもしろくて、夢中になって
faintly		😐		ぼんやりと、弱々しく、元気なく、おずおずと、力なく
fairly	😊			適切に、公明正大に
feebly			😣	弱々しく
fervently	😊			熱烈に
feverishly			😣	熱に浮かされたように、無我夢中で
fiercely			😣	獰猛に、猛烈に、激しく
finally		😐		最後に、ついに、とうとう、最終[決定]的に
firmly	😊			しっかりと、断固として、きっぱりと

😊Positive 😐Neutral 😣Negative

単語	Positive / Neutral / Negative	意味
flatly	Negative	単調に、元気なく *「きっぱりと」の意味も
fondly	Positive	愛情をこめて、優しく *「愚かにも 、浅はかにも」の意味も
forcefully	Negative	強いて、いかにも *力をいれて激しく、効果的に
frantically	Negative	半狂乱になって、死に物狂いに
fretfully	Negative	いらいらして、気難しく、ふきげんに
furiously	Negative	激怒して、暴れ狂って、猛烈に
gleefully	Positive	大喜びで、愉快に
gloomily	Negative	憂うつに、陰気に
glumly	Negative	むっつりと、陰気に
graciously	Positive	愛想よく、優雅に、慈悲深く、おおらかに *「いんぎんに」の意味も
gratefully	Positive	感謝して
gravely	Neutral	まじめに
greasily	Negative	おべっか見え見えに、ごますりで、人に調子を合わせただけで、口先だけで、ずるく
grimly	Negative	厳しく、残酷に、断固として、むっつりと
groggily	Negative	不安定に、ぐらついて
grudgingly	Negative	いやいやながら、しぶしぶ
gruffly	Negative	ぶっきらぼうに
grumpily	Negative	不機嫌に、むっつりと
guiltily	Negative	うしろめたげに
harshly	Negative	耳ざわりに、荒々しく、厳しく、残酷に
hastily	Neutral	性急に、あわてて

Positive　Neutral　Negative

単語	☺☹	意味
heartily	Positive	心をこめて、熱意をもって
heatedly	Negative	激しく、興奮して
helpfully	Positive	役に立つように、有用に
hesitantly	Negative	ためらって、しぶしぶと、おずおずと
hoarsely	Negative	しわがれ声で
hollowly	Negative	うつろに、不誠実に
honesty	Positive	正直に、誠実に、公正に
hopefully	Positive	希望をもって、楽観的に、有望に
hotly	Negative	興奮して、怒って、激しく、熱心に、執念深く *「熱く」の意味も
huffily	Negative	かっとなって、むくれて、いばりちらして
hurriedly	Neutral	大急ぎで 、あわてて、ぞんざいに
huskily	Neutral	しゃがれ声で、ハスキーに
icily	Negative	氷のように冷たく、冷淡に
idly	Neutral	これといった目的もなく、ぼんやりと、むだに
impatiently	Negative	こらえかねて、気短に、待ちかねて、じりじりして
imperturbably	Neutral	平然と、落ち着いて
imploringly	Neutral	哀願するように
importantly	Negative	えらそうに、もったいぶって
impressively	Positive	印象的に
incredulously	Negative	疑い深く、疑わしそうに、不信を示して
indifferently	Neutral	無関心に、冷ややかに
indignantly	Negative	憤慨して *不正などに対して

☺Positive ☺Neutral ☹Negative

単語	Positive / Neutral / Negative	意味
innocently	Neutral	何も知らずに、無邪気に
interestedly	Positive	興味［関心］をもって　*自分の利害から
irritably	Negative	いらいらと、短気に
jerkily	Negative	びくりと、がたがたと、ぎくしゃくと
keenly	Negative	鋭く、熱心に、痛烈に
knowingly	Positive	如才なく *「知ったかぶりをして、心得顔に、意図的に、故意に」の意味も
knowledgeably	Positive	詳しく 、何もかも心得て *「知ったかぶりして」の意味も
lazily	Negative	怠けて、物憂そうに
lightly	Neutral	静かに 、気軽に 、あっさり *「快活に、軽率に、冷淡に、無関心に」の意味も
listlessly	Negative	気が進まないで、無関心に、冷淡に、ものうげに
loftily	Negative	高慢な態度で
loudly	Negative	大声で、そうぞうしく、しつこく、派手に
loyally	Positive	忠実に
maddeningly	Negative	腹を立てて
maliciously	Negative	敵意をもって、悪意で
matter-of-factly	Neutral	事実に即して、実際的に、事務的に *「味気なく」の意味も
mechanically	Neutral	無意識に、上の空で
meekly	Positive	おとなしく
menacingly	Negative	ぶきみに、おどかすように
merrily	Positive	陽気に、楽しく、何も心配ごとなく
miserably	Negative	みじめに、哀れに

Positive　Neutral　Negative

単語	🙂😐😖	意味
moodily	😖	ふきげんに
mournfully	😖	悲しそうに、痛ましく、陰気に、死を悼んで
musingly	😐	考え込んで
mutinously	😖	反抗的に、反抗して
mysteriously	😐	神秘的に、なぞめかして、不思議で理解できずに
nastily	😖	不快に、意地悪く
nervously	😐	神経質に 、いらいらして、こわごわ
numbly	😖	にぶく、頭が悪くてわからないで
offhandedly	😖	即座に、無造作に *「形式ばらないで、くだけて」の意味も
paternally	🙂	父らしく、父親のように
patiently	🙂	辛抱強く、根気よく、腹を立てずに
peevishly	😖	気難しく、いらいらと、不機嫌に
pensively	😐	深刻に、もの思いに沈んで、憂いに満ちて
petulantly	😖	腹を立てて、不きげんに
placatingly	🙂	なぐさめて
placidly	🙂	おとなしく、静かに、落ち着いて
pleasantly	🙂	愉快に、楽しく、愛想よく
pointedly	😖	とげとげしく、鋭く、辛らつに
politely	🙂	礼儀正しく、ていねいに、上品に
pompously	😖	もったいぶって、尊大に、大げさに
promptly	😐	素早く、即座に、すぐに
proudly	🙂	誇らしげに、堂々と、得意そうに *「威張って」の意味も

🙂Positive 😐Neutral 😖Negative

単語	☺😐☹	意味
rapturously	☺	有頂天で、狂喜して
reasonably	☺	思慮深く、道理をわきまえて
reassuringly	☺	安心させるように、心強く
regretfully	☹	くやしがって
reluctantly	☹	しぶしぶ
repressively	☹	居丈高に
reprovingly	☹	非難する（とがめる）ように
resentfully	☹	憤慨して、怒って
resolutely	☺	断固として、きっぱりと
reverently	☺	うやうやしく
roughly	☹	荒く、乱暴に 、無作法に 、ぞんざいに
ruefully	☹	悲しそうに、悔やんで
sagely	☺	賢明に
sanctimoniously	☹	聖人ぶって、殊勝らしくみせて、神聖らしく見せかけて
sarcastically	☹	皮肉をこめて 、嫌味に
savagely	☹	どう猛に、無作法に、ひどく怒って
scathingly	☹	批判して 、冷酷に
serenely	☺	落ち着いて、静かに
seriously	😐	真剣に、本気で、まじめに、深刻に
shakily	☹	震えて、よろよろして
sharply	☹	鋭く、厳しく、とげとげしく、ぴしゃりと、抜け目なく *「はっきりと、鮮明に」の意味も
sheepishly	😐	内気に、きまり悪がって

☺Positive 😐Neutral ☹Negative

単語	🙂😐😣	意味
shiftily	😣	ごまかして、ずるく
shortly	😣	ぶっきらぼうに、そっけなく *「手短かに、簡潔に」の意味も
shrewdly	🙂	抜け目なく、機敏に
shrilly	😣	かん高く、鋭く
silkily	😣	猫なで声で、いんぎんに
sincerely	🙂	心から、真剣に
skeptically	😣	懐疑的に、疑い深く
sleekly	😐	やわらかに、なめらかに
slyly	😣	ずるく、陰険に、こっそりと
smartly	😐	きびきびと、抜け目なく、厳しく、激しく、強く
smugly	😣	気どって
snidely	😣	いじわるく、中傷して
solemnly	🙂	まじめに、いかめしく、厳粛に
soothingly	🙂	なだめる(慰める)ように、優しく
sourly	😣	にがにがしく
spiritedly	😐	元気よく
squeakily	😣	きいきいと
sternly	😣	手厳しく、情け容赦なく
stiffly	😣	堅苦しく、頑固に、ぎこちなく
stoutly	🙂	頑強に、敢然と
stubbornly	😣	頑固に、強情に、頑強に
succinctly	😐	簡潔に、てみじかに

🙂Positive 😐Neutral 😣Negative

単語	🙂	😐	☹	意味
sulkily			☹	すねて、ふくれっ面で
suspiciously			☹	疑い深く、怪しんで、怪しげに
swiftly		😐		すみやかに、速く
tartly			☹	辛らつに、ぴしゃりと
tensely			☹	緊張して、神経質に、ぴりぴりして
tentatively		😐		ためらいながら、試すように
tersely			☹	ぶっきらぼうに *「簡潔に、きびきびと」の意味も
testily			☹	怒りっぽく
thickly		😐		不明瞭に、だみ声で
thoughtfully		😐		考え込んで、思慮深く、用心深く、親切に
threateningly			☹	脅迫的に、脅迫して、険悪に
timidly			☹	臆病に、自信なく、おずおずと
tonelessly			☹	元気なく、平板に
tragically			☹	悲劇的に、悲惨に
tremulously			☹	震えて 、びくびくして
triumphantly	🙂			勝ち誇って、意気ようようと
truthfully	🙂			誠実に、うそをつかずに
unblushingly	🙂			堂々と、はずかしがらずに
uncertainly			☹	不確実に、自信がなさそうに
uncomfortably			☹	落ち着かないで、ぎこちなく
unexpectedly		😐		突然
urgently		😐		緊急に、せがんで

🙂Positive 😐Neutral ☹Negative

単語	😊😐😣	意味
vaguely	😐	ぼんやりと、漠然と、なんとなく
viciously	😣	意地悪く、乱暴に、激しく
warningly	😣	警告して、警戒して
wearily	😐😣	疲れて、だるそうに、たいくつそうに
wildly	😐	でたらめに、乱暴に、むやみに、荒々しく、声を荒げて *talk widely 出まかせを言う
wonderingly	😐	ふしぎそうに

Did you know? 知らなくてもいいけど豆知識

ハリー・ポッターと翻訳事情 2

世界各国で翻訳されている「ハリー・ポッター」シリーズ、あの名前がこんなことばになっています。

Fierobecco ←HippogriffのBuckbeak
（ヒッポグリフのバックビーク）イタリア語版
Hambus ←Boggart（ボガート）ノルウェー 語版
Jeczaca Mala ←Moaning Myrtle
（嘆きのマートル）ポーランド語版
Roxfort ←Hogwarts（ホグワーツ）ハンガリー語版
Rumpeldunk ←Quidditch（クィディッチ）ノルウェー語版
Crockadur ←ハグリッドの飼う猟犬Fang
（ファング：意味は牙）フランス語版

He-Who-Must-Not-Be-Named（名前を言ってはいけないあの人）は、ハンガリー語版では、Tudodkiとなっています。どんな意味でしょうね。

Howler（吼えメール）のポーランド語訳は、wyjecです。

Remembrall（思い出し玉）は、イタリア語版でricordellaです。

😊Positive 😐Neutral 😣Negative

動詞＋前置詞／副詞

対話のようすを表すフレーズをみちびいている前置詞／副詞には、それぞれに役割があるようです。

そんな前置詞や副詞を分類してみました。文法はともかく、会話前後の語句には、以下のような情報がセリフとともにあることを心に留めておくのも役立つと思います。

●動詞＋ in

前置詞inは次の2つの用法があります。
(1) セリフに含まれる話し手の感情を伝える名詞をみちびく。
(2)話し手の音声の特性やしゃべっているときの態度を伝える名詞句(たいていは[形容詞]＋[名詞])をみちびく。
両方の例を以下にリストします。

1) 話し手の感情

● **said in alarm**（驚き・不安・警戒）
（驚かされて）びっくりして言った

● **said in relief**（安心）
ほっとして言った

● **said in surprise**（驚き）
（意外なことに）驚いて言った

● **said in awe**（畏れ敬う感情）
（尊敬や賛嘆の念のこもった恐れで）おそるおそる言った

● **said in disgust**（嫌悪・失望）
うんざりして言った

● **said in exasperation**（憤激）
腹を立てて言った、憤慨して言った

2) 話し手の音声や態度

- **said in a quivering voice**（声を震わせて）
  （感情のあまり）震える声で言った
- **said in a saintly voice**（神々しい、気高さに満ちた声）
  聖人のような神々しい声で言った
- **said in a hushed voice**（音量を落とした声）
  静かに言った、しっと黙らせた
- **said in a hoarse voice**（しわがれ声、かすれた声）
  しわがれた声で言った、声がかすれていた
- **said in a muffled voice**（押し殺した声）
  声を押し殺した、抑えた声で言った
- **said in a terrified whisper**（おびえた、小さな声）
  ひそひそとおびえた声でささやいた
- **said in a gloomy voice**（暗い、陰うつな、ふさぎこんだ声）
  陰うつな声で言った
- **said in a small voice**（音量の小さい声）
  小声で言った
- **said in a squeaky voice**（きいきい声）
  きいきい声をあげた
- **said in a shifty voice**（ずるそうな、企んでいるような声）
  作り声で言った
- **said in a fierce voice**（荒々しい声、熱烈な声）
  声を荒げた、熱っぽく語った
- **said in a deadly whisper**
  （元気のない非常に小さな声、うんざりしてつぶやくように小さな声）
  元気なくつぶやいた、ぼんやりと小声で言った
- **said in an undertone**（低い声、小声）
  声を落とした
- **said in a voice as oily as his hair**
  （滑らかな声：「口がうまい」ときの声）
  そのつやつやの指のように滑らかな口調で言った、調子よく言った

● **said in a sniffy voice**（鼻声、小ばかにした声）
お高くとまった鼻持ちならない声で言った

● **said in a low, worried voice**（不安げな低い声）
気をもんで小さな声で言った、くよくよと小声で言った

● **said in a warm, flattering voice**
猫なで声を出した、心がこもった温かい声で言った

● **said in a dry, wheezy voice**
かわいたぜーぜー声で言った、のどをぜーぜー言わせた

● **said in a menacing growl**
うなった、ほえた、がみがみ言った

● **said in normal tones**
いつもの調子で言った

● **said in a sepulchral voice**
陰気な声で言った

● **said in a measured voice**
声を整えて言った

● **said in a revolted whisper**
小声で不愉快そうに言った

● **said in a deeply resentful tone**
ひどく怒って言った

● **said in an awed voice**
おそるおそる言った

● **said in a croaky whisper**
しわがれた細い声で言った

● **said in a businesslike tone**
事務的に言った、てきぱきと言った

● **said in a loud, carrying voice**
大きなよく通る声で言った

● **said in a high-pitched, strained voice**
かん高い作り声で言った

●動詞＋ with

話し手の動作・行動をセリフとともに伝えます。

- **said with a nasty smile**
  （不快な、下品な、意地［きげん］の悪い、卑劣な笑いをともなって）
  むかつくような笑いを浮かべて言った、不愉快な冷笑をうかべた、せせら笑いながら言った
- **said with an even nastier smile**
  （上記よりさらに笑いのいやらしさがはなはだしくなります）
- **said with an air of great surprise**（驚いて見せながら）
  とても驚いたように言った
- **said with a slight sneer**（あざ笑いをうかべて、ちょっとばかにしたように）
  あざけった、尊大な態度で侮辱した
- **asked with great interest**（たいへん興味をもって、興味しんしんで）
  強く関心を示した、とてもおもしろがった
- **said with an evil cackle**（きゃっきゃっと、おしゃべりして）
  憎憎しげにきゃっきゃっ言っていた
- **said with an odd, twisted smile**（ゆがんだ笑いをともなって）
  顔をゆがめて笑いながら言った
- **said with cold fury in her voice**（激しい怒りを声にみなぎらせて）
  抑えられない怒りが彼女の声にあった
- **said with grim satisfaction**（やけに満足して）
  真顔で満足げに言った

●動詞＋ at

会話の時間枠を示します。いちばん多いのは話し手がちゅうちょしているようすですがsaid at onceなどは即座に言ったことを示します。

いくつかの例は以下のとおりです。

- **said at last**（ついに、しまいに）
  とうとう白状した、ついにしゃべった、しまいに口を開いた
- **said at length**（詳しく）
  ながながとしゃべった、こまごまと説明した
- **said at once**（ただちに）
  すぐさま言った、即座に応えた

●動詞＋ through

しゃべる音声が、話し手の口や唇をどのように通過してくるthroughかということを述べます。

- **said through gritted teeth**
  歯がみしながら言った
- **said through pursed lips**
  口をすぼませて言った
- **said through clenched teeth**
  歯を食いしばって言った
- **spluttered through a mouthful of mud**
  口につまった泥を吐き出しながら早口で言った

●動詞＋ under

次のフレーズだけです。他人に聞かれないように小声でひそひそと話すようすです。

- **said under his breath**
  （声を落として言った）

●動詞＋ out

- **burst out**
  突然わめきだした
- **blurted out**
  うっかり口をすべらした
- **sang out**
  どなった

●動詞＋ on

ある内容について話し続けていくことを示します。

- **went on**
  話し続けた
- **forged on**
  続けて話を進めた
- **carried on**
  そのまま続けた

ほかにも多くの前置詞／副詞がありますが、said under the tableやsaid behind his bookなどは、登場人物の話し方を読者に伝えるものではなく、会話が行われている場所など情景を示すものです。

キャラクター それぞれのしゃべり方

Harry Potter
（ハリー・ポッター）

シリーズの主人公なのに、ふしぎなことに、ほとんどのセリフの前後にsaidが使われています。そして、どんな感情でしゃべっているかは、副詞で描写しています。

まれに「said代行動詞」が用いられるのは肯定的な場合が多いようです。ハリーの感情が揺れるときに副詞が的確に使われて、楽しいことが好きないっぽう感情的に腹を立てることもある少年を表現しています。大人っぽいコメントや提案もできるけれども、はじめのほうの巻ではハリーはまだ子どもであり、話し方にはその年齢を反映させています。

単語	☺😐☹	意味
動詞		
advised	☺	忠告する、助言する
chortled	☺	得意げに笑う、満足げに言う
gasped	☹	息を切らせながら言う
murmured	😐	ぼそぼそ言う、つぶやく
suggested	☺	言い出す、提案する、暗示する
urged	☺	強く主張する
副詞		
angrily	☹	怒って、腹をたてて
coldly	☹	冷ややかに、冷静に
eagerly	☺	熱心に、しきりに
firmly	☺	断固として、きっぱりと
furiously	☹	激怒して、猛烈に

☺Positive 😐Neutral ☹Negative

単語	Positive / Neutral / Negative	意味
happily	Positive	楽しく、喜んで、進んで
hopefully	Positive	希望を抱いて、楽観的に
quietly	Neutral	静かに、そっと、落ち着いて
thoughtfully	Neutral	考え込んで、思慮深く、親切に
urgently	Neutral	緊急に、せがんで

Hermione Granger
(ハーマイオニー・グレンジャー)

やさしい心の持ち主であるにもかかわらず、物事が期待どおりに運ばないとものすごくいらだってしまう、だだっ子でもあることを思わせます。「said代行動詞」も副詞も、否定的なニュアンスばかりで、それだけをとりだすと、なんという嫌な女の子だろうと思ってしまうくらい。ちなみに、彼女が好きな発言のひとつは 'Shut up! ' (おだまり!) です。

単語	Positive / Neutral / Negative	意味
動詞		
cried	Positive, Negative	叫ぶ、大声で言う、叫び求める
gasped	Negative	息を切らせながら言う
screamed	Negative	悲鳴を上げる、金切り声を出す
shouted	Negative	大声で言う、どなる、叫ぶ
snapped	Negative	がみがみ言う、勢いよく動く
snarled	Negative	がみがみ言う、どなる
squeaked	Negative	キーキー声で言う
squealed	Negative	キーッと耳障りな声で言う
suggested	Positive	言い出す、提案する
wailed	Negative	嘆き悲しむ、声をあげて泣く
wheedled	Negative	ねだって(甘い声で)~させる
副詞		
excitedly	Positive	興奮して、おもしろくて夢中になって

Positive Neutral Negative

単語	🙂	😐	😣	意味
impatiently			●	こらえかねて、待ちかねて
kindly	●			親切に、優しく、快く
miserably			●	みじめに、哀れに
shrilly			●	かん高く、鋭く

The Weasleys　ウィーズリー家の人々

Ron

(ロン)

まだ幼くて、感情をコントロールできないことが感じられます。彼の発言を表す動詞は、気配りも気づかいもないままに言っているニュアンスがあり、副詞は、怒ったり、うらやましがったり、絶望したりと、気持ちがころころ変わるさまを表現しています。

単語	🙂	😐	😣	意味
動詞				
blurted		●		うっかり口をすべらせる
grumbled			●	不平を言う、ぶつぶつ言う
moaned			●	うめくように言う、不平を言う
muttered		●		つぶやく、ぶつぶつ言う
sighed			●	ため息まじりに言う
suggested	●			暗示する、言い出す、提案する
yelled	●		●	叫んで言う、わめいて言う
副詞				
casually			●	偶然に、何気なく、さらりと
crossly			●	意地悪く、不機嫌に
darkly			●	憂鬱そうに、険悪に、こっそり
desperately			●	絶望して、必死になって

🙂Positive 😐Neutral 😣Negative

単語	☺😑☹	意味
eagerly	☺	熱心に、しきりに
enviously	☹	うらやましそうに、ねたんで
furiously	☹	激怒して、暴れ狂って、猛烈に
grumpily	☹	不機嫌に、むっつりと
hopefully	☺	希望を抱いて、楽観的に
reasonably	☺	思慮深く 、道理をわきまえて

Mrs Weasley
（ウィーズリー夫人）

否定的な「said代行動詞」が多いですが、ほとんどは、手に負えない子どもたちを叱る場面です。副詞kindly、fondlyに彼女の個性が表現されています。

単語	☺😑☹	意味
動詞		
assured	☺	納得させる、安心させる
shouted	☹	どなる、叫ぶ、大声で言う
sighed	☹	ため息まじりに言う
snapped	☹	がみがみ言う、当たり散らす
副詞		
blankly	☹	ぼんやりと、呆然と
fondly	☺	愛情を込めて、優しく
kindly	☺	親切に、優しく、快く
sharply	☹	厳しく、とげとげしく、はっきりと

☺Positive 😑Neutral ☹Negative

Mr Weasley

(ウィーズリー氏)

「said代行動詞」は、中立的な動詞だったり否定的な動詞だったりしますが、副詞はだいたいにおいて肯定的で、Weasley夫人と似ています。やはり、子どもたちに規律を守らせるために声をあげなければならないということでしょう。

単語	☺😐☹	意味
動詞		
panted	😐	表示する、命令する
roared	😐☹	大声を出す、どなる
shouted	☹	大声で言う、どなる、叫ぶ
sighed	☹	ため息まじりに言う
yawned	😐	あくびをしながら…と言う
副詞		
brightly	☺	明るく、快活に
delightedly	☺	とてもうれしがって、とても喜んで
eagerly	☺	熱心に、しきりに
indignantly	☹	憤慨して
wearily	😐☹	疲れて、だるそうに、退屈そうに

Fred and George

(フレッドとジョージ)

Weasley家の双子は、地の文では、おもしろいことが大好きないたずらっ子としてえがかれますが、話し方について述べている動詞も副詞もそれを反映しています。否定的な「said代行動詞」であっても、深刻なものでなく、ふたりの好奇心・探求心とすばしこささを示しています。

☺Positive 😐Neutral ☹Negative

単語	😊	😐	😣	意味
動詞				
agreed	😊			意味意見が一致する、賛成する
demanded			😣	尋ねる、詰問する
explained	😊			説明する、解釈する、釈明する
grinned	😊			にやっと笑う
muttered		😐		ぶつぶつ言う、不平を言う
observed		😐		（気づいたことを）…であると言う
spluttered			😣	つばを飛ばして（早口で）話す
副詞				
eagerly	😊			熱心に、しきりに
happily	😊			楽しく、喜んで、進んで
quietly		😐		静かに、そっと、おとなしく
seriously		😐		真剣に、本気で、深刻に

Percy
（パーシー）

尊大なSchool Prefect（監督生）として、権威を守ろうとしていますが、「said代行動詞」の多くは中立的な述べ方をしていることを示す語なので、性格はおとなしいようです。

単語	😊	😐	😣	意味
動詞				
snapped			😣	当り散らす、がみがみ言う
whispered		😐		ささやく、ひそひそ話す
yelled	😊		😣	叫んで言う、大声で命令する
副詞				
airily		😐		気軽に、快活に
briskly		😐		きびきびと、成勢よく、活発に
loudly			😣	大声で、騒々しく、派手に

Positive 😐Neutral 😣Negative

単語	☺😑☹	意味
pompously	Negative	もったいぶって、尊大に
sternly	Negative	手厳しく、情け容赦なく
thickly	Neutral	不明瞭に、だみ声で

Ginny
(ジニー)

6人の兄たちの中でもまれて育った末っ子ジニーは、もともとは活発な女の子。でもシリーズの前半では、それほどセリフが多くはありません。おどおどしてすぐに泣きだす傾向がありますが、彼女が直面しなければならなかった事件を考えれば当然かもしれません。第5巻あたりからはセリフが増え、性格も元々の活発さを取りもどしていきます。気性が激しいので否定的なニュアンスのものが多めではありますが、特に副詞は、中立や肯定的なものも見られるようになります。

単語	☺😑☹	意味
動詞		
mumbled	Neutral	もごもご言う、つぶやく
shouted	Negative	叫ぶ
sobbed	Negative	涙ながらに言う、すすり泣く
wept	Negative	(声をあげないで)泣く、悲しむ
whispered	Neutral	ささやく
副詞		
brightly	Positive	明るく
cheerfully	Positive	陽気に、愉快そうに
fiercely	Negative	激しく
huffily	Negative	かっとなって、むくれて
quietly	Neutral	静かに、そっと、おとなしく
thoughtfully	Neutral	考え深げに
slyly	Neutral	おちゃめに、いたずらっぽく

☺Positive 😑Neutral ☹Negative

Rebeus Hagrid
(ルビウス・ハグリッド)

「said代行動詞」も副詞も否定的なものばかり使われています。しかし、注意してみると、どれも声の大きさや音質に関わるものばかりで怒りの感情ではなく、ハグリッドの巨大な体格からして、ふつうの声にはならないのでしょう。

単語	🙂😐☹	意味
動詞		
barked	☹	どなる、どなり散らす
boomed	😐	声高に言う
growled	☹	うなるような声で言う、怒る
grunted	☹	うなる、ぶつぶつ不平を言う
roared	😐☹	怒号する、笑いどよめく
sobbed	☹	すすり泣く、嗚咽をもらす
thundered	☹	大声で話す、激しく非難する
yelled	🙂 ☹	わめいて言う、大声で命令する
副詞		
cheerfully	🙂	機嫌よく、陽気に、楽しそうに
darkly	☹	憂鬱げに、険悪に、こっそりと
grimly	☹	厳しく、断固として、むっつりと
gruffly	☹	ぶっきらぼうに
loudly	☹	大声で、騒々しく、しつこく、派手に
mysteriously	😐	神秘的に、なぞめかして
ruefully	☹	悲しそうに、悔やんで

🙂Positive 😐Neutral ☹Negative

Albus Dumbledore
（アルバス・ダンブルドア）

Dumbledore教授には、中立および肯定的な「said代行動詞」および副詞が多く使われ、ことば遣いの優しい、温和で端正な人柄を示します。それは、たとえば 'Alas!'（悲しいかな）など、わりと古めかしいことばを選んで話していることでもわかります。

単語	☺😐☹	意味
動詞		
interrupted	😐	さえぎる、妨げる、中断する
murmured	😐	ささやく、ぼそぼそ言う
rumbled	😐☹	低く重々しい声で言う
sighed	☹	ため息をつく、ため息まじりに言う
whispered	😐	ささやく、小声で話しかける
副詞		
calmly	☺	静かに、穏やかに、落ち着いて
cheerfully	☺	機嫌よく、陽気に、楽しそうに
dreamily	☺	夢見るように、夢見心地で
firmly	☺	断固として、きっぱりと
gently	☺	優しく、穏やかに、そっと
heavily	☹	重苦しく、重々しく
patiently	☺	辛抱強く、根気よく
quietly	😐	静かに、そっと、穏やかに
softly	😐	静かに、穏やかに、優しく

☺Positive 😐Neutral ☹Negative

Minerva McGonagall
（ミネルバ・マクゴナガル）

McGonagall先生の話し方を表す動詞・副詞のニュアンスは否定的です。子どもたちが集まっている学校での彼女の立場を思えば、自然なことなのでしょう。学校の威信と規律を厳格に守っていく態度が、彼女が話すことばに反映されています。

単語	🙂😐😣	意味
動詞		
barked	😣	どなる、どなり散らす
faltered	😣	（声が）震える、ためらう
hissed	😣	小声できつく言う
stormed	😣	どなる、どなりながら言う
副詞		
coldly	😣	冷ややかに、冷静に、淡々と
crisply	😐	はきはきと、明快に、てきぱきと
faintly	😐	弱々しく、元気なく、力なく
grudgingly	😣	いやいやながら、しぶしぶ
impatiently	😣	こらえかねて、待ちかねて
irritably	😣	いらいらと、短気に
sharply	😣	鋭く、厳しく、抜け目なく、はっきりと、鮮明に
shortly	😣	そっけなく、手短かに、簡潔に

🙂Positive 😐Neutral 😣Negative

Severus Snape
(セブルス・スネイプ)

Snape先生の否定的な話し方は、McGonagall先生と同じように規律を維持しようとすることによるものです。しかし、生徒に対していつも不機嫌で皮肉っぽい態度をとるという要素が「said代行動詞」・副詞に隠されている点が、McGonagall先生とちがいます。

単語	☺😐☹	意味
動詞		
hissed	☹	小声できつく言う
snapped	☹	かみつく、がみがみ言う
snarled	☹	がみがみ言う、どなる
spat	☹	つばを吐く、侮辱する
副詞		
coldly	☹	冷淡に、冷ややかに、冷静に
icily	☹	氷のように冷たく、冷淡に
silkily	☹	猫なで声で、いんぎんに
softly	😐	静かに、穏やかに、優しく

Voldemort
(ヴォルデモート)

セリフのほとんどが否定の「said代行動詞」で示されるのは、驚くにあたりませんが、softlyとかquietlyのような中立の副詞は奇妙に見えるかもしれません。とてつもなく自信に満ちているVoldemortは、自分のことばに注目させようとして大声を上げたり声を荒げたりする必要を感じていないのです。

☺Positive 😐Neutral ☹Negative

単語	🙂😐😣	意味
動詞		
hissed	😣	小声できつく言う
screamed	😣	金切り声で言う
screeched	😣	ギャーギャー言う
shrieked	😣	金切り声で言う、ぎゃっと叫ぶ
whispered	😐	ささやく、内緒話をする
副詞		
coolly	😣	冷淡に、平然と、無礼に
lazily	😣	怠けて、物憂そうに
quietly	😐	静かに、そっと、落ち着いて
softly	😐	静かに、穏やかに、優しく

Sirius Black
(シリウス・ブラック)

「said代行動詞」・副詞はほとんど否定的な意味を表すものが用いられています。動詞の多くは彼の化身Animagus(動物もどき)を描写しています。第3巻におけるブラックの否定的イメージを読者の印象から消さないで、彼のほんとうの性格を謎のままにしておくためだと思われます。

単語	🙂😐😣	意味
動詞		
croaked	😣	しわがれ声で言う
growled	😣	うなるような声で言う、怒る
hissed	😣	しーっと言って追い払う
roared	😐😣	大声を出す、どなる、怒号する
snarled	😣	どなる、(犬が)うなる
sneered	😣	せせら笑って言う、嘲笑して言う
whispered	😐	ささやく、ひそひそ話しする、内緒話をする

Positive 😐Neutral 😣Negative

単語	😊😐😣	意味
副詞		
abruptly	😣	ぶっきらぼうに、無愛想に
harshly	😣	耳ざわりに、荒々しく、厳しく
hoarsely	😣	しわがれ声で
quietly	😐	静かに、そっと、穏やかに
seriously	😐	真剣に、本気で、深刻に

Draco Malfoy
（ドラコ・マルフォイ）

否定的な「said代行動詞」と副詞が使われており、優越感がまさりすぎて、非常に皮肉っぽい言い方をする少年を印象づけます。でも第6巻後半では、皮肉っぽさをにじませる余裕もないほど激しい、否定的感情の高ぶりが見られます。これは与えられた任務を前にひるんでいることを隠そうとする虚勢ともいえるでしょう。

単語	😊😐😣	意味
動詞		
drawled	😣	皮肉(当てこすり、嫌み)をいう
interrupted	😐	さえぎる、妨げる、割り込む
retorted	😣	言い返す、口答えする
roared	😐😣	どなる、笑いどよめく
smirked	😊 😐	小馬鹿にしたようにニヤニヤ笑う
snapped	😣	かみつく、当り散らす
sneered	😣	せせら笑って言う、嘲笑して言う
taunted	😣	愚弄する
副詞		
carelessly	😣	不注意に、ぞんざいに
coolly	😣	冷淡に、平然と、無礼に
slowly	😣	ゆっくりと

😊Positive 😐Neutral 😣Negative

単語	☺😐☹	意味
smoothly	😐	なめらかに、流暢に
smugly	☹	気取って
vehemently	☹	激しい口調で

The Dursleys　ダーズリー家の人々

Dudley Dursley

(ダドリー・ダーズリー)

甘やかされて育ち、思いどおりにならないとかんしゃくを起こす、手のつけられない子どもに描写されています。

単語	☺😐☹	意味
動詞		
demanded	☹	尋ねる、詰問する
howled	☹	うなる、遠ぼえする
moaned	☹	うめくように言う、嘆く
ordered	☹	指示する、命令する
sneered	☹	せせら笑って言う、嘲笑する
whined	☹	泣き言を言う、愚痴をこぼす
yelled	☺ ☹	叫んで言う、わめいて言う
副詞		
loudly	☹	大声で、騒々しく、派手に
stupidly	☹	間抜けにも、考えもなく

Vernon Dursley

(バーノン・ダーズリー)

各巻の始まりにきまって登場するUncle Vernon(バーノンおじさん)の発言は、さまざまな「said代行動詞」で、凡庸で気難しい個性を表現しています。

☺Positive　😐Neutral　☹Negative

単語	🙂😐😣	意味
動詞		
barked	😣	どなる、どなり散らす
commanded	😣	命じる、要求する
croaked	😣	しわがれ声で言う
growled	😣	がみがみ言う、怒る
hissed	😣	小声できつく言う
mumbled	😐	ぶつぶつ不平を言う
muttered	😐	ぶつぶつ言う、不平を言う
roared	😐😣	大声を出す、どなる、怒号する
shouted	😣	大声で言う、どなる、叫ぶ
snapped	😣	がみがみ言う、当り散らす
snarled	😣	がみがみ言う、どなる
sneered	😣	せせら笑って言う、嘲笑して言う
yelled	🙂 😣	わめいて言う、大声で命令する
副詞		
forcefully	😣	強いて、力を入れて激しく
nastily	😣	不快に、意地悪く
shortly	😣	ぶっきらぼうに、そっけなく
viciously	😣	意地悪く、乱暴に、激しく

Petunia Dursley

(ペチュニア・ダーズリー)

夫とともに各巻の始めに、否定的な「said代行動詞」や副詞につきそわれて登場し、かんばしくない個性が見えてきます。Uncle Vernonとは対照的にかん高い声を示す動詞が多く、いつもかんしゃくをおこしかけているようすがわかります。

🙂Positive 😐Neutral 😣Negative

単語	☺😐☹	意味
動詞		
demanded	☹	尋ねる、詰問する
screeched	☹	ぎゃーぎゃー言う
shrieked	☹	金切り声で言う、きゃっと叫ぶ
snapped	☹	がみがみ言う、当り散らす
snarled	☹	がみがみ言う、どなる
副詞		
frantically	☹	半狂乱になって、死に物狂いに
promptly	😐	素早く、即座に、すぐに
sharply	☹	鋭く、厳しく、とげとげしく
stiffly	☹	堅苦しく、頑固に、ぎこちなく

Cornelius Fudge
（コーネリウス・ファッジ）

肯定的な「said代行動詞」の割合が大きいのですが、その動詞につく副詞はほとんどすべて否定的で、彼が忍耐力に欠けていることを示しています。

単語	☺😐☹	意味
動詞		
cried	☺ ☹	叫ぶ、大声で言う、叫び求める
demanded	☹	尋ねる、詰問する
gasped	☹	息を切らせながら言う
laughed	☺	微笑う、喜んで笑う、あざける
smiled	☺	笑む、笑顔で示す、好意を示す
副詞		
airily	😐	気軽に、快活に
flatly	☹	単調に、元気なく、きっぱりと
loudly	☹	大声で、騒々しく、派手に

☺Positive 😐Neutral ☹Negative

単語	Positive Neutral Negative	意味
pointedly	Negative	とげとげしく、鋭く、辛辣に
testily	Negative	怒りっぽく
uncomfortably	Negative	落ち着かないで、ぎこちなく
wearily	Neutral Negative	疲れて、だるそうに、たいくつそうに

Wormtail
（ワームテール）

「said代行動詞」も副詞もすべて否定的。物理的な体つきの描写からは、とても臆病な性格が見えますが、その臆病さが動詞で示されます。副詞の種類が少ないのは、動詞だけでも読者がこのAnimagus（動物に自在に変身できる魔法使い）のイメージをはっきり描くのに十分だからでしょう。

単語	Positive Neutral Negative	意味
動詞		
choked	Negative	詰まる、声が出ない
gasped	Negative	息を切らせながら言う
muttered	Neutral	ぶつぶつ言う、不平を言う
shrieked	Negative	金切り声で言う、きゃっと叫ぶ
squeaked	Negative	ネズミがちゅーちゅー鳴く
squealed	Negative	きーっと耳障りな声で言う
whined	Negative	泣き言を言う、愚痴をこぼす
副詞		
quietly	Neutral	静かに、そっと、おとなしく
shrilly	Negative	かん高く、鋭く

Positive Neutral Negative

Dobby
（ドビー）

この屋敷しもべ妖精のしゃべりかたには、否定的な「said代行動詞」が多く、臆病な奴隷の個性を表しています。しかし、彼の誠実さを読者に知らせるために、そのほとんどに肯定的な副詞がついています。

単語	☺😐☹	意味
動詞		
choked	☹	詰まる、声が出ない
gasped	☹	あえぎながら言う
groaned	☹	うなる、不満でぶつぶつ言う
squeaked	☹	きーきー声で言う
wailed	☹	嘆き悲しむ、声をあげて泣く
whispered	😐	ささやく、内緒話をする
副詞		
earnestly	☺	まじめに、熱心に、本気で
hoarsely	☹	しわがれ声で
miserably	☹	みじめに、哀れに
reverently	☺	恭しく

Lucius Malfoy
（ルシウス・マルフォイ）

息子Dracoの優越感に支配された皮肉な語り口は、父親が好んで使っている話し方から受け継いだようです。

単語	☺😐☹	意味
動詞		
snapped	☹	がみがみ言う
sneered	☹	せせら笑う、嘲笑する
spat	☹	侮辱する、吐き出すように言う

☺Positive 😐Neutral ☹Negative

単語	☺😐☹	意味
副詞		
approvingly	Positive	賛成して、満足そうに
coldly	Negative	冷淡に、冷ややかに、冷静に
lazily	Negative	怠けて、物憂そうに
sharply	Negative	鋭く、厳しく、とげとげしく
shortly	Negative	ぶっきらぼうに、そっけなく
smoothly	Neutral	なめらかに、流暢に

Professor Quirrell
（クィレル先生）

第1巻で重要な役を演じるQuirrell先生の性格には、ふたつの側面がありました。ひとつは、臆病でどもってしまうような面、もうひとつは、優秀ですが邪悪な面です。彼が話す場面は少ないのですが、その話し方を表す「said代行動詞」には、肯定的なものがひとつもないことが注目されます。また、たったひとつの例外（中立）を除いて、用いられる副詞もすべて否定的です。

J. K. Rowlingは、ストーリー展開で、読者に彼をよいほうに信じさせながら、絶えずなんらかの否定的な意味をもつことばをそえています。

単語	☺😐☹	意味
動詞		
murmured	Neutral	ささやく、ぼそぼそ言う
muttered	Neutral	つぶやく、ぶつぶつ言う
shouted	Negative	大声で言う、どなる、叫ぶ
shrieked	Negative	金切り声で言う、きゃっと叫ぶ
stammered	Negative	口ごもる、どもりながら言う
副詞		
casually	Negative	偶然に、ふと、さらりと
coolly	Negative	冷淡に、平然と、無礼に

☺Positive 😐Neutral ☹Negative

単語	🙂	😐	😣	意味
idly		😐		ぼんやりと、むだに
impatiently			😣	こらえかねて、じりじりして

Gilderoy Lockhart
（ギルデロイ・ロックハート）

「said代行動詞」が質的にほとんど否定的な内容のものであるいっぽう、副詞は主に肯定的なものばかりです。つまり、彼は、まわりの人々にあたえるイメージをよくしようと懸命なのですが、しゃべり方に彼の否定的面が現れてしまうのです 。

単語	🙂	😐	😣	意味
動詞				
beamed	🙂			微笑みで表す、明るく微笑む
muttered		😐		つぶやく、ぶつぶつ言う
screamed			😣	悲鳴を上げる、金切り声を出す
shouted			😣	大声で言う、どなる、叫ぶ
spluttered			😣	早口でしゃべる
副詞				
delicately	🙂			繊細に、できるだけ穏やかに
dramatically	🙂			劇的に、芝居がかったしぐさで
graciously	🙂			愛想よく、優雅に、おおらかに
loudly			😣	大声で、騒々しく、派手に
paternally	🙂			父親らしく 、父親のように
soothingly	🙂			なだめるように、優しく
warmly	🙂		😣	熱心に、興奮して、親切に
weakly			😣	意気地なく、優柔不断に

🙂Positive 😐Neutral 😣Negative

Remus Lupin

（リーマス・ルーピン）

その話し方については、中立・肯定・否定の「said代行動詞」と副詞すべてを使って、彼の本性をあいまいにしています。彼の役割が善か悪か、Rowlingは読者になかなか教えないのでしょう。

単語	🙂😐😣	意味
動詞		
cried	🙂 😣	大声で言う、叫び求める
muttered	😐	つぶやく、ぶつぶつ言う
prompted	😐	促す、ヒントを与える
shouted	😣	大声で言う、どなる、叫ぶ
yelled	🙂 😣	叫んで言う、大声で命令する
副詞		
calmly	🙂	静かに、穏やかに、落ち着いて
cheerfully	🙂	機嫌よく、陽気に、楽しそうに
coolly	😣	冷淡に、平然と、淡々と
pleasantly	🙂	愉快に 、楽しく 、愛想よく
shrewdly	🙂	抜け目なく、機敏に
slowly	😐	ゆっくりと
thoughtfully	😐	考え込んで、思慮深く、親切に

Alastor 'Mad-Eye' Moody

（マッド・アイ・ムーディ）

「said代行動詞」はすべて中立か否定です。しかし、副詞には肯定的な用語がひろく使われており、態度が粗野であっても、話し方そのものは優しく柔和なようです。

🙂Positive 😐Neutral 😣Negative

単語	🙂😐😣	意味
動詞		
growled	😣	皮肉(当てこすり、嫌み)を 言う
muttered	😐	つぶやく、ぶつぶつ言う
retorted	😣	言い返す、口答えする
roared	😐😣	大声を出す、どなる、怒号する
shouted	😣	大声で言う、どなる、叫ぶ
副詞		
appreciatively	🙂	感謝して
calmly	🙂	静かに、穏やかに、落ち着いて
grimly	😣	厳しく、断固として、むっつりと
quietly	😐	穏やかに、おとなしく
softly	😐	静かに、穏やかに、優しく

Rita Skeeter
(リータ・スキーター)

criedを例外として、ふしぎなことに、すべてsaidが使われています。副詞は中立・否定・肯定のちゃんぽんで、たぶんRowlingは、リータ・スキーターがリポーターらしく公平を装って話そうとするさまを描こうとしたのではないでしょうか。

単語	🙂😐😣	意味
動詞		
cried	🙂 😣	叫ぶ、大声で言う、叫び求める
副詞		
briskly	😐	きびきびと、威勢よく、活発に
coldly	😣	冷淡に、冷ややかに
firmly	🙂	断固として、きっぱりと
merrily	🙂	陽気に、楽しく、憂いなく

Positive 😐Neutral 😣Negative

Barty Crouch Senior
(バーティ・クラウチ　父)

ときどき中立の単語が使われますが、ほぼすべて否定の動詞・副詞。なかなか明らかにされない、ほんとうの彼の特徴は、彼の会話部分を綿密に調べていくと見えてきます。

単語	🙂😐😣	意味
動詞		
breathed	😐	そっと言う、ささやく
gasped	😣	あえぎ（息を切らせ）ながら言う
shouted	😣	大声で言う、どなる、叫ぶ
snapped	😣	がみがみ言う、当たり散らす
副詞		
coldly	😣	冷淡に、冷ややかに、冷静に
curtly	😣	そっけなく、ぶっきらぼうに
drily	😣	冷淡に、そっけなく、皮肉に
jerkily	😣	びくりと、がたがたと、ぎくしゃくと
sharply	😣	鋭く、とげとげしく、ぴしゃりと

Winky
(ウィンキー)

臆病な特徴が反映されているしゃべり方ですが、肯定的な副詞で描写される傾向があります。indignantlyやmutinouslyなどの副詞を見ると彼女はDobbyとちがって本質的に反抗的なようです。

単語	🙂😐😣	意味
動詞		
gasped	😣	あえぎながら言う
moaned	😣	めく、嘆く、不平を言う

Positive 😐Neutral 😣Negative

単語	☺😐☹	意味
動詞		
shrieked	☹	金切り声で言う、きゃっと叫ぶ
sobbed	☹	涙ながらに言う、すすり泣く
squeaked	☹	きいきい声で言う
squealed	☹	きいっと耳障りな声で言う
wailed	☹	嘆き悲しむ声をあげて泣く
whimpered	☹	泣きそうに話す、しくしく泣く
副詞		
breathlessly	😐	息を切らして、かたずをのんで
furiously	☹	激怒して、暴れ狂って、猛烈に
indignantly	☹	憤慨して
mutinously	☹	反抗的に、反抗して

Ludo Bagman

(ルード・バグマン)

話し方について肯定的という点では、Dumbledore教授さえおよばないほど。「said代行動詞」は中立の傾向、副詞はすべて幸せいっぱいの個性をはっきり表して肯定的です。

単語	☺😐☹	意味
動詞		
boomed	😐	声高に言う
cried	☺ ☹	叫ぶ、大声で言う、叫び求める
puffed	😐	あえぎながら言う
whispered	😐	ささやく、ひそひそ話す
副詞		
breezily	☺	快活に
brightly	☺	明るく、快活に

Positive 😐Neutral ☹Negative

単語	☺😐😣	意味
comfortably	☺	気持ちよく、のんきに
eagerly	☺	熱心に、しきりに
excitedly	☺	興奮して、夢中になって
happily	☺	楽しく、喜んで、進んで

Dolores Umbridge
（ドロレス・アンブリッジ）

「闇の魔法に対する防衛術」の先生として第5巻に登場するProfessor Umbridgeのセリフで使われる「said代行動詞」や副詞は、ニュートラルなもの、ポジティブなものがほとんどで、そこからは、彼女がどんな性格なのかあいまいですが、彼女の話ではなく行為から、はっきりとイメージできます。ポジティブな「said代行動詞」や副詞が用いられていても、その意味を限定する説明がちらりとあるのです。たとえば、第5巻19章のこんな文です。

● 'May I help, Professor McGonagall?' asked Professor Umbridge in her most poisonously sweet voice. [Vol.5 Chap.19]

（「マクゴナガル先生、お手伝いしてよろしいかしら？」アンブリッジ先生が、毒をたっぷり含んだ独特の甘い声で言った。）

単語	☺😐😣	意味
動詞		
sang	☺	歌うように言う
simpered	☺	作り笑いをして言う
stated	😐	表明する、述べる
trilled	☺	さえずるように言う
副詞		
clearly	☺	はっきりと
shrilly	😣	かん高く
sleekly	😐	なめらかに
smoothly	😐	流暢に、なめらかに

☺Positive 😐Neutral 😣Negative

単語	😊😐😣	意味
softly	😐	おだやかに
sweetly	😊	やさしく、愛らしく

Horace Slughorn

（ホラス・スラグホーン）

　気のすすまないことを頼まれたときは露骨に不快そうな態度をとりますが、お気に入りの生徒たちに囲まれているときはとても愛想がよく、状況によって両極端と言えるでしょう。自分にとっての心地よさが最優先というその性格がよく表れています。

単語	😊😐😣	意味
動詞		
beamed	😊	にっこりする
boomed	😐	大声で言う
chortled	😊	楽しそうに笑う
demanded	😣	問いただす、詰問する
grunted	😣	不満げに言う
muttered	😐	つぶやく
shouted	😣	叫ぶ
副詞		
bluntly	😣	ぶっきらぼうに
cosily	😊	くつろいだ様子で
genially	😊	愛想よく
grudgingly	😣	いやいやながら、しぶしぶ
gruffly	😣	荒々しく、ぶっきらぼうに
happily	😊	うれしそうに
ungraciously	😣	不愛想に

😊Positive 😐Neutral 😣Negative

Luna Lovegood
(ルーナ・ラブグッド)

Lunaの話すセリフについては、askedが6回、whisperedが2回、breathedとbeamedがそれぞれ1回使われているほかはすべてsaidなので、彼女の性格や役割のイメージは副詞で判断しなければなりませんが、ほとんどがポジティブなものです。

単語	☺😐☹	意味
動詞		
asked	😐	たずねる、頼む
breathed	😐	発言する
whispered	😐	小声で言う、ささやく
副詞		
brightly	☺	快活に
dreamily	😐	夢見るように、ぼんやり
happily	☺	うれしそうに
proudly	☺	ほこらしく
serenely	☺	落ち着いて
solemnly	☺	まじめに

Arabella Figg
(アラベラ・フィッグ)

Mrs Figgはシリーズの中でそんなに登場してきませんが、いつも不安いっぱいに神経をとがらせているので、「said代行動詞」も副詞もすべてネガティブです。

☺Positive 😐Neutral ☹Negative

単語	☺ 😐 ☹	意味
動詞		
cried	☺ ☹	叫ぶ
gabbled	☹	べらべらしゃべる、早口でしゃべる
shrieked	☹	金切り声で叫ぶ
yelled	☹	わめく、どなる
副詞		
furiously	☹	激怒して
hysterically	☹	ヒステリックに
impatiently	☹	いらいらと
indignantly	☹	憤慨して

Mundungus Fletcher
（マンダンガス・フレッチャー）

セリフは限られていて多くはありませんが、「said代行動詞」をみると、思っていることをはっきり言いすぎるようにみえます。声もまったく愛想のない調子のようです。

単語	☺ 😐 ☹	意味
動詞		
choked	☹	むせぶ
grunted	☹	ぶうぶう言う、不平を鳴らす
mumbled	😐	もごもご言う、口ごもる
muttered	😐	つぶやく、ぶつぶつ言う
副詞		
sleepily	😐	眠そうに
weakly	☹	いくじなく、弱々しく

Positive 😐Neutral ☹Negative

Kreacher
(クリーチャー)

第5巻から登場するこの屋敷しもべ妖精が話すセリフであることを示す動詞は、ほとんどがsaidですが、J. K. Rowlingは、彼の行為のほうで、はっきりとその性格を分析していると思われます。

単語	🙂😐😣	意味
動詞		
muttered	😐	つぶやく
wheezed	😐	ぜいぜい言う、しわがれた声で言う
副詞		
evasively	😣	うやむやに、あいまいに
furiously	😣	激怒して
gleefully	🙂	喜んで
quietly	😐	静かに

Nymphadora Tonks
(ニンファドーラ・トンクス)

だいたいは大きな声を出していることが「said代行動詞」からうかがえますが、肯定的な感情を示す副詞を使ってやわらげ、興奮しやすいけれどもやさしい気性の女性であることを示唆しています。

単語	🙂😐😣	意味
動詞		
cried	🙂 😣	叫ぶ
muttered	😐	つぶやく
screamed	😣	叫ぶ
wailed	😣	なげき悲しむ

Positive 😐Neutral 😣Negative

単語	☺ 😐 ☹	意味
副詞		
appreciatively	☺	よく味わいながら感謝して
brightly	☺	快活に、明るく
conversationally	😐	話し上手に
decisively	☺	断固として
earnestly	☺	まじめに
enthusiastically	☺	熱心に
musingly	😐	物思いに沈んで

Did you know? 知らなくてもいいけど豆知識

魔法の杖

太古の昔からすでに、魔法使いたちは力を集中させるために杖を使っていたことを知ってましたか？　指導者が人々に杖を向けている光景を描いた洞窟画が、世界のいくつかの場所で発見されていますし、古代のギリシアの象形文字文（hieroglyphics）には、小さな棒を用いる聖職者を示すものがあります。また、古代ケルト族のドルイド教では、7段階の僧職に応じて異なった杖がありました。

昔の魔法使いは、樹齢の高い木で作られた杖ほど魔力が強いと思ってだいじにしていました。

闇の魔法を習得した魔法使いたちは、魔法の杖を作る木にイトスギ（cypress）を選びます。イトスギは哀悼を表す悲しみの象徴として墓地に植えられる木です。

Voldemortの杖はイチイ（yew）の木で作られています。イチイはイギリスにある数少ない常緑樹のひとつで、やはり墓地に植えることが多い、死と再生のシンボルの木。まさしく不死を求めるVoldemortの杖にぴったりです。

Positive 😐Neutral ☹Negative

なまり
しゃべり口調や方言

'Choo lookin' at?' え？ **'Woss that on your 'ead?'** なんて？
'Woss your name?' はあ…… **'Yep,' ...** (Vol.3 - Chap.3)

こんななまりも、慣れると読めるようになるから不思議。

「ハリー・ポッター」シリーズに登場するひとくせもふたくせもあるキャラクターのしゃべり方には、当然、クセやなまりがあって、日常的にふつうに話す語句の中で強調されています。

そのうちなまりの強い何人か、Hagrid（ハグリッド）ほか、Knight Bus（夜の騎士バス）の乗務員Stan（スタン）とErnie（アーニー）や、対抗試合に遠くからやってきた学校Beauxbatons校の教師・生徒、Durmstrang校のViktor Krum（クラム）、Mundungus Fletcherのセリフは、発音どおりの綴りで記述されていて、英語の辞書はほとんど役に立ちません。

本章は、そのような会話部分を解説して、辞書にないことばも読んでしまうテクニックを紹介し、主な登場人物が使う、実際の英語には存在しないことばを、登場人物ごとにリストにして、「標準の」英語を対応させました。

Rebeus Hagrid
(ルビウス・ハグリッド)

イギリス南西部の人がしゃべることばとアメリカ英語

Hagridのなまりは、イギリスの南西部、Somerset、Cornwall、Devon、Gloucesterなどの州で話される方言で、丸みのある母音が特徴です。

丸母音ときたら、アメリカ英語ですね。Founding Fathers of America* とよばれる清教徒たちがメイフラワー号に乗って旅だったプリマス港port of PlymouthはDevon州にある町、すなわち、アメリカ英語の母音は、北アメリカに渡ったイングランド南西部の人々のなまりが、アイルランドの人々のなまりとまじりあっていった結果だといわれています。

youやyourなどyで始まることばをHagridが話すときに、you → yeh またyour →yerとイングランド南西部の丸母音が顕著に現れます。しゃべりかたには丸母音以外に以下のような特徴があります。

イングランド南西部の方言：( ) は標準語の英語

単語の末尾にある [t] [d] [g] は発音しない。	**abou'** (about) **an'** (and) **anythin'** (anything)
単語と単語を続けて発音し、複数の単語をひとつの単語のように言う。	**can't've** (can't have) **everyone'd** (everyone would) **shoulda** (should have)
ときどき、代名詞や前置詞を省略する。	**Borrowed it, Professor Dumbledore, sir. Young Sirius Black lent it me.** (I borrowed it, Professor Dumbledore, sir. Young Sirius Black lent it to me.)
wereとwasを混用する。	**Las'time I saw you, you was only a baby.** (Last time I saw you, you were only a baby.)

注 the Pilgrim Fathers (ピルグリムファーザーズ) は、1620年Mayflower号に乗ってイギリスからアメリカへ渡り、Plymouth植民地をつくった102人の清教徒たちです。

myのかわりにmeを使う。	**Shouldn'ta lost <u>me</u> temper.** (Shouldn't have lost <u>my</u> temper.) **Now, where's <u>me</u> umbrella?** (Now, where's <u>my</u> umbrella?)
meのかわりにusを使う。	**Couldn't make <u>us</u> a cup o'tea, could yeh?** (Couldn't make <u>me</u> a cup of tea, could you?) **Jus' give <u>us</u> a sec.** (Just give <u>me</u> a second.)
didn'tの代わりにneverを用いて、I never didを略式にする。	**I <u>never</u>. You know I <u>never</u>, Professor Dumbledore, sir.** (I <u>never did</u>. You know I <u>never did</u>, Professor Dumbledor, sir.)

イギリス全土でよく用いられるしゃべり口調

ta 'Thank you.'の代わりに言う。	第4巻でHogsmeadeにあるThree Broomsticksの女主人に'Ta, Rosmerta.'と言っていましたが、イギリスで一般にある口頭表現です。
ruddy 自分の話を強調したいときに使う。	あとに続く語句を強調するために使われているだけで、感嘆符の役割に似ているruddyは、bloody（血のような、赤い、ひどい、べらぼうな）の婉曲語。bloodyは子ども向けの本には使えない卑俗なことばなので、かわりにruddyというわけです。このような婉曲表現は英語のなかでは一般的で、ときには外国語に翻訳できないことも。 **· It's all my <u>ruddy</u> fault.** **· I should <u>ruddy</u> well think not.**

thumping 同じく強調したいときに使う。	肯定的なニュアンスのvery、extraordinarilyの意味で、怒りや失望のニュアンスがあるruddyと反対です。第1巻で魔法使いとしてのHarryの潜在能力をHagridが賞賛する場面からの例。 A wizard, o'course. An'a thumpin' good'un, I'd say, once yeh've been trained up a bit.
great 相手を侮辱してbig、largeの代わりに言う。	Hagridもこのgreatを好んで、第1巻でDudley Dursleyに向かって使っています。 ・**'Budge up, yeh great lump.'** ・**'Yer great puddin' of a son don't need fattenin' any more, Dursley, don' worry.'** 「標準の」英語に翻訳するとこうなります。 ・**'Move over, fatty,'** ・**'Don't worry, Dursley, your son is as fat as a pudding so doesn't need any more food.'**
Hagridが驚いたときなどに叫ぶ表現。'Oh, my God!' と同じように使われています。	・**Gallopin' Gorgons, that reminds me.** ・**Gulpin' gargoyles, Harry, people are still scared.** ・**Crikey, I'd like a dragon.**

Hagridのしゃべり方は、心の優しい田舎の青年がもごもごと話すような感じです。以下にあげたなまりをのぞけば平易な表現。多くの事件にたいせつな役割をはたすキャラクターなので、彼のセリフは注意深く追っていく必要があります。Hagridが使うことばで、辞書にない綴りのものをあげておきましょう。右側が辞書にある標準英語の綴りです。

Hagrid's Vocabulary

なまり	標準語
abou'	about
an'	and
anythin'	anything
apar'	apart
ar	yes
aren'	aren't
aroun'	around
askin'	asking
attemp's	attempt is
bangin'	banging
be'er	better
beau'iful	beautiful
behavin'	behaving
bein'	being
bes'	best
bidin'	biding
bin	been
bon-sewer	bon soir（フランス語で good evening）
botherin'	bothering
bout	about
bringin'	bringing
bullyin'	bullying
burnin'	burning
bu'	but
can'	can't
can't've	can't have

なまり	標準語
'cause	because
celebratin'	celebrating
centaurs've	centaurs have
'cept	except
champions're	champions are
chasin'	chasing
Chris'mas	Christmas
clamberin'	clambering
closer'n	closer than
comin'	coming
committin'	committing
complimentin'	complimenting
coulda	could have
couldn'ta	couldn't have
couldn've	couldn't have
couldn'	couldn't
course	of course
creepin'	creeping
cuppa	cup of tea
c'mon	come on
dancin'	dancing
dealin'	dealing
Dee-John	Dijon
def'nitely	delnitely
didn'	didn't
diff'rence	difference
diff'rent	different

なまり	標準語
doesn'	doesn't
doin'	doing
don'	don't/doesn't
drawin'	drawing
Dumbledore'd	Dumbledore had
dunno	don't know
dyin'	dying
d'yeh	do you
'e	he
'em	them
'emselves	themselves
everyone'd	everyone would
everythin'	everything
ev'ryone	everyone
ev'ryone's	everyone is
ev'ry	every
ev'rythin'	everything
expectin'	expecting
fastes'	fastest
father'd	father would
fattenin'	fattening
favourin'	favouring
feedin'	feeding
feelin'	feeling
fer	for
fetchin'	fetching
fightin'	fighting
firs'	first
firs'-years	first-years
floodin'	flooding
flyin'	flying
followin'	following
fores'	forest
gallopin'	galloping
ge'	get

なまり	標準語
gettin'	getting
givin'	giving
go'	got
goin'	going
gonna	going to
good'un	good one
gotta	got to
gov'nors	governors
growin'	growing
guardin'	guarding
gulpin'	gulping
g'night	goodnight
hadn'	hadn't
hangin'	hanging
happenin'	happening
hasn'	hasn't
haven'	haven't
havin'	having
headin'	heading
he'd've	he would have
hidin'	hiding
holdin'	holding
'im	him
importan'	important
inspectin'	inspecting
insultin'	insulting
inter	into
interestin'	interesting
interferin'	interfering
int'rested	interested
'is	his
is'n'	isn't
isn'	isn't
I'd've	I would have
i'n't	isn't it

なまり	標準語
jokin’	joking
jumpin’	jumping
jus’	just
keepin’	keeping
kep’	kept
killin’	killing
kinda	kind of
knowin’	knowing
las’	last
leavin’	leaving
lecturin’	lecturing
leerin’	leering
lettin’	letting
likin’	liking
lis’en	listen
livin’	living
’lo	hello
lookin’	looking
lotta	lot of
lot’d	lot had
lyin’	lying
many’d	many who would
marchin’	marching
matchin’	matching
’mazin’	amazing
mentionin’	mentioning
meself	myself
messin’	messing
me’ll	me will
mighta	might have
mightn’	mightn’t
migh’	might
mo	moment
moanin’	moaning
momen’	moment

なまり	標準語
more’n	more than
mornin’	morning
mornin’	good morning
mos’	most
mountaineerin’	mountaineering
movin’	moving
murderin’	murdering
musta	must have
mustn’	mustn’t
mus’	must
myst’ry	mystery
’n	than
nah	no
needin’	needing
nex’	next
nigh’	night
nope	no
nothin’	nothing
not’ve	not have
nuthin’	nothing
o’	of
one’ll	one will
on’y	only
openin’	opening
ou’	out
oughta	ought to
outta	out of
’ow	how
’oy	hoy
packin’	packing
passin’	passing
payin’	paying
poin’	point
pokin’	poking
’ppreciate	appreciate

なまり	標準語
pretendin'	pretending
producin'	producing
promisin'	promising
puddin'	pudding
pullin'	pulling
rabbitin'	rabbiting（だらだらしゃべる）
rarin'	raring
readin'	reading
relyin'	relying
righ'	right
roarin'	roaring
roughin'	roughing
roun'	round
round	around
ruinin'	ruining
runnin'	running
's	it's
sayin'	saying
sec	second
seein'	seeing
sendin'	sending
settin'	settling
shakin'	shaking
shoulda	should have
shouldn'ta	shouldn't have
shouidn've	shouldn't have
shoutin'	shouting
sittin'	sitting
skulkin'	skulking
sleepin'	sleeping
sligh'	slight
'smatter (of fact)	as a matter (of fact)
sneakin'	sneaking
snorin'	snoring

なまり	標準語
'snot	it's not
some'd	some would
somethin'	something
sorta	sort of
speakin'	speaking
'specially	especially
'spect	I expect
staggerin'	staggering
startin'	starting
stingin'	stinging
stinkin'	stinking
stoppin'	stopping
studyin'	studying
summat	something
swarmin'	swarming
s'pose	suppose
s'pposed	supposed
ta	thank you
taillin'	tailing
tails'll	tails will
takin'	taking
teachin'	teaching
tellin'	telling
ter	to
that'd	that would
tha'	that
tha's	that's
them'll	they will
they'd've	they would have
thinkin'	thinking
thrivin'	thriving
thumpin'	thumping
trekkin'	trekking
tremblin'	trembling
tryin'	trying

なまり	標準語
two'd	two would
usin'	using
visitin'	visiting
waitin'	waiting
walkin'	walking
wantin'	wanting
wan'	want
warnin's	warnings
wasn'	wasn't
watchin'	watching
wen'	went
weren'	weren't
we'd've	we would have
wha'	what
whadda	what do
what're	what are
why'd	why did
willin'	willing
withou'	without
wizardin'	wizarding

なまり	標準語
wonderin'	wondering
won'	won't
workin'	working
woulda	would have
wouldn'ta	wouldn't have
wouldn'	wouldn't
wouldn't've	wouldn't have
wirtin'	writing
y'are	you are
yeah	yes
yeh	you
yeh'd	you would
yeh'll	you will
yeh're	you are
yeh've	you have
yep	yes
yer	your
yer	you are
yerself	yourself
yerselves	yourselves

Stan, Ernie and Mundungus
（スタン、アーニー、そしてマンダンガス）

ロンドンっ子のユニークななまり

第3巻から登場するStan ShunpikeはKnight Bus（夜の騎士バス）の車掌、Ernie Prangは運転手です。

ふたりとも、ロンドンの特に東部で一般的なロンドンっ子のコックニーなまり（cockney accent）で話します。

きっすいのロンドンっ子とはBow Churchの鐘（Bow Bells*）の音が聞こえる範囲、旧市街で生まれた人だと言われます。

しかし、'lazy' English（「のろのろ」英語）として知られるロンドン弁は、イースト・エンド地区だけでなく、北ロンドンおよび南ロンドンの一部にも多かれ少なかれ存在しています。

イギリス産業革命で貿易品の輸出入に重要な役割をはたした東ロンドンの港には、各地からたくさんの労働者が働きにきており、港にはいってくる船には片言の英語を話す外国人乗組員もいました。港で仕事をするロンドンの人々が、これら海外の労働者が聞いても、何をしゃべっているのかわからないように話すために発明したのが、cockney way、ロンドン弁ではないかと伝えられています。

ロンドン弁特有のスタイルのひとつにrhyming slang「押韻俗語」があります。立ち聞きする人がいてもわからないように、ある単語を2つのことばに替えて表したもので、韻をふんだ押韻句とはまったく異なります。左がrhyming slang、右が「標準」の英語です。

mince pies ………………………… eyes
garden hose ……………………… nose
north and south ………………… mouth
sky rocket ………………………… pocket
butcher's hook ………………… look

StanとErnieが使うコックニーなまりのスタイルは、rhyming slangではなく、'lazy' Englishのほうです。ことばが短く縮められて、文字は省かれ、発音が変わります。注意深い読者は、活字で目にする彼らの口調

注 Bow bells　ロンドンの中心部the CityにあるSt Mary-le-Bow教会（一般にBow Churchとよばれています）の鐘です。The Cityの代名詞にもなります。その鐘の音の聞こえる範囲ということです。'be born within the sound of Bow' は「ロンドン旧市街に生まれた」つまり「ロンドンっ子だ」ということ。

がHagridの英語と似ていると思われるかもしれませんが、イングランド南西部の丸母音に対して、ロンドンっ子は母音を短く切って発音するので、文字は似ていても口調はかけはなれています。ロンドンっ子口調の特徴をいくつかあげます。

ロンドンっ子のしゃべり方

単語の初めにある[h]は発音しない。	**'ad** (had) **'alf** (half) **'Arry** (Harry)
単語の末尾にある[t][d]を発音しない。	**an'** (and) **jus'** (just) **didn'** (didn't) **woss** (what is) ・Woss that on your 'ead ・Woss your name?
2つ以上の単語をいっしょにしてひとつの単語にする。	**choo** (what did you/ what are you) ・'Choo fall over for? ・'Choo looking at? **didja** (did you) What didja call Neville, Minister?
ときどき代名詞を省略する。	・Stuck our your wand 'and, dincha? (**You** stuck out your wand hand, didn't you?) ・Scary-lookin' fing, inee? (**He is a** scary-looking thing, isn't he?)
動詞wereとwasの交換。	・This is where we was before you flagged us down. ・... anyway, when little 'Arry Potter put paid to You-Know-Oo-all You-Know-Oo's supporters was tracked down, wasn't they, Ern?

nothing、thirteen、toothbrushなどの[th]を[f]と発音。 nothing、anythingなど末尾の[g]を[k]と発音。	・Can't do nuffink underwater. ・Eleven Sickles, but for firteen you get 'ot chocolate, and for fifteen you get an 'ot-water bottle an' a toofbrush in the colour of your choice. ・Never notice nuffink, they don'. ・An' when reinforcements from the Ministry of Magic got there, 'e went wiv 'em quiet as anyfink, still laughing 'is 'ead off.
whoに代えてwhatを用いる。	・...an' so did a dozen Muggles what got in the way.
'Ere (Here)	文の初めのhereは、相手をふりむかせる'Hey'の役割をします。 'Ere, you did flag us down, dincha?*
'Er you go (Here you go)	'Here you are.'と言うとき。 'Ere, you go, Madam Marsh.
Right then	大切な質問があることを示唆するセンテンスの始めで'All right' 'Okay'の代わりに。'Righto'とも言います。 Right then, Neville, whereabouts in London?
Righto	Righto. 'Old tight, then...
Best＋動詞	「Best＋動詞」は、it is better toあるいはit is a good idea toを略した形式。ちなみに次の例文のAbergavennyはウェールズ(Wales)にある町の名前です。 Best go wake up Madam Marsh, Stan. We'll be in Abergavenny in a minute.

注 最後のdinchaは ...didn't you?

'Ow come (How come)	Whyの代わり。これはロンドンっ子だけでなく、イギリス全土で聞かれます。 'Ow come you di'n't tell us 'oo you are, eh, Neville?

StanとErnieの語いで辞書にない綴りと対応する「正統」の英語をリストにしました。

Stan and Ernie's Vocabulary

なまり	標準語	なまり	標準語
'ad	had	**'em**	them
'alf	half	**'er**	her
an'	and	**'ere**	here
'and	hand	**'e's**	he is
anyfink	anything	**fing**	thing
'appened	happened	**firteen**	thirteen
ar	yes	**goin'**	going
'Arry	Harry	**inee**	isn't he
as	has	**'is**	his
'ave	have	**jus'**	just
'choo	what did you	**long's**	as long as
'cos	because	**meself**	myself
'course	of course	**nuffink**	nothing
didja	did you	**'old**	hold
din'	didn't	**'ole**	whole
dinnit	didn't it	**'oo**	who
di'nt' / di'n't	been	**'orrible**	horrible
don'	don't/doesn't	**'ot**	hot
'e	he	**'ot-water bottle**	hot-water bottle
'ead	head	**oughta**	ought to
'ear	hear	**'ow**	how
'eard	heard	**papers**	newspapers
'eart's	heart is	**righto**	all right
'e'd	he would	**scary-lookin'**	scary-looking

なまり	標準語
tryin’	trying
wiv	with
woss	what’s
woz	was

なまり	標準語
yeah	yes
yep	yes
You-Know-’Oo	You-Know-Who

コックニー（イースト・ロンドンなまり）で話すのはスタンとアーニーのふたりだけではありません。けち臭いチンピラのMundungus Fletcherも独特のイースト・ロンドン弁です。Stan とErnieのしゃべり方と同じですので、重複するものは省きます。

Mundungus Fletcher’s Vocabulary

なまり	標準語
’airnet	hairnet
’em	them
Figgy	Mrs Figg
Gerroff	get off
gotta	got to
’gree	agree
m’name	my name

なまり	標準語
more’n	more than
orf	off
’pology	apology
some’n	someone
s’up?	what’s up?
that’d	that would

Beauxbatons Academy
（ボーバトン校）

フランス語なまり

第4巻でおこなわれるTriwizard Tournament（三校魔法学校対抗試合）にやってくるBeauxbatons校はどうやらフランス語圏にあるらしく、教師も学生も､典型的なフランスなまりでしゃべります。しかしなまり方は、イギリス各地の方言よりもずっと単純なので、以下の基礎的な規則だけとらえておけば、読み取っていくのはかんたんです。

フランス語圏の人がしゃべる英語

単語の初めの[h]音は常に省略。	whoのwhも含みます。 ・’Ogwarts cannot ’ave two champions ・And we ’ave choirs of wood nymphs, ’oo serenade us as we eat. ・’Ow dare you! I ’ave nevair been more insulted in my life!
[th]音は[z]に代わります。ただしthreeのように[r]が続くときを除く。	・Will you please inform zis ’Agrid zat ze ’orses drink only single-malt whisky? ・Do zey want us back in ze hall? ・What is ze meaning of zis, Dumblydorr?
[th]が単語のなかにあるとき[z]音に。	・An ’air from ze ’ead of a vela. One of my grandmuzzer’s. ・Anuzzer what, precisely? ・We will see each uzzer again, I ’ope.
短く発音する母音[e][i]を長くのばす。very、never、misterなど。‘if a’ のようにことばをつなげて言うときも[i] [e]を長くのばす。	・Oh, vairy funny joke, Meester Bagman. ・I ’ave nevair been more insulted in my life! ・We ’ave none of zis ugly armour in ze ’alls, and eefa poltergeist ever entaired into Beauxbatons, ’e would be expelled like zat.
Dumbledoreとunjustをまちがって発音します。	・Dumbly-dorr, I ’ope I find you well? ・’It is most injust.
現在進行形で質問します。	・Excuse me, are you wanting ze bouillabaisse?
感情的になるとフランス語で叫びます。	・*C’est impossible.* ・’Alf-giant? *Moi?* I ’ave — I ’ave big bones.

辞書にはのっていないBeauxbatons校の教師・学生がしゃべることばの綴りをリストしておきましょう。

Beauxbatons' Vocabulary

なまり	標準語
'Agrid	Hagrid
'air	hair
'alf-giant	half-giant
'alls	halls
'andling	handling
anuzzer	another
'Arry	Harry
'as	has
'asn't	hasn't
'ave	have
'az	has
C'est impossible.	That is impossible.（フランス語）
Chreestmas	Christmas
Dumbly-dorr	Dumbledore
'e	he
'eavy	heavy
eefa	if a
'elped	helped
entaired	entered
'ere	here
grandmuzzer's	grandmother's
injust	unjust

なまり	標準語
injust	unjust
meester	mister (Mr)
moi（フランス語）	me
nevair	never
'Ogwarts	Hogwarts
'oo	who
'ope	hope
'oping	hoping
'orses	horses
'ostage	hostage
seemply	simply
'uge	huge
'urt	hurt
uzzer	other
vairy	very
wair	where
wiz	with
zair	there
zat	that
ze	the
zere	there
zey	they
zis	this

Viktor Krum (Durmstrang)
（ダームストラング校のビクトール・クラム）

ゲルマン語系のなまり

Triwizard TournamentにやってくるもうひとつのDurmstrangの代表選手Viktor Krumは、Quidditchワールドカップにブルガリア・チームの選手として出場しています。そのため、ブルガリア人でありスラブ系の人のように思われますが、彼の英語は、ゲルマン語系のなまりで、ドイツ語、オランダ語や東ヨーロッパの諸言語圏の人々に共通しているものです。このドイツ語なまりの法則も簡単に覚えられる単純なものです。ちなみに、Durmstrangの校長Karkaroff教授のセリフは完全な英語で綴られています。イギリス人なら子どもでも「何か裏がありそう」と思うでしょう。英語で「ハリー・ポッター」を読む楽しみは、そんなこともあるわけです。

ドイツ語圏の人がしゃべる英語

wの[u]音が、[v]に変わる。	・Professor, I vould like some vine. ・Vill you valk vith me? ・I vos votching at the first task.
[v]音は、強い[ff]音に変わる。	・Vell, if you see her, tell her I haff drinks. ・You haff a water beetle in your hair, Herm-own-ninny. ・You haff never... you haff not...
初めてであうことばを正しく発音できないことがあります。 *Hermione	・Vare is Herm-own-ninny*? ・Hermy-own-ninny talks about you very often.
ときどき、説明と質問が現在進行形になります。	・...though in vinter, ve have very little daylight, so ve are not enjoying them. ・But in summer, ve are flying every day, over the lakes and the mountains.

注 ninnyは「おばかちゃん」という意味で使われることのある英語。

Krumがしゃべる英語で辞書にない綴りのリストです。

Viktor Krum's Vocabulary

なまり	標準語
alvays	always
haff	have
Herm-own-ninny	Hermione
Hermy-own-ninny	Hermione
valk	walk
vant	want
vare	where
ve	we
vill	will
vine	wine
vinter	winter
vith	with
vont	want
von't	won't
vood	would
vos	was
vosn't	wasn't
voss	was
vot	what
votching	watching
votever	whatever

Did you know? 知らなくてもいいけど豆知識

英語とラテン語の関係について

英語の60パーセントがラテン語を語源とすることばです。イギリスは、紀元元年のすこし前にローマ人によって征服され、その支配を受けています。そのときに、ラテン語が学者の使用する共通語になりました。

そして、ラテン語は、キリスト教世界でのfirst language第一言語になり、教養として身につけなければならない唯一の言語となって、その後、数世紀にわたって、あらゆる書物はラテン語を使って書かれたのです。

House-Elves: Dobby and Winky
（屋敷しもべ妖精：ドビーとウィンキーの場合）

赤ちゃん英語と極端な敬語

第5巻で登場するKreacherとちがって、DobbyとWinkyのしゃべる英語は、なまりがあるのではなく、ヘンテコでおかしな英語です。そのヘンテコな話し方には、しかし、召し使いのプロとして誇り高い小妖精の特徴が表現されています（以下の例はすべて [Vol.4 Chap.21] より）。

目上だと思う人に対しては、自分のことを代名詞を使わずに名前で言う。

いちばんめだつ特異性です。

● 'Winky is a disgraced elf, but Winky is not yet getting paid!' she squeaked.

呼びかけに代名詞を使わない。

次の例の 'Harry Potter, sir...' と 'sir...' はふつうなら you です。

● 'Dobby has been hoping and hoping to see Harry Potter, sir...'

● 'Dobby has traveled the country for two whole years, sir, trying to find work!'

House-Elvesにこんなしゃべり方をさせる理由には、次のふたつが考えられます。

1） 自分のことを名前で言うのは、ことばを覚えたばかりの幼児特有の baby talk（赤ちゃんことば）。house-elvesに子どもっぽくてかわいらしいキャラクターをもたせたもの。

2） 稚拙で極端にていねいな話し方からは、礼儀正しいことば遣いをしようとけんめいに努める小妖精が連想されます。極端に忠実なhouse-elvesがもっているのは、卑屈な奴隷意識ではなく、召し使いとしてのプロ意識なのだということを象徴したもの。

これらのおかしな点を除くと、Dobbyは多少の欠点はあっても標準的な英語をしゃべります。しかし、Winkyには、特筆すべき奇抜なくせがあります。なんでもかんでも現在進行形でしゃべるうえ、are、was、am、will、have、has、mustやほかの動詞を使うべきところが、みんなisになるのです。

● 'Winky is not sunk so low as that! Winky is properly ashamed of being freed!'

上記の文は、'Winky has not...'と言うところ。

● 'You is not insulting my master, miss! You is not insulting Mr Crouch!'

ここではmustをisにして現在進行形でしゃべっています。

ふつうの英語は'You must not insult my master...'

● 'He is needing me, he is needing my help!...'

また現在進行形を使っていますが'he needs me'の意味です。

● 'You is seeing my master?' said Winky breathlessly, ...'

これは'You have seen my master?'です。

Did you know? 知らなくてもいいけど豆知識

台所にいるサラマンダー

たいていのレストランには大なり小なりオーブンがあります。厨房で働く人たちは、このオーブンを**salamander**「火とかげ」と呼んでいるのを知っていましたか。

salamanderは、火の中に住むという伝説上の怪物ですが、形はイモリやサンショウウオを思わせます。

オーブンの平たく曲がりくねったバーナーが、ヘビやトカゲのしっぽのようで、ものすごい熱を出すさまが、**salamander**のようだというのです。

salamanderはイモリやサンショウウオそのものをさす名詞でもあります。「ハリー・ポッター」シリーズに登場する**Salamander**は、私たちの身近にいるイモリのように、魔法使いたちの身近にいる生物の火トカゲとして描かれています。

... in the case of Fred and George Weasley, trying to find out what would happen if you fed a Filibuster Firework to a Salamander. Fred had 'rescued' the brilliant orange, fire-dwelling lizard from a Care of Magical Creatures class and it was now smouldering gently on a table surrounded by a knot of curious people. [Vol.2-Chap.8]

フレッドとジョージは、火トカゲに「フィリバスターの長々花火」を食べさせたら、どういうことになるか試していた。フレッドは魔法生物飼育学のクラスから、火の中に住む、燃えるようなオレンジ色の火トカゲを「助け出して」きたのだという。火トカゲは、好奇心満々の生徒たちに囲まれてテーブルの上で、今は静かにくすぶっていた。

... said Ron wisely, as he shelled salamander eggs. [Vol.4-Chap.22]

火トカゲの卵の殻をむきながら、ロンがわかったような口をきいた。

PART 2

「ハリー・ポッター」が生きる世界

ホグワーツ・マニュアル
Hogwarts School of Witchcraft and Wizardry

'What's going on here? What's going on?' (Vol.2 - Chap.9)

さあ、いったいここHogwartsでは何が起こるやら。

Hogwarts校は「ハリー・ポッター」シリーズの核になります。物語が展開する舞台であり、主人公のハリー・ポッターがくつろいで過ごせる安全な避難場所であるだけでなく、不気味な秘密が随所に潜んでいて、封じられたミステリーがいつどこからとびだしてくるのか、わたしたち読者を驚かせる謎がいっぱいです。

Hogwartsという名前は

Hogwartsは、実はJ. K. RowlingがロンドンのKew Gardens（キュー国立植物園）で目をひかれたユリの名前。彼女が「ハリー・ポッター」シリーズを書き始めるより約7年前のことでした。

それはそれとして、英語の視点から見てHogwartsはすばらしい命名だといえます。HおよびGを使って中世的雰囲気（「はじめに」を参照）でかため、hog（ブタ）とwarts（いぼ）のふたつの単語をつないで不可思議な感じをだしています。不格好なものはたいてい、魔法使いが好んで身近におくのです。

Hogwartsとイギリスのpublic schoolシステム

Hogwarts校は、イギリスpublic schoolの教育システムにもとづいています。public schoolというと「公立学校」に聞こえ、事実、アメリカでは、公立小・中・高等学校ですが、イギリス（スコットランドを除く）では、主に男子に英国紳士の教育を施す全寮制私立中高等学校のことで、学費も高い学校です。11歳以上の子どもが対象で、親元から離れて寮で生活します（ただし最近は、共学化したり通学制も取り入れたりする学校が増えています）。public schoolにはどんな規律や訓練・日課があるのか、イギリス人なら、マクドナルドのハンバーガーと同じくらいよく知っており、イギリスの児童文学にはpublic school がよく登場します。それは、Hogwartsのコンセプトが「ハリー・ポッター」シリーズで成功したのと同じ理由からでしょう。

たいていのpublic schoolは、都会ではなく地方の各中心地にあります。市や町（あるいは村）に隣接し、特徴ある通信手段や交通・輸送手段をもつ地域で、生徒たちが冒険をくりひろげるチャンスが無限に存在するような場所です。そして、児童文学でいちばん重要な要素として、入学した子どもたちが、親の監視や厳しいしつけから離れ、また、おせっかいな母親や父親に楽しみを奪われることもなく、大胆に行動し冒険する自由を享受する、という点があげられます。

ハリー・ポッターが経験するとおり、くふうを凝らせば教師の監視の目をくぐりぬけるのは容易なばかりか、実際には教師たちも、生徒がどんな手を使ってくるか、なかば期待しています。

イギリスでトップクラスの有名なpublic schoolに、1567年に設立され、ラグビーが最初におこなわれた、ラグビー校（Rugby School）があります。Hogwarts School of Witchcraft and Wizardry（ホグワーツ魔法魔術学校）は、このラグビー校のシステムにもとづいていると言う人がいますが、そうとはかぎらず、イギリスのpublic school制度特有のことが取り入れられています。

新学期の買い物騒ぎ
Diagon Alley（ダイアゴン横丁）

「ハリー・ポッター」シリーズの多くの巻の最初に出てくる、新入生・在校生たちがDiagon Alley（ダイアゴン横丁）で新学年に必要なものを購入する光景は、毎年イギリスでくり返される実生活のシーン。public school新学年の準備にいっしょけんめいな子どもたちのこの買い物騒ぎは、愉快な年中行事になっています。

大鍋や魔法薬の材料、杖、呪文の教科書はともかくとして、public schoolの生徒たちは、学校が手紙で詳細に指示してきた、制服や教材・文具および体育関係の道具まで、すべてをきっちりそろえなければなりません。自分ひとりのために購入された大小の買物包みで自動車をいっぱいにして帰宅する、どの子にとっても誇らしく、わくわくする時です。

新学期の列車の旅
Hogwarts Express（ホグワーツ特急）

一般のpublic schoolはすべて都会から遠いところに位置する寄宿学校なので、Hogwarts Express（ホグワーツ特急）に乗って学校へ向かう場面と同じ光景が、実際に展開されます。

もちろん、学校へむかう生徒たちの列車旅行がKing's Cross Station（キングス・クロス駅*）の見えないプラットフォームへと壁をぬけて行くことから始まるわけではありません。しかし、大勢の人でごったがえす駅に連れていかれ、たくさんの荷物をかかえて列車にせわしなく乗り込んで遠い地方へと旅立つときの興奮は、ハリー・ポッターも実際の子どもたちも同じなのです。

校訓・校章・制服
symbol

public schoolはそれぞれの校章を門や講堂の壇上などいろいろな場所に掲げています。制服にもついています。そして、ラテン語の校訓や、創立者たちのことばで紋章をとりまき、伝統に

注 King's Cross Stationは実在するロンドンのターミナル駅。p.241参照

培われた威厳と教養を身につけることを生徒に求めています。

Hogwarts校の紋章は、大きなHの文字を囲んだライオン・ワシ・クマ・ヘビ、校訓はラテン語でDraco dormiens nunquam titillandus「眠れる龍をくすぐることなかれ」です。この校章・校訓を刺繍した徽章を、(男女を問わず)制服として着用しなければならないブレザーの上ポケットに縫いつけます。

学寮制度
the 'house' system

Hogwartsの学寮制度は、public schoolだけでなく、イングランド地方における中等学校に共通する特徴です。ひとつの学校に、少ないところで4棟、多いところでは10棟の寮があり、たいていは歴代の校長先生たちの名前が各寮につけられています。生徒たちは入学時に割り当てられた学寮で卒業まで過ごします。

The 'house' systemの目的は、所属する寮のプライドをもって、他の寮と競う生徒が、時々に何を尊重すべきか判断する力を養うことにあります。かんたんにいえば、向上心とチームワーク。学寮内だけでなく、学寮どうしのチームワークも尊重されます。学校全体への忠誠が第一、学寮への愛着は第二です。

学寮houseにはpublic school内の一区域がわりあてられ、教師あるいはなんらかの特別な理由による許可がなければ、ほかの学寮の者がその区域にはいれないことになっています。

それぞれの区域は、生徒たちが宿泊するdormitory（共同寝室）と、common roomという、生徒たちが休息したり勉強したりする居間のような談話室で構成されます。dormitory部分は、基本的に年齢に応じた共同寝室に分けられ、たいてい、年少の生徒は大部屋に、6年生以上の上級生は個室か2、3人用の部屋にと、学齢が進むとともに同室の人が少なくなっていきます。

注 第1巻7章でHogwarts新入生に説明されたhouseシステム：
...while you are here, your house will be something like your family within Hogwarts. You will have classes with the rest of your house, sleep in your house dormitory and spend free time in your house common room. (*ホグワーツにいる間、寮生が学校でのみなさんの家族のようなものです。教室でも寮生と一緒に勉強し、寝るのも寮、自由時間は寮の談話室で過ごすことになります。)

点数制
the point system

点数制point systemも各校で採用されています。学年末に最も多い点数がついた学寮には賞としてthe House Cupが授与され、次のHouse Championshipが決まるまでの1年間、寮内（ふつうはcommon roomですが、Trophy Roomの場合もあります）に飾ります。点は、寮対抗スポーツ試合の成績や学業成績はもちろん、より広範なさまざまな事由によって与えられますが、寮生が校則を破ったり、教師に従わなかったり、不行跡をしたりすると、そのつど所属する寮から差し引かれます。

点数制は、生徒にはチームプレーの感覚を教えこみ、勝手なわがままでチーム全体を落胆させてしまったときの屈辱感を経験させると同時に、教師にとっては、風紀を維持するための安全な武器となるという、二重の役割があります。Hogwartsで規則を破る生徒の処罰には、点数制が効果的に使われています。

校則
rules

学校内では、生徒が数においては教師を圧倒するわけで、風紀の維持は非常に重要とされます。J. K. Rowlingはこれも見落とすことなく、public school独特の、従わせることだけを目的にしたような校則をHogwartsに多くとりこんでいます。

そのひとつは、学校内の特定の通路・廊下や区域が、はっきりした理由もなく立ち入り禁止になっていること。public schoolでは、いちばん近くにある村や町の店あるいはその区域まで立ち入り禁止にしていることもあります。ほとんどは、危険であるか子どもには不適切だからでしょうが、それだけではなく、疑問を抱くことなく従って学校に対する忠誠を示さなければならないような規則を生徒たちに課して、おとなしくがまんする習慣をつけ、確実に風紀を維持しようとしている場合もあるのではないかと思われます。

監督生制度
the prefect system

風紀維持のためにpublic schoolが一般に用いているもうひとつの方法がthe prefect system（監督生制度）。校長が生徒の中から選んで任命するprefect（監督生）は、学校の廊下をパトロールしたり、生徒を集合・整列させる役目を担い、ときには、教師がいないあいだの教室で生徒を静かに統率する責任をもちます。

監督生は常に上級生がなります。監督生の権威を表すために、上着につける小さなバッジが監督生に渡されます。監督生のほとんどが、いつもほかの生徒たちから嫌われる存在であることは言うまでもありませんが、監督生には、門限が遅くまで許されているとか、食事の内容がいいとか、移動が自由であるとかいった、ほかの生徒にはない特権が与えられます。

また、6年生の首席Head Boy（Head Girl）が主任監督生として、校長と監督生たちのパイプとなって、いろいろな指示や通達をながしていく役を務めます。

校長
headmaster

校長（headmaster）となる人によって学校の運営がいかにちがってくるかについて、苦心して描写されています。

Hogwartsは、Professor Dumbledore（ダンブルドア先生）という、きわめて寛大で温和な校長のもとで、公明正大な運営がなされています。もし、Slytherin（スリザリン寮）卒業生が校長になったらどのように学校が変わってしまうか、想像するだけで恐ろしいのですが、第2巻でそんな事態が起きかけます。まさに同じことが現実のイギリス、いや世界中の学校についてあるはずです。よい校長はすばらしい人物を輩出して必ず学校を成功させますが、悪い校長は学校の権威も伝統も失墜させます。

大講堂
Great Hall（大広間）

Hogwarts校の全体的な構造は中世の城の構造にもとづいているにもかかわらず、ふつうのpublic schoolが備えている基本施設が適切に配置されています。たとえばどの巻にもたびたび登場するGreat Hallは、イギリスの学校が必ず付設している、全教師・全生徒を収容できる大きさの、大講堂のような施設です。

学校劇を演じるのも、式典をとりおこなうのもGreat Hallですが、日常的にはmorning assembly（朝礼）に使われます。キリスト教を国の宗教としているイギリスでは、全生徒を集めて礼拝をおこなうことが学校に義務づけられています。全校の生徒・教職員がGreat Hallに集まって賛美歌を歌い、祈りをささげることから一日が始まるのです。ただし現在では、異なる宗教を信仰する生徒たちへの配慮などから、幅広い意味でキリスト教の価値観に基づく内容であればよいことになっています。J. K. Rowlingは、Hogwartsに宗教教育の側面をとりいれてはいません。朝礼はまた、生徒に必要な連絡事項が校長や教師から公式に伝えられる場でもあります。

ダンブルドア先生が「お知らせ」を発表するために、Great Hallに全校生を集める場面などは、実際の教育現場を忠実に再現しています。宗教儀式のかわりに、食事をとるために生徒をGreat Hallに集めていますが、実際の学校で毎日の食事にGreat Hallを使うところはわずかで、ほとんどの学校では、寮ごとにきめられた場所で食事をとります。

注 ゴドリック・グリフィンドールGodric Gryffindor、サラザール・スリザリンSalazar Slytherin、ヘルガ・ハッフルパフHelga Hufflepuff およびロウェナ・レイブンクローRowena Ravenclawの４人。これらの４人の創立者は学校の構築に熱中していたといい、Salazar Slytherinは設計図を変更して「秘密の部屋」を組みこんだりしています。

Hogwartsの教室と文具

単語	解説
Hogwartsの教室	現代の学校現場でおこなわれることを描きながらも、J. K. Rowlingは中世の城にこだわって、意図的にしっかりとその趣を残しています。顕著な例はSnape教授の研究室と教室が「地下牢」dungeonsにあることでしょう。
dungeon	これは「ハリー・ポッター」シリーズにおける数少ない矛盾点のひとつです。城が建設された目的は時代を通じてひとつだけ、堅固な要塞として住民を敵軍の略奪から守ることです。そのため、どの城にも、捕虜を投獄したり拷問にかける地下牢が備えられました。
basement	しかし、Hogwartsが4人の創立者*によって学校として建設されたのなら、地下牢など備える必要は本質的にないのです。たぶん、このdungeonは、著者がわざと見落としたふりをしている矛盾ではないでしょうか。ふつうの学校にあるふつうの「地下室」basementであるよりも、「地下牢」dungeonsを備えた城のたたずまいのほうが「ハリー・ポッター」シリーズの舞台としてずっと効果的です。細部にこだわる几帳面な読者は心の中でこのdungeonsをbasementと置き換えながら読むとして、ほかの読者には単語「地下牢」dungeonsのもつ秘密性と伝奇的な感じを残したのだと思います。
Hogwartsの筆記用具	大昔の魔法の世界の雰囲気をたかめるために、parchment（羊皮紙）およびquill（羽根ペン）のふたつのことばが、シリーズの中で何度もでてきます（1-7巻でparchment 260回、quill 177回）。
parchment	紙の祖先である羊皮紙。羊やヤギの皮を溶液につけたあと、引きのばして薄く柔らかなシートにし、さまざまな事柄の記録に使われていました。紙が発明されてからもこのことばは残り、現在でも綴じられていない文書（証書など）をparchmentと呼びます。現代の人々がこのことばから思い浮かべるのは、ざらざらした手ざわりの厚手の紙に書かれた古文書でしょう。その古めかしさのせいか、内容が何であれ、現代の文書より重要なことが書かれているように思えてしまいます。

単語	解説
quill	羽根ペンはペンの祖先。鳥の羽根の軸先をインクに浸して書きます。 ホグワーツ校の生徒たちの勉強にparchment「羊皮紙」とquill「羽根ペン」を使わせたJ. K. Rowlingは、古代の伝統がしみこんだ魔術の世界が、現代の発達した技術にも屈服しないことを読者に示そうとしたのでしょう。

Hogwartsの学寮

単語	解説
Gryffindor (グリフィンドール)	Hogwarts創立者のひとり、Godric Gryffindorの名をつけています。寮の紋敵は獅子lionです。Gryffindorはフランス語で「金色のグリフィン」。ワシの頭と翼、獅子（しし）の体をもつ怪物、ギリシア神話のグリフィンは、ヨーロッパの伝説に勇気および美徳の象徴として登場し、家紋によく使われます。ギリシア神話で、グリフィンがヘビ(serpent)とバジリスク(basiliskヘビ・トカゲに似た怪物)の究極の敵であることからの着想も見落とせません。 第2巻でバジリスクと戦うものとして、Gryffindorグリフィンドール寮の生徒ほど適切な相手はないわけです。
Slytherin (スリザリン)	Hogwartsの創立者のひとりSalazar Slytherinの名をつけています。名前Salazarは、Antonio de Oliveira Salazar (1932-1968年在任のポルトガルの首相で非常に苛酷な政策で知られる) からつけられました。J. K. Rowlingはポルトガルに住んでいたことがありますので、おそらくは、邪悪さを示唆するために使ったのでしょう。Slytherinは「滑走」を意味する英語の動詞slitherからとったと思われます。つまりヘビの動作です。この寮の紋章はヘビなのです。

単語	解説
Hufflepuff （ハッフルパフ）	Hogwartsの創立者のひとりHelga Hufflepuffの名をつけています。この寮名はおそらくドラゴンが火を吐くときの音huff and puffから取られたのではないでしょうか。Puffという名前はPeter, Paul and Maryのヒット曲*Puff the Magic Dragon*で有名になりました。寮の特徴はドラゴンによって表されていますが、寮の紋章はbadger（アナグマ）です。
Ravenclaw （レイブンクロー）	Hogwarts創立者のひとりRowena Ravenclawの名をつけています。raven（大ガラス）は、イギリスの神話や伝説にひんぱんに登場し、賢く、のみこみの早い鳥。clawは鳥や獣のつめ。 エドガー・アラン・ポー（Edgar Allan Poe）の詩集*The Raven*「大がらす」でも有名ですし、イギリスでは盾につける家紋にravenがよく見られます。
raven	ロンドン塔（the Tower of London）の大ガラスの話は、全イギリスの生徒に知られている、今日もなお生きている伝説のひとつです。ロンドン塔の敷地にはおびただしい数の大ガラスがいて、好き勝手に飛びまわる自由を与えられています。大ガラスが塔からいなくなるその日は、イギリスの君主制が終わる日であると言われています。大ガラスたちがタワーから飛び去らないよう、かつこの迷信を永続させるために、その翼が切られているという噂がありますが、だれも確認したことはありません。 Ravenclaw寮は大ガラスの特性をもっていますが、寮の紋章はワシです。

Hogwartsで学ぶ魔法魔術の教科

数学・理科・地理・国語と、世界の子どもたちが勉強しなければならない退屈な学科に悩むことはないHogwartsの生徒が学ぶのは……

単語	解説
Ancient Runes 古代ルーン文字	教科書：*Ancient Runes Made Easy* 『やさしい古代ルーン文字*』など。
Arithmancy 数占い	教　師：Professor Vector 教科書：*Numerology and Gramatica* 『数占いと数の文法』 内　容：数を使って未来を占う。 ＊複雑な数表number chartが宿題にでます。英語の辞書にないgramaticaということばは、grammatic（文法（上）の、文法的に正しい）をもじった造語と思われます。
Astronomy 天文学	教　師：Professor Sinistra 教科書：無
Care of Magical Creatures 魔法生物飼育学	教　師：Hagrid（前任はProfessor Kettleburn） 教科書：*The Monster Book of Monsters* 『怪物的な怪物の本』 ＊この教科書の場合は本当に怪物を扱っていますが、*The Monster book of...*というのは、書籍のタイトルによく用いられるコピー。クロスワードパズルの本なら*The Monster Book of Crossword Puzzles*、ジョーク集なら*The Monster Book of Children Jokes*といった書名がすぐ思いつきます。
Careers Advice 進路指導	教　師：Head of each house 寮担任 内　容：5年生に、Hogwartsを卒業してからどんな仕事に就いていくかを指導する。
Charms 呪文学	教　師：Professor Flitwick 教科書：*The Standard Book of Spells* 『基本呪文集』 内　容：さまざまな呪文を覚え、実習する授業。 ＊英語charmについては呪文の章*p.*263を参照してください。

単語	解説
Defense Against the Dark Arts 闇の魔術に対する防衛術	教　師：Professor Quirrell, Lockhart, Lupin, Moody, Umbridge, Snape 教科書：*The Dark Forces : A Guide to Self-Protection* 『闇の力：護身術入門』 ＊black art（魔術）でなく、darkがつくと「悪」のイメージになります。
Divination 占い学	教　師：Professor Trelawney 教科書：*Unfogging the Future* 『未来の霧を晴らす』 内　容：茶の葉・手相・水晶玉や占星学などによって占う方法を学ぶ授業。 ＊教室は北塔の最上階にあり、3年生から履修できる選択科目。
Herbology 薬草学	教　師：Professor Sprout 教科書：*One Thousand Magical Herbs and Fungi*　『薬草ときのこ千種』
History of Magic 魔法史	教　師：Professor Binns 教科書：*A History of Magic*　『魔法史』 内　容：ものすごくたいくつな講義。
Muggle Studies マグル学	教　師：第7巻ではAlecto Carrow 教科書：*Home Life and Social Habits of British Muggles*　『イギリスにおけるマグルの家庭生活と社会習慣』 内　容：魔法を使わずにMuggleたちがどうやって重い物体を持ち上げるかなど。
Potions 魔法薬学	教　師：Professor Snape, Slughorn 教科書：*Magical Drafts and Potions* 『魔法の水薬』 ＊水薬の1回分を指す英語がdraft、potionで、potionのほうはlove potion「媚薬」やdeath potionなど毒薬や麻薬。

注 ルーン文字は、ゲルマン諸語の表記に用いられた古い文字体系。イギリス、スカンジナビアおよびアイスランドで1000年間も使用されました。謎めいたむずかしい文字や呪文の比ゆとしても用いられます。

単語	解説
Quidditch / Flying **飛行訓練**	教　師：Madam Hooch 教科書：無 内　容：新入生に箒(broomstick)にのって飛ぶ方法を教える特別授業。
Transfiguration **変身術**	教　師：Professor McGonagall 教科書：*A Beginner's Guide to Transfiguration* 『変身術入門』 *Intermediate Transfiguration* 『中級変身術』 *Advanced Transfiguration* 『上級変身術』 ＊transfigurationは「変貌・変形」ですが、冠詞theをつけて大文字ではじまるthe Transfigurationは、イエス・キリストが突然光り輝く姿になった「キリストの変容」をさし、ふつう、8月にあるその祝祭日をいいます。

Hogwartsのスポーツ活動

Quidditch（クィディッチ）

イギリスの学校はどこも、熱心に、子どもたちに各種スポーツのトレーニングをさせます。水泳、陸上競技、室内競技すべての広い範囲にわたっていますが、必ず重点がおかれるのは屋外球技。ラグビー、クリケットおよびサッカーが男子生徒のトップ3です。女生徒は、ホッケーやネットボール（バスケットボールの親戚）、そしてまれにはラクロスを練習しなければなりません。

イギリスの学校ではスポーツ活動への参加は強制的です。そして凍える寒い冬さえ、激しい屋外訓練の時間があります。医師に「彼（彼女）は死にかけております」と診断書を書いてもらいでもしなければ、生徒はサボれません。

Hogwartsは、スポーツ参加を強制しないようです。一定量の肉体鍛錬は耐久力を養い反射神経を高め、発育期にある魔法使いおよび魔女には望ましいと考えた先生はいなかったのでしょうか。

しかし、Hogwartsには独特のスポーツQuidditchがあります。

「ハリー・ポッター」シリーズで詳しく述べられるQuidditchの規則をここで説明することはしません。ただ、J. K. RowlingがQuidditch用に造りだした用語および関連するフレーズは実体とことばの用法とが読者の記憶にしっかりと刻まれるように考えられています。

Quidditchの由来

そうすると、Quidditchはどこからきた名前でしょうか。いまのところ次にあげる3つの推論があります。第1の推論は、名前のほんとうの由来で、ほかの推論は偶然の一致にすぎないことに注意しましょう。

1）かつてあったQudditchの最初の競技はQueerditch Marsh（クィアディッチ湿原）として知られているところで11世紀に行われました。そして、その後、Queerditchを縮めたものが、その公式名称になっています。J. K. Rowlingは各インタビューで、この競技のほんとうの由来だと強調しています。

2）ラテン語のQuidは「何」「なぜ」を意味します。Ditchは英語の俗語で、航空機の墜落をいいます。 これらの語源から翻訳して言いかえると'Why crash?'になります。

3）競技で使われる3個のボールの名にある文字からとられています。Quをquaffleから、ddをbludgerから、itchをsnitchからとってQuidditchという名称ができたというわけです。

Quidditch用語	解説
Seeker （探求者） シーカー	Seekerは、Golden Snitch（金のスニッチ）を捕らえ、味方チームに150ポイントを獲得して試合を終了させる任務をおう選手。動詞seek（探し求める）から。
Chaser （追撃者） チェイサー	Chasers（1チームに3人）はQuaffleをパスしあい、相手ゴールに投げ入れて得点する任務の選手。動詞chase（追いまわす）から。相手チーム選手に対抗し互いにスタジアム内をchaseする役割を示します。
Keeper （番人） キーパー	相手チームがゴールめがけて打ちこむQuaffleを防ぎます。keeperの意味は「世話をやく人」、サッカーのポジションgoal keeperを短縮したことばでしょう。
Bludger （浪人） ブラッジャー	スタジアムを飛びまわるボールBludgers（2つ）は、相手チームの選手を箒の柄から叩き落そうとします。Bludgerは「（こん棒で）打つ、いじめる」を意味するbludgeonから。
Quaffle クアッフル	相手チームのゴールを通過させて得点するボール。おそらくは「がぶがぶ飲み干す」意味の quaffから名づけたものでしょう。ゴールが飲みこむボールだということです。

Quidditch 用語	解　説
Golden Snitch 金のスニッチ	Quidditchの試合で最も重要なボール。Seekerがこのボールを捕まえるとチームに150点が入り、試合が終了します。snitchとは警察に情報をたれこむ「密告者」のことで、犯罪者仲間のうちでも最低の人間とされています。snitchという語が使われたのは、おそらくこのボールが信じがたいほど巧妙に隠れて動きまわり、一方のチームを裏切って他方のチームに勝利をもたらすことがあり得るからでしょう。
stadium 競技場 **pitch** グラウンド **goalpost** ゴール・ポスト **hoop** ゴール	Quidditch用語のすべてが造語だとは限りません。stadium（競技場）、pitch（イギリス英語で競技場、特にサッカーグラウンド）、goalpost（ゴール・ポスト）、hoop（ゴール*）など、実在の用語を借りて、Quidditchはスポーツそのものであるということを J. K. Rowlingは読者にしっかり印象づけています。

Did you know? 知らなくてもいいけど豆知識

制服の色

J. K. Rowlingが、褐色brownや黄色yellowの服はゼッタイ着ないワ、と誓ったことを知っていましたか。学校の制服がその色だったからで、彼女はその制服が大きらいだったそうです。「ハリー・ポッター」シリーズでも、あまり歓迎されない服の色に使われています。

...along with Filch, the caretaker, who had taken off his usual brown coat and was wearing a very old and rather mouldy-looking tail coat. [Vol.3 - Chap.11]

（管理人のフィルチも、いつもの茶色の上着ではなく、古びたかび臭い燕尾服を着て座っている。）

'Every year she makes us a jumper,' said Ron, unwrapping his own, 'and mine's always maroon.' [Vol.1 - Chap.12]

（「ママは毎年僕たちのセーターを編むんだ」ロンは自分の包みを開けた。「僕のはいつだって栗色なんだ」）

注 hoopは、バスケットボールの網をつるすリング。クロッケーでボールを通過させるアーチ形の門もhoopということがあります。

Hogwarts ボキャブラリ

「ハリー・ポッター」シリーズで、ホグワーツ魔法魔術学校に関してよく用いられることばのリストです。

Ancient Runes	古代ルーン文字
Arithmancy	数占い
Astronomy	天文学
banquet	宴会
baron	男爵
beast	動物
blackboard	黒板
blazer	ブレザーコート
Bludger	ブラッジャー
book	本
brass	真ちゅう
broomshed	ほうき置き場
broomstick	ほうき
candelabra	大燭台
Care of Magical Creatures	魔法生物飼育学
Careers Advice	進路指導
caretaker	用務員・管理人
castle	城
cauldron	大鍋
chalk	チョーク
chamber	部屋
changing room	更衣室
charm	まじない
Chaser	チェイサー
common room	談話室
copper	銅
corridor	廊下
courtyard	庭・校庭・構内の敷地
curse	呪い
Dark Arts	闇の魔術
Defense Against the Dark Arts	闇の魔術に対する防御術
deputy	代理人
detention	居残り
Divination	占い学
doorknob	扉の取っ手・ドアノブ
dormitory	寮の共同寝室

draft	水薬
dungeon	地下牢・地下教室
enchantment	まじない
end of term	学期末
entrance hall	玄関ホール
equipment	設備
exam	試験
expel	放校（処分）
fat lady	太った婦人
feast	祝宴
fireplace	暖炉
Forbidden Forest	禁じられた森
four-poster-bed	四柱式寝台
friar	修道士
fungi	菌類
gallery	ギャラリー
ghost	幽霊・ゴースト
goalpost	ゴールポスト
goblet	ゴブレット
Golden Snitch	（金の）スニッチ
grandfather clock	大型箱時計
grate	暖炉
Great Hall	大広間
greenhouse	温室
ground	グラウンド
head boy	首席
headmaster	校長（男性）
headmistress	校長（女性）
herb	薬草
Herbology	薬草学
hex	魔法（をかける）、呪い（をかける）
High Inquisitor	上級調査官
History of Magic	魔法史
Hogwarts Express	ホグワーツ特急
holiday	祝祭日
homework	宿題
hoop	（クィディッチのゴールとなる）輪
hospital wing	病棟
house	寮・学寮
House Championship	寮対抗杯
house cup	寮杯
house point	寮の得点
Howler	吼えメール
incantation	呪文・まじない（をかけること）
jinx	ジンクス、（不幸もたす）呪いをかける

Keeper	キーパー・番人
kitchen	厨房
lake	湖
librarian	司書・図書館員
library	図書館
lines	書きとりの罰則
magic	魔術
marble staircase	大理石の階段
master	主人
Mudblood	穢れた血
Muggle	マグル（非魔法使いの人間）
Muggle Studies	マグル学
name tag	名札
N.E.W.T. (Nastily Exhausting Wizarding Test)	ニュート、めちゃくちゃ疲れる魔法テスト
North Tower	北塔
out-of-bounds	立ち入り禁止
O.W.L. (Ordinary Wizarding Level)	標準魔法レベル試験
owl	ふくろう
owlery	ふくろう小屋
panel	パネル
parchment	羊皮紙
passageway	通路
password	合いことば・パスワード
pewter	錫
phial	小瓶
pitch	競技場
poltergeist	ポルターガイスト
portrait	肖像
potion	魔法薬
prefect	監督生
prefect's badge	監督生のバッジ
professor	教授
Quaffle	クアッフル
Quidditch	クィディッチ
quill	羽根ペン
restricted section	閲覧禁止の棚
robe	ローブ・長衣
scales	計量器・はかり
school report	成績通知表
Seeker	シーカー
silver	銀
sorting hat	組み分け帽子
spectator	観客・観衆
spell	呪文
spiral staircase	らせん階段
stadium	競技場
staircase	階段

statue	彫像
stool	腰かけ
student	生徒
suit of armour	よろい
tapestry	タペストリー
teacher	教師・先生
term	学期
timetable	時間割
tower	タワー・寮塔
Transfiguration	変身術
trapdoor	はね上げ戸
trophy room	トロフィー室
tunnel	トンネル
turret	小塔
wand	魔法の杖
warlock	魔法使い
Whomping Willow	暴れ柳
witch	魔女
witchcraft	魔法・魔術
wizard	（特に男の）魔法使い
wizardry	魔法

Did you know? 知らなくてもいいけど豆知識

mazeとlabyrinth

三大魔法魔術学校対抗試合(Triwizard Tournament)の最終にあたる第三の競技である迷路mazeは、ギリシア神話に先例があることを知っていましたか。

ミノス王は、人の体に雄牛の頭をして人間を食べる怪物ミノタウロスを飼うために、ダイダロスに命じてクレタ島に迷宮Labyrinth of Creteをつくらせました。

毎年、7人の青年男子と7人の若い女性がアテネ（クレタ島が属する古代ギリシアの首都）から迷宮へ送られました。彼らは複雑な迷宮を通り抜けられずにミノタウロスに食べられてしまいます。

そしてある年のこと、アテネの王の息子であるテセウスがそのうちのひとりになりました。ミノス王の娘アリアドネは彼の恋人で、ミノタウロスを殺せる剣と、迷路の出口を見つける糸の玉を渡します。迷宮をうまく脱出したテセウスは、その後アテネの最も偉大な王のひとりになった、という神話です。

名付けの魔術

Rowlingは天才的名付け親

'... Harry. Always use the proper name for things. Fear of a name increases fear of the thing itself' (Vol.1 - Chap.17)

「ハリー……ものには必ず適切な名前を使いなさい。名前を恐れていると、そのもの自身に対する恐れも大きくなる」

You-Know-Who（例のあの人）などとよぶものではないと、ダンブルドア先生が説教。He-Who-Must-Not-Be-Named（名前を言ってはいけないあの人）みたいな呼び方を、あなたもしてませんか？

「ハリー・ポッター」シリーズはたくさんの人物・動植物・怪物がつぎつぎに現れる大長編物語であるにもかかわらず、イギリスの子どもたちはその名前に助けられてどんどんストーリー展開を読みとっていけます。名前の発音や、名前に組みこまれた英語、ラテン語、フランス語などのことばおよび史実の多くが、名付けられたものたちの本性・特徴、つまりキャラクターを端的に表現しているからです。著者のJ. K. Rowlingは、登場人物にどんな名前をつけるか、楽しみながら知恵をしぼったことでしょう。

名は「態」を表す……か

善玉か悪玉かぱっと想像できるようなオーラを放つことばが使われた名称があります。

例えばDumbledore（ダンブルドア）。最初のふたつの音節は、明るく親しみやすいひびきがあって、愛すべき人物であること、けれどもうっかりもので、すこしずれたふうがわりな性格を感じさせます。

逆にMalfoyには、暗く薄気味悪いひびきがあります。実はmal foiは「悪意」を意味するときに使われるフランス語。しかし、そうと知らない子どもたちでも、この名前の持ち主は暗い性格だと想像してしまいます。接頭辞「mal-」は英語で多用され、malice（悪意）、malignant（有害な、医学用語で悪性の）、maladjusted（調整不良の、心理学用語で環境不適応の）など、悪い何かを示唆するのです。

不思議なことに、Harry Potterは、ごく一般にある名前にすぎず、隠された意味も、関連付けもありません。シリーズで最も重要な主人公の名前なのに、ユーモラスなだじゃれも史実などからの引用も、避けているのです。推測するに、J. K. Rowlingは、いろいろな年齢・環境にある子どもたちが、それぞれに合ったイメージをもてるように意図したのでしょう。Harry Potter以上にありふれた名称は、現実に使われる英語には存在しないといえるくらい、ふつうの名前なのです。PotterはJ. K. Rowlingの近所に住む家族の姓、HarryはJ. K. Rowlingが気に入っている男の子の名前だということです。

名前	解説
Aragog アラゴク **Arachne**	Forbidden Forest（禁じられた森）に住んでいる巨大怪物につけられた名前Aragogは、学名「クモ綱節足類動物」の英語archnidの語源である、ローマ神話にでてくるArachneという人名からです。 糸紡ぎ・機織りにすぐれた才能をもっていたArachneアラクネーは、織り物コンテストで、手芸の女神ミネルバに挑戦して、勝ってしまいます。敗北をくやしがったミネルバは、アラクネーをクモに変えてしまい、死ぬまでひたすら織り物をさせたそうな。 末尾の-gogは、イギリスで最も有名なふたりの巨人、GogとMagogから。実際にいる虫のクモより大きなものだと伝えているわけです。
Ludovic Bagman ルドビッチ・バグマン	魔法省魔法ゲーム・スポーツ部の部長。若いときにはプロのクィディッチチームWimbourne WaspsのBeaterでした。ふつうはLudoと呼ばれています。ludoはラテン語で「遊ぶ」「競技をする」を意味しますが、「だます」の意味もあり、彼のクィディッチ好き、賭けごと好き、時には人をだますといった傾向を反映しています。bagmanは、違法な賭けごとや高利貸しで金もうけをする人を指す俗語。
Sirius Black シリウス・ブラック **Padfoot** パッドフット	Siriusは、ギリシア語のseirios（大犬座に属する天空で最も明るい星シリウス）、Blackは英語で黒色。Sirius Blackは文字どおり「黒い犬」の化身を獲得した魔法使いです。化身した動物にはPadfootパッドフットというAnimagus（動物もどき）名があります。魔法の黒い犬は欧米各地の伝説に現れ、地域によってさまざまな呼び名がありますが、このPadfootは、イギリスStaffordshireの人々による呼称です。
Buckbeak バックビーク **buck** **beak**	Hagridが放牧しているhippogriff（ヒッポグリフ）のうちの一頭で、half-horse, half-bird（半鳥半馬）と描写されています。 buck（雄）とbeak（くちばし）を合成した名前です。

名前	解説
Vincent Crabbe ビンセント・クラッブ **crabby**	Draco Malfoyの子分Crabbeは、読者にカニ(crab)をイメージさせます。英語圏では、crabは意地が悪く、なんの魅力もないというイメージの生物。このような態度の人々をcrabby(カニみたい)といいます。
Fleur Delacour フラー・デラクール	第4巻のTriwizard Tournament(三校対抗試合)にやってきたBeauxbaton校の代表選手。Fleur Delacourというフランス語はflower of the court「宮廷の花」という意味で、彼女が高貴な雰囲気の女性であることを示唆しています。
Albus Dumbledore アルバス・ダンブルドア **bumble**	Albusは「白い」を意味するラテン語で、Dumbledoreは「マルハナバチ」を意味する古い英語です。「マルハナバチ」は現代の英語ではbumblebeeと呼ばれ、bumbleは「ぶんぶん音を立てる」という意味の動詞。白いひげをたくわえた魔法使いがマルハナバチのように鼻歌を歌っている――J. K. Rowlingはそんな光景を思い浮かべるのが好きだと言っています。
The Dursleys ダーズリー一家	Harryは両親が亡くなったあと、母親Lilyの姉Petunia Dursleyの家庭の養子になりました。Dursleyという姓は、J. K. Rowlingの生地に近い町の名前からとられたと言われていますが、おそらくその響きに滑稽なニュアンスがあればこそ、選んだのではないでしょうか。
dur ▸duh	Dursleyのdurと同じ発音のduhは、英語の辞書にはほとんど載っていませんが、愚かさを連想させることばです。くだらない発言やわかりきった質問をする人がいると、それを聞いた人は自分の頭を指し、思い切りばかげた表情を浮かべて、'Duh!'と言うことがよくあります。これは「こんなばかなやつ、相手にしてられないや」という身ぶり。つまりJ. K. Rowlingは、姓の最初の3文字でDursley家の愚鈍さを読者に印象づけているのです。
Vernon バーノン **Petunia** ペチュニア **Dudley** ダドリー	一家の構成員にRowlingがつけた名の、Vernon、Petunia、Dudleyはどれも、人気ランキングにのるような名前ではなく、彼らの生活全体をおおう凡庸さを表しています。

名 前	解 説
Marge マージ	第3巻ではVernon Dursleyの姉にあたるAunt Marge（マージおばさん）を紹介して、さらに平凡でおもしろみのない家族の印象を強くしています。MargeはMarjoryを縮めた呼称ですが、20世紀初頭の約20年間ほどは、イギリスの労働者階級の家族に生まれた女の子によく付けられた名前がMarjoryなのです。Vernonの姉の名からも、ダーズリー家がそもそもは労働者階級で、時代おくれで洗練されていないという事実を強調しているわけです。
The Fat Lady 「太った婦人」 **until the fat lady sings**	Gryffindor Tower（グリフィンドール寮の塔）への人口を守るThe Fat Ladyは、たぶん、英語の 'It isn't over until the fat lady sings.' というよく使われるフレーズからのことば遊びと推測します。オペラの終幕に豊満なソプラノ歌手がアリアを歌うことから、「太った女性が歌わなきゃ終わりにならない」という決まり文句なのです。 たとえば一方的なゲーム展開になったサッカー試合などで、解説者が 'The game is not over the fat lady sings.' と言いますが、「負けているチームにもまだ逆転するチャンスがある、試合終了までは何が起こるかわからないよ」ということ。この場合のfat ladyは試合終了のホイッスルを吹く審判員というところでしょうか。
Fawkes フォークス **Guy Fawkes**	Dumbledoreのペットの不死鳥（phoenix）の名前。不死鳥は燃え尽きることによって死にますが、その灰からまた新たによみがえるのだという神話があります。Rowlingは、1605年11月5日にロンドンの国会議事堂を爆破しようとしたガイ・フォークス* Guy Fawkesにならって、Dumbledoreの不死鳥にFawkesと命名したのです。 イギリスの子どもたちはだれでも、Fawkesの物語をよく知っています。毎年11月5日は、この事件を記念して、かがり火をたき、花火を打ち上げる、子どもたちが大好きな行事の日。 11月5日に先立つ一週間は、イギリス中の街に、古着に落ち葉や古新聞を詰めこんで作ったGuy（Fawkesを模した

名前	解説
penny for the Guy	人形）を抱えた子どもたちがくりだして、‘Penny for the Guy.’「ガイにお恵みを」と、通りを行き交う人々に小銭をねだり、花火を買うお金をためるのです。そのGuyがかがり火のなかに置かれて燃やされるさまは、不死鳥の火葬のようです。
Argus Filch アーガス・フィルチ	Argusは100の目を持って絶えず警戒にあたっていたギリシアの神の名前。filchは「盗む」ことを意味する英語の動洞で、Hogwartsの嫌われ者の管理人像を完璧にまとめた命名です。
Mundungus Fletcher マンダンガス・フレッチャー	第5巻よりの前にはちらっとしか現れませんが、実に名前ぴったりの登場をします。Mundungusは昔イギリスにあったくせのあるにおいがするタバコの名前です。彼がパイプで吸いつけているのは、みんなに嫌われている銘柄のタバコでした。そのキャラクターを創造したJ. K. RowlingはMundungusというタバコを知っていたに違いありません。ニックネームのDungも彼の雰囲気を表現しています。それは「肥やし」の意味があり、くわえて「芳香」をはなつタバコですから、彼のまわりはどんなに濁った空気か想像できるというもの。ところで、姓のFletcherは、昔の「矢羽根職人」を指す英語です。
Fluffy フラッフィー	Hagridがペットにしていた Fluffyは、Gringotts Bank（グリンゴッツ銀行）からHogwartsに移されたPhilosopher's Stone（賢者の石）を守る番犬に任命されます。巨大な怪物犬にHagridがつけたFluffyという名前からは、生きものならなんでも愛してしまうHagrid、しかし飼っている生き物たちの本性を冷静に認識して現実的に対応することには失敗しがちのHagrid像が見えてきます。実はFluffyとは、ウサギか小さな子ネコのように小さく可憐で、抱きしめたいものに子どもたちがつける名前で、「ふんわりした」の意味。

注 Fawkes, Guy（1570-1606）当時カトリック教徒が受けていた弾圧に対して報復するため、1605年英国国会議事堂を爆破してジェームズ1世を殺そうと陰謀を企てた。

名前	解説
Cornelius Fudge コーネリアス・ファッジ **corny**	Minister of Magic（魔法省）の、必ずしも正しい決定を下すとは限らない大臣。fudgeという動詞は、「事態を台無しにしてしまう」という意味の俗語です。名のCorneliusはおそらくcorny（陳腐な）から。
The Gaunts ゴーント一家	Gauntといえば、ランカスター家（ばら戦争で有名）の祖となったJohn of Gauntが思い浮かびますが、このGauntという姓は形容詞gauntの意味から取られています。gauntは「やせ衰えた」「やつれた」「荒涼とした」などの意味。廃屋のような家ですさんだ生活を送っているGaunt家の人々の様子を表しているのでしょう。
Marvolo マールヴォロ	Gaunt家の父親の名前Marvoloは、孫息子のミドルネームに引き継がれることになります。その孫息子の名前全体のアナグラムが、ある名前になるようにする必要から（*p*.206参照）、J. K. RowlingはこのMarvoloという名を考案したのかもしれません。
Morfin モーフィン	Marvolo Gauntの息子MorfinにJ. K. Rowlingがなぜこの名前をつけたのか、正確にはわかりませんが、もしかするとギリシア神話の夢の神Morpheusの名からとったのかもしれません。夢や幻覚を伴う鎮痛剤morphine（モルヒネ）の語源はこのMorpheus。Morfinは偽の記憶を吹き込まれ、まるで幻覚のように、自分のやっていないことをやったと思いこんでしまうのです。
Merope メローピー	Marvolo Gauntの娘Meropeの名は、ギリシア神話に登場する女神Meropeに由来します。女神Meropeはプレアデス7姉妹のひとり。姉妹たちはオリオンに追われ、星になってしまいました。プレアデス星団の7つの星のうち、Meropeの星だけ目に見えないのは、彼女だけが人間の妻になり、それを恥じて姿を隠しているためだと言われています。ハリー・ポッターの物語に登場するこのMeropeも、魔女でありながらマグルの青年に恋をし、彼と駆け落ち結婚をします。

名前	解説
Gregory Goyle グレゴリー・ゴイル **gargoyle**	Draco Malfoyの馬鹿な取り巻きのひとりの名前Goyleは、gargoyleということばから。gargoyleはグロテスクな彫像で、多くの古いヨーロッパの建物、特に教会などの屋根や外壁にあり、雨どいの役割をしています。
Hermione Granger ハーマイオニー・グレンジャー **Hermes** **Granger Movement**	Hermioneはイギリスで一般的な名前ではありません。しかし、社会的に成功した家庭出身の気位の高い少女で、本の虫であることを読者に想像させる名前です。HermioneはヘルメスHermes（ギリシア神話でゼウスZeusの末っ子、神々への使者の役割をもつ学芸、商業、雄弁などの神）の女性名。イギリスではめったにない名前なので、第1巻で最初に彼女が登場したとき、多くの子どもは正確に発音できず混乱しました。そこで、J. K. Rowlingは第4巻に実際の発音をはっきり示す叙述を加えています。 そしてGrangerという姓ですが、かつてGranger Movementという農民運動*があったこと、アメリカ英語でGrangerは「農民共済組合員」であることを知っておくと、第3巻から屋敷しもべ妖精の解放に取り組むHermioneの動きがおもしろくなります。
Hedwig ヘドウィグ	Diagon Alley（ダイアゴン横丁）でハリーが購入したフクロウの名前は、12-13世紀ドイツの聖女Hedwigから。聖Hedwigの後援のもとで設立された女子修道会は、孤児たちの教育をその使命としています。ハリーが孤児であるということは偶然でしょうか。
Hermes ヘルメス	Percy Weasleyのフクロウの名前。ギリシア神話でヘルメスは神のメッセンジャーであり、Hermesと他のフクロウたちは、Hogwartsでメッセンジャーの役割を果たします。

注 Granger Movement（グレンジャー運動）アメリカで1870年代に起きた農民運動で、鉄道料金や倉庫料金がかってにつりあげられないよう規制を求めた。

名前	解説
Arsenius Jigger アーセニウス・ジガー **arsenious**	教科書*Magical Drafts and Potions*の著者の名前のもとであるjiggerは、バーテンダーがカクテルをつくるときに使う、1オンスと1/2オンス容量のふたつのステンレス容器が底合わせになった形の計量器。また、Arseniusは、arsenious（砒素を含む）をラテン語風にしたもの。砒素は魔法薬の調合によく使用される毒です。
Kreacher クリーチャー	ブラック家の気難しい屋敷しもべ妖精。creatureと同じ発音で、人間ではないことを強調して、暗い側面があることをにおわせる名前です。creatureということばはおもに動物を指して用いられますが、他の者の力や意志に左右されるもの、言いなりになるものという意味ももっており、Kreacherとその仲間の屋敷しもべ妖精をひとことで表現する名前です。
Viktor Krum ビクトール・クラム	Quidditch競技のスーパースターの姓Krumは、敵という敵に壊滅的な敗北を与えたブルガリアの将軍にちなんだ命名。Viktorの英語綴りはVictorなので、彼は常に勝利が期待されている存在になります。
Lestrange レストレンジ	「死喰人」であるLestrange家の人々の名前は、何かしら不吉で邪悪な感じです。姓にstrange（ふつうでない）が入っていますし、ファーストネームのほうにも隠れた意味があります。たとえばBellatrixは22番目に明るい星の名前ですが、それは「女性戦士」であり、Rabastanは同じく「ヘビの頭」を指す星の名前です。
Gilderoy Lockhart ギルデロイ・ロックハート **gild**	「北の魔法使い」the Wizard of the Northとして知られたスコットランドの作家に、ウォルター・スコットがいます。その娘と結婚し、卿の伝記を書いた人物の名前がJ. G. Lockhartなので、これは、魔術の本の売れっ子著者という立場にぴったりの名前。そして、ファーストネームのGilderoyで、ほんとうは臆病な内面を、魅力的で、知的で、勇敢に見せようと、gild（金めっき・薄い金箔でおおい隠す）していることを示唆している気がします。

名前	解説
Neville Longbottom ネビル・ロングボトム **bottom**	ハリーの同級生のひとり。純粋な魔法使いの血統ですが、魔法技術にはあまり熟達していません。背が低く小太りで、ちょっと頭の悪いことがLongbottomという名前ですぐにイメージされます。シェイクスピアの『真夏の夜の夢』に、魔法をかけられてロバの頭をしているBottomという登場人物がいます。また、'He is at the bottom of his class.'（あいつはクラスでびりだ）のようにbottomには「びり」の意味があります。
The Lovegoods ラブグッド一家 **Luna** ルーナ **Xenophilius** ゼノフィリウス	Lovegoodという姓はちょっと不自然で、いかにも創られた名前のように見えるかもしれませんが、イギリスに実在している姓です。 他方、Ravenclaw生の女の子の名前Lunaは、たぶん英語圏には存在しないでしょう。lunaは「月」を意味するラテン語ですが、英語にはその語から派生した「頭のいかれた（人)」「ちょっと正気でない(人)」を意味するloonyという語があるからです。もちろんLunaの肩をもってあげるなら、その丸く大きな目が月のようだから、ともいえるでしょうけれど。 第7巻に登場するLunaの父親の名Xenophiliusには、その性格がよく表れています。xenoは「異国人」「見知らぬ人」を意味するギリシア語xenosに由来。philiusは「友情」「好み」を意味するギリシア語philiaに由来します。つまりXenophilius Lovegoodは変わったもの、珍しいものをやたらと好むのです。彼が編集している雑誌*The Quibbler*には、たしかにその嗜好がはっきり表れていますね。
Remus Lupin リーマス・ルーピン **Romulus** **Remus**	実はオオカミ男のProfessor Lupin。その事実を暴露せずにはおかない名前です。「オオカミ」を意味するラテン語がlupus、英語のlupineは「オオカミのような」wolf-likeという形容詞で、さらに名のRemusも決定的。ローマ神話で、ローマを建国することになるふたりの子どもはオオカミたちに育てられていますが、そのふたりの名前が、RomulusとRemusなのです。

名前	解説
The Malfoys マルフォイ一家	*p*.195で述べたように、Malfoyは不気味な響きのある姓。陰険で邪悪、何か隠れた秘密をもっていそうな家族を、読者は思い浮かべるはずです。同じようにmal- から始まることばには、malignant（有害な）、malicious（悪意に満ちた）、malevolent（他人の不幸を喜ぶ）などがあることからもわかるように、mal- はラテン語malus（悪い）に由来する接頭辞。Malfoyという名前全体も、「悪意」を意味するフランス語mal foiと関連しています。J. K. Rowlingはこの家族の一人ひとりに、さらに不吉で陰気な名をつけています。
Draco ドラコ	Slytherin生でハリー・ポッターの宿敵Draco Malfoy。dracoは「ドラゴン」や「ヘビ」を意味するラテン語です。英語にはこれとよく似たdraconianという「残酷な、厳格な」という意味のことばがあるので、読者はDracoという名前にひそんでいるラテン語の不吉な響きを知らなくても、彼の性格を想像できるでしょう。
Lucius ルシウス	Dracoの父親の名は、ルシファー（Lucifer）という堕天使の長にもとづきます。サタンSatanあるいはデビルDevilの別名でもあり、Voldemortのいちばん強力なDeath-Eatersのひとりにはとてもふさわしい名前。
Narcissa ナルシッサ	Dracoの母親Narcissaは、水に映る自分の姿に見とれるあいだに川に落ちて溺れてしまう、ギリシア神話のハンサムな若者Narcissusから。日本語にもなっている「ナルシスト*」ですが、narcissist（自己陶酔者）もnarcissistic（自己中心主義の）もごくふつうに使われる英語なので、イギリスの子どもはギリシア神話を知らなくてもイメージできます。

注 narcissistの英語の発音は、「シ」がひとつ多くて「ナーシシスト」であることに注意。

名前	解説
Nagini ナギニ **naga**	Vodemortはこのヘビの毒を飲んで生き延びています。nagaは「ヘビ」を意味するサンスクリット語。仏教とヒンドゥー教で、強大な力をもつ蛇神の種族です。「ハリー・ポッター」シリーズに登場するNaginiは、その力や姿がインドの神話の蛇神と必ずしも同じではありませんが、J. K. Rowlingは世界の神話に関する博識を盛りこみ、Voldemortのヘビを Nagini と名付けました。Nagini とはNaga族の雌のこと。第4巻でVoldemortが下僕に 'You will milk her before we retire...'（寝る前にナギニのエキスを絞るのだぞ）と命じたときにNaginiをherと呼んでいることから、このNaginiもまちがいなく雌のようです。 インドの神々は、ナーガ族の王ヴァスキの体を利用して作ったアムリタと呼ばれる不老不死の薬を飲んでいたとのこと。この不老不死こそ、まさにVoldemortが求めているものです。
Madam Olympe Maxime オリンピア・マキシーム女史	Beauxbatons Academyの校長。巨人族の血をひいている彼女は、その事実をあきらかにしようとしません。しかし、その名前Olympeがオリンポス山に住んだ巨人たちを連想させますし、maximeはフランス語で「非常に大きな」という意味ですから、彼女がどう隠そうとしても「名は体を表」してしまっています。
Alastor 'Mad-Eye' Moody マッド・アイ・ムーディ	Mad-Eyeは闇の魔法使いを捕らえることを任務とするAuror。名前のAlastorには、気分がさまざまに変わる人物らしいと思いあたる情報がはいっています。Alastorはラテン語で「活発で、陽気」を意味するalacerから、また、moodyは「気まぐれ、冷酷、不機嫌」などの意味をもつ英語なのです。
Mrs Norris ミセス・ノリス ***Mansfield Park***	Argus Filchに従う陰険な猫Mrs Norrisは、J. K. Rowlingの好きなジェーン・オースティンの小説『マンスフィールド・パーク』*Mansfield Park*に登場するおせっかいな女性の名前から。

名前	解説
Peeves ピーブス	peeveは「いらいらさせる、じらす」という意味で、annoyよりもくだけたことば。Hogwarts校に住みついているポルターガイストのPeevesは、学校に居住するものみんなを誰彼となく「いらだたせる」ことばかりするわけで、文字どおりの命名です。
Madam Pince マダム・ピンス **pince-nez**	Hogwarts校図書館の司書。イギリスにおける図書館員の典型は眼鏡をかけた落ち着いた女性ですが、旧式のつるなし鼻眼鏡をpince-nezといいます。でも本で読む限り、Madam Pinceが眼鏡をかけているという記述はありません。
Ernie Prang アーニー・プラング	Knight Busを運転する初老の魔法使いに、J. K. Rowlingは、彼女の祖父の名Ernieをつけました。しかし、彼の姓につけられたprangはcrash（衝突）の意味の俗語なので、運転手にはまったくふさわしくない人物と言っているようなものです。
Tom Marvolo Riddle トム・リドル	著者のRowling自身でさえ「できちゃってびっくり」の驚くべきアナグラムです。ひとつひとつのアルファベットに分解してならべかえると……第2巻でTom Riddle自身の口から明かされるこのアナグラムだけでも驚きですが、英語riddleは「謎をかける、謎を解く、なぞなぞ」の意味をもっているので、この名前の謎解きをするよう、読者を誘っているという、なんとも大変な命名です。
Scabbers スキャバース **scabby**	Ron Weasleyがかわいがっていたペットのネズミの名は、その外観からつけられたものでしょう。単語scabはscabby「かさぶた」、傷の後に残る乾いた血液の固まりを意味し、俗語では、scabbyは「かさぶただらけのような」もの、薄汚れて不健康な外見であるものをさします。偶然に、Peter Pettigrewの化身であると判明します。

注 Lucius Septimius Severus（146-211）初のアフリカ出身のローマ皇帝。占いで「王と結婚する」と言われていたユリア・ドムナと187年に結婚 。ペルティナクス帝の暗殺後の193年に軍団兵により皇帝に推戴される。ライバルはシリア総督のペスケンニウス・ニゲルとブリタニア総督クロディウス・アルビヌスであったが、197年までに彼らを鎮圧する。211年、ブリタニア遠征中に死の床につく。子供たちに「互いに仲良くせよ。兵士たちに金を与えよ。そしてその他のことは無視せよ」と言い残したのだが、長子カラカラは帝国の半分の権力では不満だったらしく、次子ゲタを殺してしまう。彼の残した建造物の中では、フォロ・ロマーノに今も残る「セプティミウス・セウェルスの凱旋門」が有名。

名前	解説
Stan Shunpike スタン・シャンパイク **turnpike** **shunpike**	Knight Busの車掌には、運転手のErnieと同じく、J. K. Rowlingの祖父の名Stanがつけられています。姓のShunpikeは、昔の「通行料取立て門」のturnpikeからのことば遊びです。通行料を取るゲートはアメリカ英語ではtollgateになり、turnpikeは有料の高速道路を意味しますが、同時にshunpike（有料道路を避けて走るわき道）ということばもアメリカ英語にあるので、こちらも意識したかもしれません。
Rita Skeeter リータ・スキーター	skeeterは俗語で「蚊」のこと。ただでさえしつこい報道リポーターですが、この名前で、挑発的で、不愉快なこと極まりなく、ぜったいに近くにいてほしくない人物像を強調しています。Ritaは、Skeeterと韻が合い、リズミカルな感じをだしています。
Horace Slughorn ホラス・スラグホーン	Horaceは古代ローマ時代の詩人ホラティウスに由来。ちょっと古臭い感じはするものの、現代でもたまに見かける男子名ですが、Slughornという姓はまず見つからないでしょう。slugは「ナメクジ」のこと。そして小さなアンテナのようなその触覚をhornと呼びます。そのふたつをつなぎ合わせてSlughornというわけです。
Severus Snape セブルス・スネイプ	J. K. Rowlingによれば、Snapeという姓はイギリスのある村の名前からとったそうです。しかしsnake（ヘビ）、snail（かたつむり）、sneak（こそこそ忍び歩く）、snide（意地の悪い）、sniper（狙撃手）などのことばとよく似ており、何か怪しい人物ではないかと、読者は思わずにはいられません。 名のSeverusは「厳しい、残酷な」を意味するラテン語であり、これは英語severeの語源となっています。姓と名をあわせると、陰気で無慈悲な悪のイメージが浮かびます。しかし、情け深く公平な判断力に富んだSeverusというローマ皇帝*がいたこともつけ加えておきましょう。となると、Snape先生は果たして善か悪か——それはいずれ皆さんが自分で発見することになるでしょう。

名前	解説
Professor Sprout スプラウト先生	Hogwarts校で薬草学を教える先生の名前Sproutは「芽」を意味していて、野菜の芽キャベツBrussels sproutsからとったもの。その分野に精通している先生だと確信させる命名です。
Emeric Switch エメリック・スイッチ	変身術学の教科書*A Beginner's Guide to Transfiguration*の著者の名Emericは、ラテン語emereo（獲得する、ふさわしい）から。姓のSwitchと合わせると、何にでも望むものに変身switchできる術を会得している人と断定できる姓名になります。
Nymphadora Tonks ニンファドーラ・トンクス	第5巻から登場する若いAuror（闇祓い）です。どうしてNymphadoraという名前をつけられたのかふしぎです。彼女は、ひとかどの魔女であるとしても、ぜったいにnymph-likeではないからです。神話に出てくるnymphとは、山や森、泉にすむ、繊細で優美な美しい乙女のような生物。J. K. Rowlingは、単純に彼女の容貌を表現するためにこの名前を使ったのかもしれません。姓のほうのTonksについては、いろいろなことが考えられますが、もし「睾丸(testicles)」を意味する英語の俗語tonkersからだとすると、二重に示唆する表現をしたことになります。「できそこない」をいう俗語にballs-upというのがあるのです。つまり……その関係は言うまでもないでしょう。もしこの推測が正しければ、彼女の名前が意味するところは「美しいけどできそこない」ということになります。
Sibyll Trelawney シビル・トレローニー	占い学のTrelawney教授の名Sibyllは、神話で有名な預言者Sibylla*からとったのでしょう。尋ねられる前にその人の未来を予言したという彼女の一面が、聞かれもせず、求められもしないのに勝手に予言するというTrelawney教授のキャラクターに忠実に再現されています。

注 Sibylla デルフォイの神殿で神託を受けた最初の女性。

名前	解説
Dolores Jane Umbridge ドローレス・ジェーン・アンブリッジ	第5巻で初めて現れますが、それまで登場しなかったことは、ハリー・ポッターのファンにとってなぐさめだと思います。ファーストネームDoloresのもとは、「苦痛、悲しみ、トラブル、憤慨、恨み」を意味するラテン語のdolorです。たったひとつのことばなのにたくさんの意味を含んでいるのです。この名前を選んだことは、J. K. Rowlingがいかに天才であるかを示しています。姓のUmbridgeと同じ発音のumbrageは、「立腹、不快」という意味です。
Cassandra Vablatsky カサンドラ・バブラツキ **Theosophical Society**	占い学の基礎教本*Unfogging the Future: A Guide to Basic Fortune-Telling Methods*の著者としてふさわしい命名です。ギリシア神話で、アポロは愛する女性Cassandraに、未来を見ることのできる千里眼を授けるかわりに、彼を愛することを誓わせました。しかし千里眼を得た彼女は、心変わりをしてしまいます。怒ったアポロは「彼女の予言を信じるものは永遠にいなくなる」という呪いをCassandraにかけたのでした。 Vablatskyは、おそらく、人間の潜在能力と自然の不思議な法則、要するに「魔法」を調査する目的で19世紀に設立された「神智学協会」(Theosophical Society*)の創立者ヘレナ・ペトローヴナ・ブラヴァツキー(Helena Petrovna Blavatsky)からとったもの。
Voldemort ヴォルデモート	Voldemortは恐ろしく不吉な響きをもっている名称で、フランス語では「死神の飛行」を意味することばです。mortは「死」を意味するラテン語のmorsに由来し、 mortal(致命的な) mortally(致命的に) mortification(屈辱) mortuary(霊安室) mortify(屈辱感を与える、医学では壊疽にかかる) などの英単語に使われています。

注 Theosophical Society「神智学協会」。Madame BlavatskyらがNew Yorkにおいて1875年に設立した宗教団体。バラモン教と仏教に基づく業と輪廻を含めた折衷主義の教義を持つ。

名　前	解　説
Adalbert Waffling アダルバート・ワフリング	教科書*Magical Theory*の著者の名前からは、かなり退屈な本が想像されます。動詞waffleは、特に意味もないことについて際限なくおしゃべりすることですから。
The Weasleys ウィーズリー一家 **The Burrow**	Weasleyはweasel（イタチ）ということばをもじったものではないでしょうか。Weasleyという姓には、げっ歯類のように、ものごとを決してあきらめないしぶとさが秘められています。「ハリー・ポッター」シリーズで描写されているWeasley家のイメージとはあまり重ならないかもしれませんが、エジプトの動物占いでイタチには「ゼロから築く堅実な人」がなぞらえられています。 また、イタチは、たくさん子を産む傾向の動物なので、なみはずれて子だくさんのWeasley家にふさわしい名前です。 イタチのイメージとしてさらに加わる要素は、まず、Weasley家の子どもたちの髪はみな赤毛ですが、イタチの毛は赤いこと、そして、Weasley家が住むThe Burrowは（邦訳「隠れ穴」）と呼ばれていますが、イタチの巣穴が英語でburrowであることです。カタカナの「ウィーズリー」や「隠れ穴」になると、こうした英語のおもしろさが消えてしまうのが残念です。

チョイ役の名には実在した魔法使いたち

J. K. Rowlingは歴史について博学であるばかりか、世界中の神話や伝説にも通じています。「ハリー・ポッター」シリーズのストーリー展開にあまり影響しない端役には、実在の人物や伝説中の人物の名前をとってつけています。

名前	解説
Aggripa アグリッパ	Heinrich Cornelius Agrippaは、1486年にドイツのケルンで生まれた魔法使い。 Aggripaは、医者・占星師・法律家および信仰療法師として仕事をし、1529年に*On Occult Philosophy*『不可思議の哲学について』という本を出版しています。この本は古代ヘブライ語とギリシア語の両方で書かれており、神と知り合う最良の方法が魔術であると主張しています。これを不快とする教会によって異端のかどで投獄され、1535年に死去しました。
Druidess Cliodna クリオドナ	Druidess Cliodnaは美の女神としてアイルランドの神話に現れます。海の神であり、約束の地Land of Promise、つまり来世の支配者です。病気を治す能力をもつ3羽の魔法の鳥を飼っていたといわれ、海岸地方では大波のシンボルです。
Circe キルケ	ホメーロスの叙事詩『オデュッセイア』に登場する魔性の女神。Circeはある島の森の中で、石の家に住んでいました。オデュッセウスの部下たちは、トロイア戦争からの帰還の途中、Circeが機織をしながら美しい声で歌っているのを耳にします。中に招き入れられた部下たちは毒を盛られ、魔法の杖で豚に変えられてしまいました。
Nicolas Flamel ニコラス・フラメル **the philosopher's stone**	Nicolas Flamelは1330年にパリ近郊で生まれました。占星術の道にはいる前に、詩人、画家および役所の書記の経歴があります。1357年、Flamelの夢に天使が現れて一冊の本を示し、彼がいつかそこに他の人には見えないものを見るだろうと予言した、その翌日、露店の本屋で同じ本を見つけ購入します。その本はヘブライ語で書かれていましたが、学者の助けを求めて読み解き、卑金属を金に変える手引書であることを発見しました。錬金術の奇跡を引き起こすのに必要な要素――それが「賢者の石the philosopher's stone」です――を知ったFlamelは、その不思議な物質を見つける実験を数十年にわたってつづけ、1383年1月17日に、水銀を純銀および純金の両方に変えることに成功、しかも3回成功したといいます。

名前	解説
	Flamelは1410年に死んだと記録されていますが、信奉者の多くは、彼が不老不死の霊薬の製造にも成功していて、妻Perenelleとともに永遠に生きていると信じています。
Alberic Grunnion アルベリック・グラニオン	この名前はドイツの英雄叙事詩「ニーベルンゲンの歌」*Das Nibelungenlied*の中の強力な魔法使いAlberichからとられたものではないかと思います。詩それ自体は架空の物語ですが、フン族（匈奴）がブルゴーニュ王国を破った史実にもとづいています。
Hengist of Woodcroft ウッドクロフトのヘンギスト **Kingdom of Kent**	WoodcraftのHengistは、Vortigern王がピクト人Pictとスコットランド人Scotの反乱と戦うのを助けるため、449年に兄ホルサHorsaとともに最初にイギリスにやってきたサクソン族の王です。しかしながら、自ら反乱をおこして、王座についてしまいます。ヘンギストが興したthe Kingdom of Kent（ケント王国）は、ロンドンの南東にある現在のKent州です。
Merlin マーリン ***Idylls of the King***	イギリスの民間伝承のなかで最も偉大で名高い魔法使いです 。多くの神話および伝説にmaster　sorcererとして伝えられていますが、実在の魔法使いに基づいていることは、ほぼまちがいありません。Merlinはイギリスの3人の王、King Vortigern（ヴォーティゲン王）、King Uther Pendragon（ウーゼル・ペンドラゴン王）およびKing Arthur（アーサー王）に顧問として仕えたと言われています。 彼の存在があまりに大きいため、多くの人々は、彼が未来を予言できるのは、時間を逆に生きていてすでに見聞してきたからだと思ったほどです。Merlinは、幼児だったアーサー王を敵の目から隠したと信じられ、詩人Alfred Lord Tennysonが書いた*Idylls of the King*（『国王牧歌』）に詳しく書かれていますが、それは、Dumbledoreが幼いHarryをVoldemortから隠したのとそっくりです。

名前	解説
Morgana モルガナ **Morgan le Fay**	Morganaは病気を治す才能にすぐれた強い魔女としてイギリスの民話に現れますが、他方で、アーサー王の異父姉妹でMerlin（マーリン）の教えを受けたMorgan le Fay（妖姫モルガナ）としても知られています。のちに異父兄弟であるアーサーに敵対して、彼を殺そうと企てました。彼女は、イタリアのメッシーナ海峡の近くに住んでいたと伝える伝説が複数あります。そこの海流は異常で、燐光性の生き物が深海から浮上して、海面にふしぎな明かりの点滅する光景をつくりだします。その光は今日でも、Fata Morgana——イタリア語で「妖精モルガナ」の意味——の名で知られています。
Paracelsus パラケルスス **sorcerer**	1493年にスイスで生まれたPhilippus Aureolus Paracelsusは、近代化学・近代医学の祖と考えられています。最初は医者でしたが、のちに錬金術・占いほか魔術の各分野を研究するようになります。彼は、伝統薬にのみ頼ることを拒絶して、独自の治療法開発に成功しましたが、このためにsorcerer（魔法使い）というレッテルを貼られて医学界から追放されただけでなく、生命まで危険にさらされて1528年にはバーゼルから逃げださなければなりませんでした。 パラケルススは医者として偉大な業績をあげています。ペストの流行を食い止めるワクチンを開発したほか、坑夫がよくかかる珪肺の原因が金属蒸気の吸入にあることを発見しました。1541年に亡くなりましたが、その生涯をRobert Browningが詩劇にしています。

名前	解説
Ptolemy プトレマイオス	原名、Claudius Ptolemaeusは2世紀の初頭にエジプトのアレキサンドリアに住んでいた、天文学者であり、数学者でもあります。この両分野における世界中の知識を体系化して、『アルマゲスト』*Almagest**と題した13巻の本にまとめ、千年以上にわたって学者たちに影響を及ぼしました。彼の理論は誤りが多数あるものの、今日もなお有用なところがあると考えられ ています。プトレマイオス体系として知られる彼の天動説はNicolaus Copernicus（コペルニクス）の地動説によって16世紀に論駁されますが、プトレマイオスが提唱してから1400年もあとのことです。

注 Almagest「最も偉大なるもの」という意味。古代天文学の集大成。

魔法の小道具

魔法使いたちのための魔法用品

'Lumos!' Harry muttered to his wand and it lit again. (Vol.2 - Chap.16)

「ルーモス光よ！」ハリーが杖に向かって呟くと、杖にまた灯りが点った。

これをもってなけりゃ魔法使いじゃないというのが魔法の杖。さあ、ほかにはどんな小道具がでてくるやら 。

物語につぎつぎに現れる魔法の道具は、どれも念には念を入れて案出されています。Invisibility Cloak「透明マント」やRemembrall「思い出し玉」など、あったらいいなあ、とみんなが思うものばかり。そこには、J. K. Rowling独自の命名のルールが貫かれています。

だいじなことは、それらの道具や品物がどんな機能をもつのか、どういう目的に使用するのかを読者が想像できる（あるいは読者にわかってしまう）ようなニュアンスを含んでいること、というルール。その上にいろいろなネーミングの技法が発揮されています。

名前	解説
Axminster アクスミンスター	魔法のじゅうたんが禁止される前に、Crouch氏の祖父が持っていた12人が座れる大きな空飛ぶじゅうたんAxminster。実在するAxminsterは高品質な機械織りのじゅうたんで、その生産地であるイギリス南西部の町の名前に由来します。
bezoar ベゾアール石	毒の作用を弱めるBezoarは現実にある「胃石」のことで、ヤギやウシなどの反すう動物の胃から得られる結石です。古代の人々はBezoarがほとんどの毒の影響を消す能力を持っていると信じて解毒剤に用いました。bezoarの語源は、「毒を放出する」という意味のペルシア語padzahrです。
Bludger ブラッジャー	Quidditchの試合で、選手を箒の柄から打ち落とすための、黒いボールにつけられた名前の意味は「ろくでなしの放浪者」。*p*.186参照)
Bubotuber 腫れ草	太く黒いナメクジのような、醜い植物Bubotuber。その膿を搾り出してニキビに塗れば、治療薬になります。言うまでもなく架空の植物ですが、このBubotuberはふたつの英単語をつないだ名前。buboはあまり聞かれない病気の名前で「横根」*、tuberは解剖学用語で「結節」つまりオデキやこぶのこと。ちなみに植物だと「塊茎」*で、学名のTuberになると、あの「トリュフ」。
Cauldron 大鍋	火にかけてスープやシチューを煮こむ深なべ（かま）のこと。取っ手が付いたものもあります。現在ではほとんど見かけなくなりましたが、スーパーマーケットも自家用車も冷蔵庫もなかった数百年前には、特に田舎町では日常生活に欠かせないたいせつな炊事道具でした。時間がたつと腐ってしまう肉や野菜でも、ぐらぐら煮え立つcauldronにほうりこんでおけばいつでも食べられるからです。しかし時代の流れとともにcauldronも古めかしいことばになり、いまは炊事なべといえばpotかpanです。そして、子どもたちがよくcauldronをかきまぜる魔女を絵に描くように、cauldronには魔術の道具というイメージが定着してしまいました。

注「横根」便毒ともいう鼠径部の腫れ物。性病などが原因で起こります。「塊茎」ジャガイモなどこぶ状の地下茎。

名前	解説
Dark Detector 闇検知器	秘密や嘘を検知すると振動する秘密センサーDark Detectorのdetectorは、電気屋さんが使う「ディテクター」で日本語にもなっています。「発見者、見ぬく人」「探知器」のことで、ガス漏れを探知するのがgas detector、嘘発見器はlie detectorですから、Dark detectorは「密かにおこなわれる闇の魔術発見器」といったところ。(Foe-Glass *p*.219およびSneakoscope *p*.226を参照)
Decoy Detonator おとり爆弾	ロンの兄フレッドとジョージが開いた悪戯専門店の人気商品。黒いラッパのような形をしています。Decoyは相手の注意をそらすための「おとり」。Detonatorは爆発物につなぐ「起爆装置」。このふたつを組み合わせると、爆発音をたてることで相手の注意をそらす装置ということになります。この装置の独創的なところは、どこかに置けば勝手に駆けだしていって、隠れたところで一発、大きな音をたててくれるという点です。この道具は第7巻でハリーたちがある場所に忍び込んだとき、とても役立つことになります。
Doxycide ドクシ・キラー	妖精Doxy（「魔法生物たち」の章を参照）にスプレーして麻痺させる液体です。-cideはラテン語cida（殺すもの）からきた接尾辞で、suicide（自殺）、homi-cide（殺人）、patricide（父親殺し）、matricide（母親殺し）など多くの英語に使われています。害虫を駆除する殺虫剤もinsecticideと-cideがついており、Doxycideはこれをもじった造語です。
Dungbomb クソ爆弾	魔法使いの世界で特にきらわれるいやなもののひとつ。イギリスのjoke shop（変わった玩具や奇術道具、パーティ用の小物、仮装道具などを売る店）にかならずあるStinkbomb「悪臭弾」にもとづいています。Stinkbombは腐った卵のような悪臭を放つ液体を小さな容器に詰めたもの。容器はこわれやすくできていて、投げると恐ろしい「芳香」があたりを満たすことになります。イギリスの男の子たちが大好きなこのStinkbomb、魔法界では、肥やしや排泄物をいうdung（糞）を詰めた、一段と強力なものになっています。

名前	解説
Felix Felicis フェリックス・フェリシス	飲んだ人のすべての企てが成功するという好運の魔法薬。ハリーはPotions(魔法薬学)の授業中に、この薬の入った小瓶をSlughorn先生からもらいます。この魔法薬の名にはふたつのラテン語が使われ、ふたつが合わさってその効能がいっそう強調されています。Felixは「好ましい」「好運な」の意味。Felicisは「幸福」「好運」を意味するラテン語felicitasから。
Floo Powder 煙突飛行粉 フルーパウダー	ある場所から別の場所まで魔女・魔法使いを輸送するのに使われるキラキラ光る物質Floo PowderのFlooは、異なるふたつの単語の発音を使ったかけことば。「煙突」を意味するflueと、「飛ぶ」の過去時制であるflewなので、移動の場所は発着ともに煙突のある暖炉に限られるというわけです。
Foe-Glass 敵対者グラス	Foe-Glassは、敵を常に見張るために使われる、Dark Detectorです。foe(敵対者)はenemyの同義語、glassはmirror(鏡)のこと。
Goblet of Fire 炎のゴブレット **Holy Grail**	荒削りの木でできた大きな足つきカップに、ゆらめく青白い炎があふれるばかりに満たされたとき、Triwizard Tournament(三校対抗試合)に参加を申し込む大望ある闘士は自分の名前を書いた紙片を炎の中へ落とします。このゴブレットのイメージは、イエス・キリストが最後の晩餐で用いた聖杯The Holy Grailにもとづいている可能性があります。大工であったイエスが使っていたのは木製のカップだと思われているからです。のちに磔になったイエス・キリストの血を十字架の下で受けることになるこの聖杯The Holy Grailは、有名なアーサー王の物語など、イギリスの伝説の中でも非常に重要な役割を演じています。

名前	解説
Gobstones ゴブストーン	ビー玉に似た石を用いる魔法のゲームで、失点するたびに、負けたプレーヤーの顔めがけて、石が臭い液体を噴きかけます。イギリスにはgobstonesのゲームが実在し、特に女の子たちに人気があります。ゲームには5つの石が使われます。まず、そのうちのひとつを投げ上げ、それが地面に落ちてくるまでのあいだに別の石をひとつ拾います。こうして5つの石を全部拾いあげたら、次は一度に2つの石を拾い、そして3つ、4つと増やしていきます。地方によって遊び方は多少異なりますが、顔に臭い液体を噴きつけられるゲームは魔法界だけのものにちがいありません。
Golden Snitch 金のスニッチ	Quidditchで使う銀の翼をもつ小さなボールです。詳しくは、*p*.187を参照してください。
Horcrux ホークラックス（分霊箱）	死後に生き返ることができるように、魂の一部をしまっておくもののこと。この語の語源はかなり複雑です。Horは古代エジプトの天空の神を意味するラテン語Horusに由来します。ホルスの物語は、イエス・キリストの誕生より3,000年も昔に書かれた『霊魂不滅の書』という本の中に出てきます。ホルスの父オシリスが殺され、その身体がいくつにも裂かれたとき、ホルスとその母イシスは、オシリスが生き返ることができるようにと、ばらばらにされた身体を1か所に集めました。また、cruxは「十字架」を意味するラテン語であり、アンク十字と呼ばれる、エジプトの重要なシンボルを指します。頭の部分が輪になったアンク十字は永遠の命と復活を表し、「ホルスの十字架」とも呼ばれています。
Howler 吼えメール **howl**	赤い封筒に入った手紙Howlerの封を開けると、差出人の怒鳴り声が拡大されて、耳をつんざくばかりに響きわたります。たいていは親たちが子どもを叱りつけるために送られます。そしてひととおり怒鳴り終えると、赤い封筒は炎に包まれて燃えあがります。Howlerという名称は、「怒鳴る、わめく」を意味するhowlに由来。howlは、犬や狼が「遠吠えする」、風が「吹きすさぶ」という意味にも使われます。

名前	解説
feedback	アンプやマイクが大きな雑音を立てることを「ハウリング」と言いますが、これは英語ではfeedbackと呼ぶことが多いようです。
Invisibility Cloak 透明マント	着用すると、ほかの人から姿が見えなくなるマント。名称にはvisible（目に見える）の反対の意味をもつinvisible（目に見えない）の名詞形insibilityが用いられています。これがもしも形容詞のinvisibleで、Invisible Cloakだったとすると、マントだけが他人の目に見えず、それをかぶっている人の姿は見えることになってしまうでしょう。 cloakは「袖なしマント」ですが、「覆いかくすもの」という比喩的な意味もあります。
The Knight Bus 夜の騎士バス	ナイトバスはknight（騎士）およびnight（夜）の同じ発音を利用したかけことばです。詳しくは、*p.*241を参照してください。
Magic Wand 魔法の杖 **baton** **club** **stick**	魔法の力を集中させて放射し、目標に打撃を与えることを保証するmagic wandは、古くから魔女・魔法使いにとって欠かせない道具です。古代の洞窟絵画やギリシアの象形文字文の中でも、魔術師が棒を使用したのではないかと思わせるものがあります。ブラスバンドやオーケストラを指揮する棒（batonのこと、タクトtaktはドイツ語）やバーコードを読み取るペン型のスキャナーも、wandということがあります。頑丈で硬い棒のclubやstickと対比してみると、しなやかな魔法の杖のイメージがわくでしょう。
Marauder's Map 忍びの地図	Hogwarts校の城と敷地を描いた地図、その上にはHogwarts構内で動き回るすべての生き物の位置が詳細に表示されるという、すばらしい発明品。marauderは「略奪者」を意味することばですが、「ハリー・ポッター」シリーズでは意味が薄められて、害のないいたずらっ子を指しています。地図を使うときの呪文は'I solemnly swear that I am up to no good.'「われ、ここに誓う。われ、よからぬことをたくらむ者なり」、使い終わって地図を白紙にもどすときには'Mischief managed.'「いたずら完了！」。

名前	解説
Mirror of Erised みぞの鏡 **desire**	鏡は一定の魔力を持っているものだと永く信じられてきました。文学の世界でも*Snow White*『白雪姫』、*The Arabian Nights*『千夜一夜物語』*Faerie Queen*『妖精の女王』そして*Through the Looking-Glass, and What Alice Found There*『鏡の国のアリス』など、鏡が登場する有名な物語があります。Mirror of Erised は、心から望んでいることを映し出すために使われる鏡ですが、実は、Erisedはdesire（望み）を逆に綴ったもので、邦訳は「みぞの鏡」。鏡のいちばん上ある銘'*Erised stra ehru oyt ube cafru oyt on wohsi*'「私はあなたの顔ではなく　あなたの心の望みを映す」が、鏡の魔法を表現しています。
Monkshood モンクスフード	「ハリー・ポッター」シリーズでは魔法薬の中で使用されますが、あの強い毒をもつ植物トリカブトです。僧侶がかぶる頭巾の形に似ているので、英語ではmonkshood（僧侶の頭巾）と呼ばれているこのトリカブト、ほかにwolfsbane（オオカミを殺す毒餌に用いたことに由来）とも呼ばれ、またその根からとる毒はaconiteと呼ばれます。
Nimbus 2000 ニンバス2000 **nimbus**	Quidditchの競技に使われるホウキの柄のうち、ものすごいスピードを出す完璧な製品のブランド名（銘柄）。単語nimbusはラテン語で「雲」を意味しますが、英語のnimbleと似ているために用いられたのではないでしょうか。nimbleは「すばしこい」「操縦しやすい」の意味です。Nimbus 2001がNimbus 2000に続きます。ホウキにつけられたほかのブランド名も、Cleansweep Seven（圧勝セブン）、Comet 260（彗星）、Firebolt（炎のイナヅマ）と、スピード感にあふれています。

注 ドーム建築の丸屋根の窓や、考古学でヨーロッパに出土する土器にある目を表現した模様も、oculusといいます 。

名前	解説
Omniocculars 万眼鏡 オムニオキュラー	試合などを観戦する双眼鏡。見たい場面をくりかえし見ることができます。奇妙なつまみやダイヤルがたくさんついていて、プレーを1コマずつ静止させたりスローモーションで見たりすることもできます。binoculars（双眼鏡）という英語はふたつのラテン語bi（ふたつの）とoculus*（目）からできていますが、Omniculars はそれがさらに進化したもので、「すべての」「全体の」を意味するラテン語omnisが使われています。
Pensieve 憂いのふるい ペンシーブ **pensive** **sieve**	Pensieveは浅い石の水盆で、持ち主は頭の中からあふれた思いや記憶をこの中に注ぎこんでおき、時間のあるときに吟味することができます。この名称は、フランス語panserと英語sieveから造られています。panser（考える）はラテン語pensoに由来し、英語pensive（もの思いに沈んだ）もこれに関連してます。 sieveは、固体と液体、あるいは大粒のものと小粒のものとを分ける「ふるい」のこと。したがって、このふたつのことばを合わせたPensieveは、思いをふるいにかけて選り分ける盆のことになります。sieveを使った成句には、have a head [mind/memory] like a sieve（もの覚えが悪い、忘れっぽい）があります。
Philosopher's Stone 賢者の石	第1巻のテーマ、Philosopher's Stone*は、現実に存在する名称で、錬金術で使われたことばです。錬金術師は、あらゆる金属は水銀と硫黄からなっていると考え、金を作るために水銀と硫黄を結合する成分を研究したのですが、その成分がphilosopher's stone（賢者の石）として知られているものです。この物語の中で、この世に存在する唯一の賢者の石をもっていた人Nicolas Flamelは1330年にパリ近郊で生まれた実在の人物です（詳しくは*p*.211参照）。

注 philosopherは「哲学者」のイメージがあるので、アメリカ版の英語ではsorcererになっています。第1巻の題名も*Harry Potter and the Sorcerer's Stone*です。

名前	解説
Portkey 移動キー ポートキー **port** **airport**	あらかじめ時間を打ち合わせて、ある地点から別の場所まで魔法使いを移動させる道具の名称は、わかりやすい造語。portは、「港」「出発と到着の場所」の意味で、airportほか、たくさんの英語に含まれていることばで、keyは言うまでもありませんね。
Put-Outer 灯消しライター **Deluminator**	煙草の火をつけるライターにそっくりの器具で、街灯を消すのに使われます。この名称に使われている英語はこのうえなくシンプルで、この器具の機能put out（明かりなどを消す）と「……をするもの」を意味する接尾辞 -erをつなげています。 第7巻では、同じ機能をもつ器具がなぜかDeluminatorと呼ばれています。「明かりを灯す」を意味するilluminateの語頭を、「……を除去する」を意味する接頭辞de- に変え、接尾辞 -orをつけたものです。J. K. Rowlingがなぜシリーズの最終段階になって名称を変えたのかはわかりませんが、ここはひとまず、Put-Outerは通称、Deluminatorは正式名称と考えることにしておきましょう。
Quaffle クアッフル	Quidditchでゴールに入れて得点する赤いボール。詳しくは、*p.*188を参照してください。
The Quibbler ザ・クィブラー	Luna Lovegoodのお父さんが発行する雑誌で、イギリスのスーパーマーケットで販売されているタブロイド誌、つまり、事実なんぞにはほとんどかまわず、とにかくセンセーショナルな記事が主というタイプの雑誌の特徴にならっています。宇宙からやってきたエイリアンの話といった不可思議な話題が年中登場します。*The Quibbler*という誌名は、「議論をふっかける人」という意味で、「つまらないことで議論をする」「あら探しをする」といった意味の動詞quibbleから。

名前	解説
Quick-Quotes Quill 自動速記羽根ペン QQQ	第4巻で初登場する*The Daily Prophet*の記者Rita Skeeterが使っているQuick-Quotes Quillは、人の手を借りずに、自動的に文字を書く筆記用具。この羽根ペンの機能を簡潔にして完璧に表現したQuick-Quotes（迅速な引用）というネーミングは、現実の商品マーケットでも十二分に通用するみごとな英語です。単語Quickはときに Quikと縮められ、イギリスでは、めんどうなく使える製品であることをユーザーに訴えることばとして、いろいろな商品名に使われています。
Remembrall 思い出し玉 **remember** **all**	白い煙がつまった、大きなビー玉サイズのガラスのボール。煙が赤くなったら、その所有者が何かを忘れたことを意味するという、この不思議な装置の名前はrememberとallのふたつの単語から。つまりRemember all!（すべて思い出せ）、それにballもからめて、その機能と外見を、読者が確実につかめるネーミングです。
Runes ルーン文字	ルーン文字は北部ヨーロッパにおける最初のアルファベットで、大ブリテン島、スカンジナビアおよびアイスランドの地域で使用されました。3世紀ごろに現れて、およそ1,000年ものあいだ使われていました。このアルファベットの最初の6個の文字はf、u、th、a、rおよびk なので、futhark「フサルクアルファベット」ともいいます。単語runeは古ノルド語で「秘密」を意味します。
Skele-Gro 骨生え薬（のスケレ・グロ）	広告会社は、売り出す商品のネーミングに、たいていの場合、複数の意味をつなげてひとつにまとめたり、独特の感じを出すために、単語を短く縮めたりします。この、骨を再生する魔法薬Skele-Groも、skeleton（骨格）とgrow（成長する）からとった、そんな類のネーミング。

名前	解説
Skiving Snackboxes ずる休みスナックボックス	発明者のフレッドとジョージの枠にとらわれない想像力にふさわしい、いかにも男子生徒らしいアイテムです。skiveは、授業への出席とか、やらなければならないことをサボろうとして、理由をこじつけること。snackboxに入っているさまざまな菓子が、食べるといろいろな病気の症状を発生させ、教室を出ていく口実ができるのです。残りの半分を食べれば回復するので、だれにも見られないところまで来たらすぐに、ふつうの状態にもどれます。
Sneakoscope かくれん防止器 スニーコスコープ **sneak** **scope**	Sneakoscopeはだれか怪しいものが近づいたとき、光って回り出す器具で、Dark Detectorのひとつです。sneakは秘密をばらす人、scopeは「視野」「範囲」を意味し、telescope（望遠鏡）やmicroscope（顕微鏡）など、ものを見る器具であることを示します。Sneakoscopeはこれらふたつの英語からの造語です。
Sorting Hat 組み分け帽子	つぎはぎだらけで端までほつれた、つまりはボロボロの汚く古い魔法使いの帽子は、しかし、Hogwartsの新入生がどの寮にはいるか決定する偉大な帽子。sortは「分類、分別」そのままの意味ですし、何も特筆することはないように見えます。 しかし、学生の組み分けにあたって完璧な選択をしなければならない帽子につける名前に、hatを使うかcapを使うか、英語では特別に重要なニュアンスの違いがあるのです。 ある状況で複数の役割を担っている人について、「……の立場で」と言うときは、'be wearing the "hat" for …' と言います。 例えば、家族で意見が食い違って議論になると、父親は、wearing his husband's hat（夫の立場）か、wearing his father's hat（父親の立場）か、どちらの立場をとるかが問題になります。夫としての帽子をかぶった(wearing his husband's hat)ときは、妻と意見が一致することを意味する……はずです。

名前	解説
thinking cap	Sorting Hatというと、もうひとつthinking capが連想されます。もともとは、裁判官が、犯罪者に刑を宣告する前に、頭にのせる帽子capのことで、正当な判決を下すのを助けるとされていました。 いまthinking capは、あるテーマを集中して考える「熟考」の意味で一般的な英語になっています。例えば、試験前の子どもには、to put on their thinking caps、あるいは、新婚旅行に最適のホテルを教えてほしいと尋ねられたときは、'I'll put on my thinking cap and get back to you.'などと言います。
Spellotape スペロテープ	魔法の杖が折れたりしたときなどに使う魔法の修繕テープの名前は、イギリスで売り出された接着テープの有名ブランドSellotapeから。spell（まじない）ともじって、魔法の特性をもっていることを示しています。
Time-Turner 逆転時計 タイムターナー turn time	第3巻でハーマイオニーがシリウス・ブラックとハグリッドのペット、バックビークを救出するために使った砂時計の形をした道具。金の鎖がついていて、首にかけて用います。着けた人を過去に連れ戻すこの魔法のアクセサリーには、何世紀にもわたる科学者の夢turn timeを名前に使っています。
U-NO-POO ウンのない人	フレッドとジョージが開発した商品。この商品名の書かれたポスターを見たウィーズリーおばさんは、フレッドとジョージが寝込みを襲われて殺されるのではないかと心配していますが、それはここに使われている語呂合わせのせいです。U-No-Pooの発音はYou-Know-Who（例のあの人）の発音にそっくり。pooはなんと「ウ○チ」のことですから、U-No-Pooは「あなたはウ○チが出ないの？」という意味になります。つまりこれは、便秘気味の人をターゲットにした商品なのですね。でも効き目は半端じゃありませんから、おススメできません……。

名前	解説
Veritaserum 真実薬 ベリタセラム	ほんとうのことをしゃべらせる非常に強力な魔法の自白薬。「真実」を意味するラテン語veritasをserum（血清）に結びつけたネーミングです 。
Whomping Willow 暴れ柳 **whomp**	Hogwartsの敷地に植えられて育った、乱暴な大木。近づくものには枝で殴りかかりますが、whomp（バシーン！　ぶん殴る、こてんぱんにやっつける）ということばのついた名前ですから、さもありなんというところ。また、この乱暴な木が柳というのもおもしろいです。イギリスでは、柳は不思議な力を持っていると何世紀にもわた って信じられてきた木なのです。
Wizarding Crackers 魔法クラッカー **Christmas Crackers**	まるで大砲のように爆発し、雲のように煙を出す、クラッカー（屋内花火）。イギリスではパーティーに欠かせないクラッカーですが、大きくふたつの種類があります。 ひとつは紐が1本でている小さな筒。紐をひっぱると、細長い紙の旗が飛び出します。 もうひとつはクリスマスクラッカー（Christmas Crackers)。名前のとおり、クリスマスのときだけ使われます。クラッカーと、小さな紙の帽子やプラスチックのオモチャなどのような、ちょっとしたプレゼントが入っている、紙の筒です。ふたりで両端をにぎって、クラッカーがパン！と破裂するまでひっぱります。大きいほうの片割れが手に残った人がプレゼントをとります。

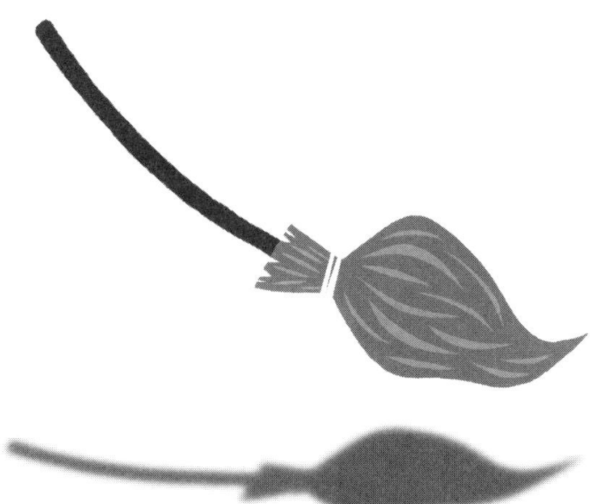

舞台

魔法の世界の地名事典

大長編物語「ハリー・ポッター」シリーズの、そのときどきの舞台となる場所には、読者の印象に残る名称がつけられていてドラマをもりあげます。外国のことばを借りた名称や、異なった単語をつなげた名称、伝説や神話にちなんだ名称もあれば、おもしろおかしさを出すだけのために創られた名称もあり、さまざまです。

しかし、いずれの名称にも微妙な含みがあって、読者に物語の背景にある情報や謎解きのヒントなどを密かに教えてくれます。そのネーミングは実に奥が深いため、英語の「ハリー・ポッター」シリーズは読むたびに新しい発見があり、2回、3回、4回とくりかえし読んでもあきません。「そうか、そういうわけだったのか。どうして前に読んだときには、こんなヒントに気づかなかったんだろう」と読者をわくわくさせるのです。

名前	解説
Beauxbatons Academy ボーバトン・アカデミー	Hogwartsのライバル校Beauxbatons Academyは、どこにあるか明かされません。しかし、校名、あるいは先生や生徒の名前やフランス語なまりのアクセントから、ヨーロッパのフランス語圏にあると推測されます。Beauxbatonsはフランス語で「美しい杖」の意味。ちなみにHogwartsは校名にschoolを用いています。校名のacademyとschoolは高校や専門学校につけるもので意味に違いはありませんが、academyのほうに多少おしゃれなニュアンスがあります。
The Burrow 隠れ穴 **weasel**	Weasley一家が住む家の名はおもしろくふざけたもの。そもそもWeasleyは「イタチ」を意味する単語weaselをもじった名字で、イタチが住むところといえば地面の下のburrows（巣穴）。Weasley一家は、その名にふさわしいところに住んでいるというわけです。
Chamber of Secrets 秘密の部屋 **chamber**	Hogwarts創設者のひとりSalazar Slytherin（サラザール・スリザリン）が作った、学校の地下に隠されたいくつかの部屋と通路のある広間。 ロンドンの名所、マダム・タッソーの蝋人形館（Madame Tussaud's）にある「恐怖の間」がChamber of Horrorsでした。chamberという語はroomと同じく「室、部屋」ですが、chamberのほうがより重々しい力があり、ふつうの部屋とはちがって大事な部屋であることを強調します。音楽でchamber music（室内楽）という用語もありますね。 ちょっと古くさい言葉になったchamber、現在はroomの意味ではあまり使われません。例外的に、学校内にある教師の個室や弁護士の事務室をchamberとよぶほかは、Chamber of Commerce and Industry（商工会議所）に使うchamberがよく知られています。また議会の下院・上院も、Lower / Upper HouseのほかにLower / Upper Chamberとよばれます。

名前	解説
Diagon Alley ダイアゴン横丁 **diagonally** **parallel** **alley cat**	Hogwartsの生徒が学校で使う教科書や教材を買いに行く商店街がDiagon Alley*。 ふつうにしゃべる速度でDiagon Alleyを発音すると、diagonally（対角線上に、斜めに）と聞こえます。SF小説ではよく「パラレル・ワールド」といって、diagonallyとは異なるparallel（平行の）状態の世界が描かれますが、もし魔女・魔法使いの世界がマグルの世界とparallelの位置にあれば、どうなるでしょう。ふたつの世界は平行線のままで、一向に接触する機会がないまま。でも、対角線で交わるような状態にしておけば、ふたつの異なった世界はどこかで触れ合うことになるわけです。 Diagon Alleyの中の世界がMuggles（非魔法族）の世界とは対角線上にあることを示そうとしてのネーミングだと思われます。 ちなみにalley catというと、都会のalleyを根城にする、ずるがしこいのらネコをさします。
Knockturn Alley 夜の闇横丁 ノクターン横丁	第2巻と第6巻に登場するKnockturn Alleyは、Diagon Alleyから分かれる別のalleyで、ハリー・ポッターがFloo Powder（煙突飛行粉）を使ったときにへまをして迷いこんだところ。Knockturn Alleyを速く発音するとnocturnally（夜に）と聞こえます。その名から推測できるのは、夜になると活気を呈するところか、または、暗くて夜のような世界か、どちらにしても危険なエリアということ。 Knockturn Alleyにある店は、Borgin & Burkesなど、みんなDark Arts（闇の魔術）専門店ばかりで、Hogwartsの生徒は立ち入り禁止です。
Diagon Alleyと Knockturn Alleyの店	Diagon Alleyの店には、イギリスの田舎、それも昔の田舎でしか見られないような、古めかしい名前をつけられた店があります。コミカルなおもしろさをねらったほかのネーミングとちがうそれらの名前は、時代を超越したアンティーク感をかもしだす意図をもってつけられたものと思われます。 Diagon AlleyとKnockturn Alleyには、次のような店があります。

注 street / road / drive / alleyの区別について、*p*.18参照。

名前	解説
Apothecary 薬問屋	魔法使いや魔女が魔法薬の材料を買いに行くところ。Apothecaryはchemist's shop（薬局）、アメリカ英語ならdrug storeを指す古めかしい名称です。こういう古いことばを使って、昔の世界の魅力にあふれたDiagon Alleyを表現しています。
Borgin and Burkes ボージン・アンド・バークス	Knockturn Alleyにある、Dark Arts（闇の魔術）の専門店。イギリスの老舗には、創立者ふたりの名前をつなげた店名が多く、また、田舎の古くからある村なら、老舗にかぎらず、そんな名の店が見られます。人名をつける店の名でもうひとつのパターンが、'… & Sons'。こういう名の店は、たいてい家族経営で、たとえばBurkes一家が経営している店なら、Burkes & Sonsとなるわけです。
Cauldrons 鍋屋	あらゆるサイズ・形の釜・なべを売る店。材質もbrass（真鍮）、pewter（シロメ）、gold（金）、silver（銀）、copper（銅）と、どんなものでも買えます。
Eeylops Owl Emporium イーロップのふくろう百貨店	ハグリッドがハリーにHedwigを買ってあげたEeylops Owl Emporiumは、tawny owl（モリフクロウ）、screech owl（コノハズク）、barn owl（メンフクロウ）、brown owl（茶フクロウ）、snowy owl（シロフクロウ）を売っている、いわばフクロウデパート。 Emporiumはラテン語からきた英語で、大きな市場や多種類の商品を売る大商店の意味。すこし古くさいことばで、現在は、アンティーク・ショップの名などに見かけられます。名前のEeylopsが何を意味するのかは不明。ただ、ギリシア神話にCyclopsというひとつ目の巨人がでてきます。
Flourish and Blotts フローリシュ・アンド・ブロッツ書店 **flourish** **blot**	Hogwartsの生徒が教科書を買う書店です。ふたりの人名をつなげた店名(Borgin and Burkes参照)ですが、英語のflourishは「すくすくと育つ」の意味。生徒はここで買った本から知識を吸収して「すくすくと成長する」ことを期待されているからでしょう。blotは、インクをたらしたときにできる「しみ、にじみ」の意味です。

名 前	解 説
Florean Fortescue's Ice-Cream Parlour フローリアン・フォーテスキュー・アイスクリーム・パーラー	Diagon Alleyでいちばんおいしいアイスクリームを売る店。Florean Fortescueは古めかしい人名です。parlourは、そこで座ってくつろげる場所のある店にだけ使われる名称で、買って持ち帰るshopやstoreと区別されます。レストランほどではないけれど食事のできる店もparlour、家の中の応接間もparlourです。
Gambol and Japes Wizarding Jokeshop ギャンボル・アンド・ジェイプス・いたずら専門店	店の名前gambolは「ふざける」、japeは「いたずら、冗談」の意味。ウィーズリー家の双子が大好きなこの店で買ったものは、Dr Filibuster's* Fabulous Wet Start, No-heat Fireworks（ドクター・フィリバスターの長々花火—火なしで火がつくヒヤヒヤ花火）と、Stink Pellets（臭い玉）、Belch Powder（ゲップ粉）、Whizzing Worms（ヒューヒュー飛行虫）、Frog Spawn Soap（カエル卵石鹸）、Nose-Biting Teacup（鼻食いつきティーカップ）、Dungbombs（糞爆弾）、Hiccup Sweets（しゃっくり飴）と、いたずら道具ばかり。
joke shop	現実世界のjoke shopは、手品の道具やパーティ用の小物を売る店。ハロウィーンには仮装道具を買いにくる子どもたちでにぎやかになります。
Gringotts Wizarding Bank グリンゴッツ魔法銀行	goblin（小鬼）たちが経営している魔法使いたちのための銀行。名前は金の延べ棒など金や銀を鋳型に流して固めた塊、インゴット(ingot)からでしょう。
ingot	魔法界で流通する貨幣の単位は、Galleon（金貨）、Sickle（銀貨）、Knut（銅貨）の3種で、1 Galleon =17 Sickles、1 Sickle = 29 Knuts。十進法の通貨制度とは違って、おかしな数え方ですが、1970年代の初めまではイギリスの通貨単位も魔法界のそれに劣らず変なものでした。

注 filibusterは妨害戦術のための「長々しい演説」。

名前	解説
イギリスの通貨 **pound** **shilling** **pence** **guinea** **crown** **farthing**	それは1 pound（ポンド）＝20 shillings（シリング）＝240 pence（ペンス）というものです。さらに複雑なことに、それ以前のイギリスには、21シリングに相当するguinea（ギニー）や、5シリングに相当するcrown（クラウン）という硬貨が存在しました。それより小額のfarthing（ファージング）という硬貨もあり、4枚で1 penny（penceの単数形）。つまり1 poundは960 farthingsだったわけです。
The Junk Shop 雑貨屋 **recycle shop**	折れた杖、目盛りの狂った台秤、古いマント、ぼろぼろになった古本、中古のrobe（制服・礼服の類）など、ありとあらゆる中古品を売っています。このようなjunk shop（がらくた古物屋）は1980年ころまではイギリスでめずらしいものではなく、現在では、recycle shop（リサイクル店）という、politically correct（社会的に好ましい）な名称のもとに存続しています。
Madam Malkin's Robes For All Occasions マダム・マルキンの洋装店	Hogwartsの生徒が制服や式服を調達するところ。malkinは「だらしがない女性」を意味する古い英語。occasionは「儀式、祭典」の意味。
Magical Menagerie 魔法動物ペットショップ	いろいろな魔法動物を売る場所がここ。どの動物も魔法使いや魔女と相性のいいものばかりです。menagerieの意味は「（趣味や見せ物にするために）集められた動物たち」。もともとはフランス語ですが、そのままの形で英語にもなっています。
Ollivanders オリバンダーの店	魔法の杖を作る店で、創業は紀元前382年とされ、Diagon Alleyがいかに古い商店街であるか、この店の歴史が物語っています。とても小さい店で、天井まで杖の入った細長い箱が積み上げられています。Ollivanderは店主の名前で、この姓はマグルの世界にもわずかながら実在します。

名前	解説
Quality Quidditch Supplies 高級クィディッチ用具店	魔法界でいちばん人気のあるスポーツQuidditchの用具を取り扱っている店。最新型の箒の柄やユニフォーム、用具だけでなく、人気チームのグッズまで販売しています。このあたりは、マグルの世界のスポーツ用品店と同じですね。 qualityは最高級の品質であることを表現し、quality newspaperというと*The Times*などの一流新聞のことです。
Durmstrang Institute ダームストラング専門学校	Durmstrangは、ヨーロッパ大陸にある 二大魔法学校のひとつ。ここの生徒が毛足の長い毛皮のコートを着ていることと、イゴール・カルカロフという校長の名前から推測すると、Durmstrangの所在地は北東ヨーロッパの寒い地方と考えられます。
storm and stress	Durmstrangは、英語でstorm and stress（動揺）を意味するドイツ語のフレーズ*Sturm und Drang*（疾風怒濤）をもじったもの。*Sturm und Drang*は、崇高で美しいものに目を向け、旧来のやり方に対抗する、19世紀に展開された文学運動をさします。この運動の代表作が、ゲーテの『ファウスト』です。これは、ある男が悪魔と交わした協定についての物語で、Durmstrangの校長で元Death Eater（死喰い人）であったイゴール・カルカロフも、この男性と同じような気持ちを抱きながらVoldemort（ヴォルデモート）と約束を交わすことになります。 *Sturm und Drang*の運動で頭角を現したもう1人はリヒャルト・ワグナーです。代表作はオペラ『さまよえるオランダ人』。嵐の中で船長が神をののしったため、その船はいつまでもさまよい続けたという物語です。Durmstrangの生徒が船でやって来るのは、この話がヒントになっているのでしょう。

名前	解説
Forbidden Forest 禁じられた森 **prohibited**	この森はHogwartsの敷地内にあり、名前からわかるように、生徒の立ち入りは禁止されています。イギリスの童話にはよく森が登場しますが、Forbidden Forest、あるいはEnchanted Forest（魅惑の森）とか、何かが起こりそうな不思議な場所、神秘的で静かな場所のイメージがあります。有名なものにSherwood Forest（シャーウッドの森）がありました。また、forbiddenは習慣的にタブーとされている「禁じられた」意味で、法律や規則で公的に「禁じられた」ときはprohibitedです。
Forest of Dean ディーンの森	ハリーが第7巻で銀色の雌鹿を見たのは、Forest of Deanでのことでした。イギリスに実在するこのForest of Deanは、110平方キロメートルにわたって広がる森林地帯で、Gloucestershireの西部、Wye ValleyとSevern Valleyのあいだに位置しています。これはイギリスに現在もいくつか残っている、かつて王室が所有していた森のひとつで、古くはサクソン時代から王族がそこで鹿狩りやイノシシ狩りをしてきました。1938年には国立公園に指定され、猟場としての役割は終りを告げました。それ以来Queen of Forests（森の女王）と呼ばれ、その限りない美しさと神秘のオーラは、J. K. Rowlingのみならず、J. R. R. トールキンなど多くの著名な作家たちの想像力を刺激してきました。
Godric's Hollow ゴドリックの谷 （秘密の間） **hollow** **valley**	ハリー・ポッターの両親、JamesとLilyが住んでいた村の名前。ここでふたりはVoldemortによって殺害されます。イングランドは山地が少ないため、谷はhollow（くぼ地）とよばれます。山の多いスコットランドやウェールズでは、valley（谷）といいます。Hollowということばは、ふたつの丘にはさまれた活気のない村というイメージを連想させますが、*Sleepy Hollow*という映画があったように、イングランドの村の名前にはよく使われるものです。 Godric's Hollowは、ホグワーツ魔法魔術学校の創設者のひとりGodric Gryffindor（ゴドリック・グリフィンドール）の生誕の地。彼にちなんで、村にはこの名がつけられました。

名前	解説
The Great Hall 大広間	Hogwartsでは、生徒が食事をしたり、Professor Dumbledoreが他の教師たちと情報交換する大きなホール。魔法がかけられたthe Great Hallの天井は夜空のように美しく、黒いベルベットの上でたくさんの星がまたたいているように見えます。イギリスのどの学校にも、このHogwartsのようなthe Great Hallがありますが、使用目的はHogwartsとは異なり、たいていは生徒の音楽会や朝礼のときに使われるのです。詳しくは、*p.*180を参照ください。
Gryffindor House グリフィンドール寮	Gryffindor Houseはホグワーツ魔法魔術学校の学寮のひとつ。創設者のひとりであるGodric Gryffindorにちなんで名づけられました。ハリー、ロン、ハーマイオニーが住むのもここ。Gryffindorに住みつく幽霊にSir Nicolas de Mimsy-Porpington、別名Nearly Headless Nick（ほとんど首無しニック）がいます。寮長はProfessor McGonagall（マクゴナガル先生）。詳しくは、*p.*182を参照ください。
The Hanged Man 首吊り男 ハングド・マン	Voldemortの両親が住んでいた村Little Hangletonにあるパブの店名。hanged manはタロットカードでメジャー・アルカナとよばれる22枚のカードの一枚。直感の働きを象徴したもので、聖職者と宇宙との関係を表現しています。タロット占いでこのカードを配られた人は、大きな警告を受けたことになり、死の神秘のあとに生命の神秘があることを理解します。このパブで展開される常連客の会話（第4巻第1章）はほとんどが生と死についてで、きっと彼らは直観の働きを信じているのでしょう。
Hogsmeade ホグズミード村	Hogwartsと同じHog-と、meadeをつなげた名前のHogsmeadeは、Hogwartsからいちばん近い村で、1612年の小鬼の反乱が起きた場所。反乱の時は、Three Broom sticks（三本の箒）というinn（旅籠）が小鬼たちの本部でした。 マグルがひとりもいない、イギリスでただひとつの場所として出てきます。Hogsmeadeには次のようなすばらしい店がいろいろあります。

名前	解説
Dervish and Banges ダービッシュ・アンド・バングズ	魔法の機械などを売る店。Dervishは、踊り狂う儀式で有名なトルコの「イスラム教禁欲苦行派の修道僧（ダルウィーシュ）」を意味することばです。dervishの踊りは、ものすごく速いスピードで、ぐるぐると回るもの。そこから、「大忙しの人」の比喩になりました。shop like a dervish（せかせかと買い物をする）、work like a dervish（懸命に働く）、eat like a dervish（がつがつ食べる）のように使われることばです。
The Hog's Head ホッグズ・ヘッド	ホグズミード村にあるふたつのパブのうち、環境の悪いほう。内部は汚れていて、窓はあってもあまりにすすけていて太陽の光も入ってこられず、うす暗いままです。 hogはブタ（pig）のこと。パブの店名としてはへんてこですが、実はイギリスの小さな村ではこの名前のパブがめずらしくありません。ちなみにhogsheadは液量の単位で240リットルくらいです。昔のイギリスのブタの頭はたいへん大きかったのでしょうか。
Honeydukes ハニーデュークス菓子店	菓子屋。Hogwartsの生徒がHogsmeadeに行くと、真っ先に向かう店。シリーズで登場するおいしそうなお菓子はここで調達しているのです。
Madam Puddifoot's マダム・パディフットの喫茶店	狭苦しくてむんむんする喫茶店。店内はフリルやリボンで飾り立てられ、各テーブルの上には金色のキューピッドが浮かんでいて、すわっている人たちにピンクの紙ふぶきを振りかけます。カップルたちの溜まり場になっています。
Post Office 郵便局	イギリスの村でPost Officeのない村はありません。ある店が兼業していることもありますが、とにかく必ずPost Officeがあるというのは、日本も同じですね。Hogsmeadeもしかりです。

名前	解説
Shrieking Shack 叫びの屋敷	イギリスでいちばん呪われたお化け屋敷。shackは、安普請の小さな住まいや物置を意味します。Shrieking（金切り声で叫んでいる）とあるのは、幽霊がそのような声で人々を驚かすと、イギリス人たちが考えているからでしょう。高い声で叫ぶ幽霊はbanshees（家族の死を泣いて知らせる女性の幽霊）とよばれます。
Scrivenshaft's Quill Shop スクリベンシャフト羽根ペン専門店	ホグズミード村にある羽根ペンの店。昔、まだ文字の読み書きが普及していなかったころの代書人scrivenerからとったscrivenに、羽根ペンの軸を表すshaftをつけた名前です。
Three Broomsticks 3本の箒 **inn** **pub**	Three Broom sticksはinn（旅籠）であり、pub（居酒屋）であると書かれています。これは、イギリスでは昔からinnは、旅人が飲み食いして寝泊まりする場所だったためで、どんな村にでも必ず1軒は少なくともありました。ここでは旅人だけでなく、村の住民も飲んだり食べたりできます。Three Broom sticksでもそうです。pubで飲んで泊まりたくなったら、2、3の客室が用意されています。時代の流れで、innということばは、hotelの意味で使われることが多くなりましたが、イギリスの田舎にあるinnは、いまでもpubを兼ねています。
Zonko's Joke Shop ゾンコのいたずら専門店	zonkoは、ちょっと頭がおかしくて、いつもふざけてばかりいる人のことで、「酒に酔ったり、麻薬でラリったりする」を意味する動詞zonkの変形です。Zonkoは店長のニックネームでもあり、彼はその名のとおり、いたずらが大好きです。Weasleyの双子はこの店の大ファン。
Hufflepuff House ハッフルパフ寮	Hogwarts魔法魔術学校の学生寮のひとつ。創設者Helga Hufflepuffの姓が寮名になっています。詳しくは、*p.*183を参照ください 。

名前	解説
King's Cross Station, Platform Nine and Three-Quarters キングズ・クロス駅9と3/4番線	King's Cross Stationはロンドンに実在する駅。ドンカスター、ヨークやエジンバラを経由してイングランド北部やスコットランドに向かう列車が発着します*。空港のGateのように、時刻表にしたがって行く先のちがう列車が発着するプラットホームは11番線まであり、Platform No.9も存在しますが、Platform Nine and Three-Quartersは架空のものです。でも、1世紀の女王Boadiceaの墓がPlatform No.9もしくはNo.10の下にあるという伝説もあるためPlatform No.9 $\frac{3}{4}$の場所を突き止めようとする人は多いとのこと。
The Knight Bus 夜の騎士バス	迷子になった魔法使いや魔女を迎えに来てくれるバス。車体は紫色で3階建て。運転するのはErnie Prangで、車掌はStan Shunpike。Stanはロンドンのイースト・エンド生まれのコックニーで、コックニーなまりで話します（詳しくは、*p.*161を参照ください）。
Leaky Cauldron 漏れ鍋	ロンドンのレコード店と本屋の間にある、汚らしい居酒屋ですが、この店は魔法使いや魔女以外には見えません。Leaky Cauldronでは、食事や飲み物を出してくれたり、泊まりたいときにはベッドを用意してくれます。寂しいときに話しかけてくれるtalking mirror（おしゃべり鏡）もあるし、Diagon Alleyへ続く入り口もあります。Diagon Alleyへ入るには、店裏の中庭に置かれたゴミ箱にある壁の特定のレンガを叩きます。
Ministry of Magic 魔法省	魔法使い・魔女の世界をマグルの世界から分けて維持するための魔法界政府機関。この省の名前は、Ministry of Defense（国防省）、Ministry of Justice（司法省）など、イギリス政府の各省の名称と同じ方式です。ロンドン中心部の地下にあって、アクセスには電話ボックスを経由します。

注 ロンドンにはこのほかにVictoria Station、Waterloo Station、Paddington Stationなどのターミナル駅があります。

名前	解説
Moaning Myrtle's Toilet 嘆きのマートルのトイレ **bathroom** **washroom** **lavatory**	Hogwarts魔法魔術学校の構内にある、壊れて使われなくなったトイレ。 アメリカではトイレをbathroomとかwashroomといいますが、イギリスでは、toiletかlavatoryで、学校のトイレはだいたいtoiletといいます。 壊れて使われなくなっているかどうかにかかわらず、学校のトイレは、先生に見つかる心配のない、いたずらには格好の場所。ハリーたちは、ここでこっそりPolyjuice Potion（ポリジュース薬）を調合して、大冒険をしでかしました。
Number four, Privet Drive プリベット通り四番地 **privet** **magnolia**	Dursley一家の住所。一見、閑静な住宅街のしゃれた家のようですが、イギリス人が観察すると、どうも中流のやや下に位置する階層の安い住宅のようだとわかります。 イギリスは大都市で人口が増加したため、1970年ころから、都心から離れた郊外に安い家を見つけて引っ越すホワイトカラーたちの家庭がめだち始めました。そんなベッドタウンにある家の特徴は、どれも同じデザインで、家の正面と裏に小さな庭があり、玄関付近に高級感のある装飾があることです。 木や花などの名前を道路の名前にしているのもベッドタウンの特徴。Dursley家がある街路Privet Driveのprivet*も、Magnolia Crescent通りのmagnolia*も、家庭の庭に植えられる木の名前。ハリーの母親の姉であるAunt Petuniaの名前にも、petunia*という花の名前が使われています。
Ravenclaw House レイブンクロー寮	Hogwarts魔法魔術学校の学寮のひとつ。寮の名前はHogwartsの創設者のひとりRowena Ravenclawの姓をとったもの。詳しくは、*p*.183を参照。
Slytherin House スリザリン寮	Hogwarts魔法魔術学校の学生寮のひとつ。寮の名前はHogwartsの創設者のひとりSalazar Slytherinの姓をとったもの。詳しくは、*p*.182を参照。

注 privet イボタノキ：生垣に用いる常緑低木で白い小さな花をつける
magnolia マグノリア：モクレンやタイサンボク、コブシなどの類
petuniaペチュニア、ツクバネアサガオ：ロウト状の花が咲くナス科の鑑賞用植物

名前	解説
Spinner's End スピナーズ・エンド	「紡績工の袋小路」の意味。汚れた水の川が流れ、廃墟になった製糸工場の巨大な煙突がそびえ立つこの場所で生まれ育ったのは、おなじみのあの先生です。この袋小路から見える煙突がadmonitory fingerにたとえられていますが、それは学校の先生が生徒を叱るときに、生徒の顔の前に突き出す人さし指のこと。その地域が暗くすさんでいるのを強調するかのようです。Spinner's Endに立てば、まるで煙突にガミガミと叱りつけられているような感じがするのでしょう。
Wizengamot ウィゼンガモット	魔法界の最高裁判所ですが、そういう建物や場所があるわけではなく、魔法省の中で開かれる陪審制の裁判です。名前は、アングロサクソン時代のイギリスで国王に助言を行った賢人たちwitanの集会Witenagemotから。

Did you know? 知らなくてもいいけど豆知識

怪物マンティコア

19世紀のフランスの詩人・小説家のGustave Flaubert（ギュスターヴ・フローベール）が『聖アントニウスの誘惑』の中で怪物マンティコアManticoreについて描いていることを知っていましたか。胴はライオン、尾はサソリ、頭は人間でヤマアラシの針をもっています。

Manticore（マンティコア）は、聖書に出てくる有名な預言者エレミヤを象徴するものと、中世には思われていました。エレミヤが地下牢に閉じ込められたこと、マンティコアは地中深くに住んでいるということから、ありそうもない説が作られたようです。

魔法生物たち

マグルおよび魔法使い以外の生き物たち

'I am calling you a Muggle,' said the voice coolly. 'It means that you are not a wizard.' (Vol.4 - Chap.1)
「おまえをマグルと呼んだ」声が冷たく言い放った。「つまりおまえは魔法使いではないということだ」

そして、マグルでも魔法使いでもない生き物たちが、またたくさんいるのです。

J. K. Rowlingは、「ハリー・ポッター」シリーズに多くの種類の魔物・怪物・妖怪を登場させています。彼女が創り出す生き物は、どれもきっとどこかに存在しているはずと思わせるようなものばかり。実はそれらの生き物は、実際に生存していたとされる生き物と、童話や伝説、古代の神話や聖書に登場する有名な生き物を交配させて作ったものなので、聞き覚えのある名前だと思うのも当然。交配種が出尽くしてしまったら、J. K. Rowlingは豊かな想像力を駆使して新種を発明し、ハリー・ポッターの世界に送り出しています。

魔法生物にもキャラクターを表すネーミング

新しい魔法生物を次々と発明するのは、J. K. Rowlingがいかに才能に恵まれているかを示す証拠。なかでも、魔法生物の名づけ方は特筆すべきものです。先にいい加減に、ごちゃまぜの名前を作り上げておいて、後から物語での役割を考えるという手順ではなく、その生き物の特徴と役割をよく考えた後に、特徴とぴったり合った名前をつけています。読者が想像しやすいような名前であることはもちろんのこと、その生き物の性格やどんなに悪者であるかなどを、名前からすぐわかるようにしています。

彼女の名づけ方にはいくつかのパターンがあります。ひとつめは、英語や外国語に実在するふたつ以上の単語を組み合わせたもの。

例：Animagus　動物もどき（魔法使いの化身である動物）

ふたつめは、平易で描写的な単語をそのまま飾り付けもせずにただくっつけたもの。

例：Death Eaters　死喰い人

もうひとつは、自分で作り上げた名前の前に形容詞をつけて、よりわかりやすくしたものです。

例：Blast-Ended Skrewt　尻尾爆発スクリュート

元にした歴史上の怪物の特徴を新しい怪物たちに引き継がせようと努力してはいても、ギリシア神話やヨーロッパの伝説、ラテン語について、彼女と同じような知識を子どもたちに求めているわけではありません。イギリスの子どもたちは、Grindylow（水魔）という名前を聞いて身の毛がよだつほど気味悪いヤツで、ぬるぬるした指の長い、牙をもった悪者だとすぐわかるし、Niffler（ニフラー）がオリンピックのマスコットの名前に選ばれそうなカワイイものだとかが想像できるのです。

けれども、実在した生き物であれ、神話に登場した怪物であれ、彼女が作りだしたものであれ、「ハリー・ポッター」シリーズに出てくる怪物はどれも、悪者かよいものか、あるいはそのどちらにもなるものかは、その名前から区別できるのです。

単語	解説
Acromantula アクロマンチュラ	ハリーとロンがForbidden Forest（禁じられた森）の中に生息していることを確認したクモの怪物Acromantulaのacro-は「クモ形類動物」を意味するarachnidをもじったもので、後半のmantulaはtarantula（オオツチグモ）から。クモの怪物だと念を入れて示しています。
Aragog	Acromantulaの親玉がAragog（巨大グモp.196参照）。
Animagus 動物もどき	animalの最初の3文字aniと、wizard（魔法使い）を意味するラテン語のmagusをくっつけた造語。Animagusは特定の動物を自分の化身として自由自在になりかわる力を得た魔法使い。化身ですから動物になってもその魔力が衰えることはありません。主なAnimagusを紹介しましょう。 **Sirius Black**（シリウス・ブラック）黒いイヌになります。siriusは「イヌ」を意味するラテン語。 **Minerva McGonagall**（ミネルバ・マクゴナガル）ネコになります。 **Peter Pettigrew**（ピーター・ペティグリュー）ネズミになります。彼のAnimagus名である**Wormtail**は、worm（ミミズのような虫）とtail（尻尾）をつないだもので、ミミズのように見えるネズミの尻尾から。 **James Potter**（ジェームズ・ポッター）ハリーの父親は雄ジカになります。彼のニックネームのProngsは雄ジカのとがった角。 **Rita Skeeter**（リータ・スキーター）コガネムシになります。
Basilisk バジリスク	別名をcockatrice（鶏蛇）といい、昔から伝説にでてきます。Basiliskは、大昔には長いヘビのような胴体の怪物として描かれていましたが、ただの大蛇ではなく、ヘビあるいはヒキガエルがニワトリと交尾して生まれたものです。伝説では、魔物のうちでも最も恐ろしい怪物といわれています。

単語	解説
Billywig ビリーウィグ	オーストラリアに生息する昆虫。体長は約1.5センチで、色は鮮やかな青。猛スピードで飛ぶので、マグルが気づくことはほとんどありません。羽は頭のてっぺんについていて、プロペラのように回転します。Billywigの針に刺された人はめまいに襲われ、そのあと体が宙に浮き上がってしまいます。
Blast-Ended Skrewt 尻尾爆発スクリュート **blast** **-ended**	腐った魚のようなにおい、青白くぬるぬるした、頭のない、殻をとった伊勢エビのような奇妙な形で、15センチほどの脚がへんなところから生え、尻尾からでる火花で暴走し、爆発するという、とんでもない作者の想像力から飛び出してきた怪物。blastは「突風、爆発、破裂の音」から「ドンチャン騒ぎ、非難ごうごう」などなんともさわがしい意味がある英語。skrewtという英語は存在しませんが、似通った英語のscrew（ねじ）、shrew(トガリネズミ)、scoot（突進する）から、小さくて、悪者ではなく、ぱっと動ける怪物を連想させます。-endedは「末端」と「終末（死）」の両方の意味でつけたのでしょう。
Boggart まね妖怪	夜になると悪さをしに出てくる無邪気なおばけ（鬼、妖怪）を北部イギリスでboggartといいます。アメリカではbogeyやbogeyman、スコットランドではboggle、ドイツではBogglemannとよばれています。人家に潜んでいて、ありとあらゆるいたずらをしでかします。 害のないいたずらでも、されたほうはイライラさせられますが、家の住人が困れば困るほどBoggartは大喜びです。
Bowtruckle ボウトラックル	木の守り番をする小さな怪物。いちばん大きくても20センチ弱です。茶色の腕や脚、小枝のような指で、樹皮のような顔には茶色い目がふたつあります。たいへん気が弱くてふだんはおとなしいけれど、棲んでいる木を傷つけようとするものには、相手かまわず攻撃していきます。

単語	解説
Centaur ケンタウルス	上半身は人間、下半身は馬という、ギリシア神話の有名な怪物。伝説のCentaursはギリシアの山岳地方からやって来たとのこと。ワインが大好きで、飲みすぎると暴れ出す酒乱でもあります。
Cerberus ケルベロス **Fluffy**	やはりギリシア神話に登場する魔物で、3つの頭を持ち、死者の霊が行き着く冥府の番犬で、生きている魂が近づくと食べてしまいます。第1巻に、ハグリッドのペット犬Fluffyという名で登場しますが、その描写には、作者の博識ぶりが伺えます。ハグリッドはパブで会ったギリシア人からFluffyを買ったと言い、ギリシア神話とのつながりをにおわせます。音楽を聞くと眠ってしまうのも、ギリシア神話の一節にある、オルフェウスが最愛のエウリュディケを救うために冥界にはいり、竪琴を弾いてCerberusを手なずけ、エウリュディケを無事連れ出すことに成功するという話の流れをくんだものです。
Chimaera キメラ	3つの頭を持つギリシア神話の怪物。ひとつめの頭はドラゴンの頭、ふたつめはライオンの頭、そして3つめはヤギの頭。同じく3つの頭を持った冥界の番犬CerberusとSphinxの兄弟とされています。
Cornish Pixie コーンウォール地方のピクシー小妖精	イギリス南西部Cornwall地方の伝説に登場する妖精。おそらくアイルランドのLeprechaun（レプラコーン：老人の姿をした小妖精）のイギリス版と考えられます。緑色の服を着て、とがった帽子をかぶり、赤毛で若々しい顔つきをしているのが特徴。しかし、J. K. Rowlingの描くCornish Pixieはこの特徴とは異なり、群青色の服装です。
Crup クラップ	犬に似た小さな生き物で、テリア犬のような尻尾はふた股に分かれています。魔女・魔法使いたちにとても忠実で、マグルを毛嫌いしています。魔法省の魔法生物規制管理部に管理されていて、飼うときは許可証が必要です。飼い主は、マグルに気づかれないようにするため、Severing Charm（切断の呪文）でCrupの尻尾を取らなければなりません。

単語	解説
Death Eater 死喰い人	魔物ではありませんが、Death Eaterも取り上げておきましょう。不滅の命を追求するVoldemort（ヴォルデモート）を手伝うdark wizard（闇の魔法使い）です。第4巻のQuidditchワールドカップ開催地の空に浮かんだDark Mark（闇の印）が、Death Eaters招集のサインです。Death Eaterの名前にはふたつの意味が込められたと思います。ひとつは、彼らが死を恐れないこと。もうひとつは、死をcheat（だましとる）あるいはeat（消費する）者たちだということです。
Dementor 吸魂鬼 ディメンター	Azkabanの看守Dementorは、周囲から心の平安、希望、幸福を吸い取ってしまう、いまわしい生き物です。mentorは「指導者」を意味する肯定的なニュアンスのことばであるにもかかわらず、J. K. Rowlingはこれに否定的なニュアンスのあるde-をつけ加え、depression（鬱）のイメージを色濃く持たせています。実は彼女自身、以前に鬱をわずらったことがあるのです。
Demiguise デミガイズ	アジアに生息する生き物で、脅されると姿を消すことができるため、なかなか捕獲することができません。猿に似たおとなしい動物で、細くて長い、絹のような銀色の毛に覆われています。その毛はInvisibility Cloak（透明マント）に使われますが、本物のInvisibility Cloakとは違い、時間がたつと不透明になってしまいます。demiはフランス語で「半分」の意味。guiseは「外見」を意味するappearanceと同義の古い英語。
Doxy ドクシー	翼をもつ小さな妖精。屋敷にはびこって、古いカーテンの中に棲むさまは、マグルの世界のカビのよう。翼は黒コガネムシの羽のようで、体は黒い毛で厚くおおわれて、鋭い牙には毒があります。Doxycide（「魔法の小道具」の章参照）を吹きかけて駆除します。

単語	解説
Dragon ドラゴン	神話･伝説では、最もよく知られた怪物でしょう。「ハリー・ポッター」シリーズにもいくつか登場しますが、どれにも原産地名がついています。
Antipodean Opaleye オーストラリア・(ニュージーランド・オパールアイ種)	ニュージーランド原産でオーストラリアに棲んでいるというのですが、原産地を知るカギはAntipodeanという名前。「地球の反対側に住む人」の意味で、イギリスの裏側はニュージーランドとオーストラリアなのです。Opaleyeは、オセアニアで採石される宝石のopal(オパール)から。
Chinese Fireball 中国火の玉種	唯一アジア原産のDragon。緋色でなめらかな胴体、顔のまわりを金色のトゲが縁取りして、目は突き出ています。
Common Welsh Green (ウェールズ・グリーン種)	2種いるイギリス原産のDragonのうちの1種。原産地はWales(ウェールズ)。
Hebrldean Black (ヘブリディーズ諸島ブラック種)	イギリス原産のもう1種のDragon。祖先はHebrides(ヘブリディーズ諸島)から。Welsh Greenよりも狂暴で、9メートルもの大きさに成長します。
Hungarian Horntail (ハンガリー・ホーンテール)	ハンガリー原産のHungarian Horntailは、巨大な火を吐く最もどう猛なDragon。
Norwegian Ridgeback (ノルウェー・リッジバック)	ノルウェー原産のNorwegian Ridgebckも、Hungarian HorntailのようにどうらなDragon。
Peruvian Vipertooth (ペルー・バイパーツース種)	ペルー原産で、いちばん小さなDragonですが、名前のVipertoothが示すように、猛毒を出す牙をもっています。viperは毒ヘビを意味します。
Romanian Longhorn (ルーマニア・ロングホーン種)	ルーマニア原産で、長い金色の角Longhornで敵を突き刺し、吐く息で焼き殺します。
Swedish Short-Snout (スウェーデン・ショート・スナウト種)	スウェーデン原産で、青くきらめく火を鼻から吹くのが特徴。snoutは「たばこ」の意味があります。

単語	解説
Ukrainian Ironbelly (ウクライナ・アイアンベリー種)	ウクライナ原産で、体重は最大6トンという最も大きいDragon。bellyは腹部、「ウクライナの鉄の腹」とでもいいましょうか。
Erumpent エルンペント	Erumpentは体重が1トンもある巨大な灰色の動物で､強大な力を持っています。アフリカに生息し、遠くから見ると時にはサイとまちがわれることも。その分厚い皮膚は、破壊的な呪いをはねつけることができます。鼻の上の大きな鋭い角は非常に頑丈で、岩や金属を貫くことができ、角の中にある液体は脅かされると爆発します。Erumpentの数はごくわずか。なぜなら、交尾の季節になるとオスがメスにいどみかかり、たいていは互いに相手を爆破してしまうからです。
Fiendfyre 悪霊の火	消すことのできない呪いの火。その炎は蛇やChimaera（キマイラ）やドラゴンなどの姿をとり、行く手にいる人や生き物に襲いかかりながら広がっていきます。また、Horcrux（「魔法の小道具」の章参照）を破壊することもできます。この語は「悪魔」を意味するfiendと、fireの古い綴りであるfyreのふたつの語から成り立っています。
Flobberworm レタス食い虫	体の両端から気持ち悪い粘液を出すいやな生き物。この粘液から、スラングで「痰」を意味するflobが、名前の一部につけられています。
Ghoul （グール）お化け	もともとはアラブの伝説に登場する怪物で、墓を暴き、死体を食べるとされています。でもこの物語に登場するghoulは、なぜか墓場よりロンの家の屋根裏を好み、パジャマを着るという変な趣味があるようですね。

単語	解説
Giant **Gigantes** 巨人	ヨーロッパでは大昔から狂暴で残忍な怪物といわれています。ギリシア神話に登場するGigantes（ギガンテス）が最も古いGiant。この怪物からgigantic（巨大な）という英語が生まれました。Gigantesは、Uranus（ウラノス—天—男神）の血をGaea（ガイア—大地—女神）に垂らして誕生しました。 イギリスの伝説には、Gigantesに似た怪物がひんぱんに現れます。なかでも有名なのはGogとMagogという、ふたりの巨人の話ですが、聖書に起源がある話だという説も聞かれます。『エゼキエル書』によると、MagogはGogの出身地名とされ、『ヨハネの黙示録』ではMagogとGogは世界を破壊しようとしたとされています。
Gog **Magog**	
Giant Squid 大イカ	Giant Squid、学名architeuthisの死骸は世界の数ヵ所で発見されていますが、生きたものを見た人はいません。体長は最長21メートル、暗い深悔で光をめいっぱい集めるため、すごく大きな目をしているということです。Giant Squidは小説家が好んで使う題材で、有名なところではヴェルヌの『海底二万マイル』に登場しています。 たいていは人を食べる恐ろしい生き物として描かれていますが、J. K. Rowlingはその逆をいっています。Hogwartsの湖に棲むGiant Squidを心のやさしい生き物とし、湖に落ちたDennis Creeveyを救ってやる場面が第4巻に書かれています。
Gnome 庭小人 （ノーム）	イギリス人が思い浮かべるGnome（地の精）は童話によく出てくる赤い服と帽子のやさしい小さなおじいさんですが。J. K. Rowlingが「ハリー・ポッター」シリーズで描いているGnomeは、庭のやっかいもの。それは、庭の飾りにGnome像を置く現象を皮肉ったのです。gnomes in his/her gardenがイギリスではあまりにも一般的な現象になっているので、最近は「Gnomeを庭に置いている人」すなわち「冒険も刺激もなく退職の日を楽しみに平々凡々と暮らしている人」というくらい。庭のGnomeの数が増すにつれ、庭の持ち主もたいくつな人になるというのです。
gnomes in one's garden	

単語	解説
Goblin 小鬼	伝説のなかのGoblinには、悪者もいれば、よい行いをするものもいたりと多種多様。そのせいか、J. K. Rowlingは、善悪両方のGoblinを登場させています。 Gringotts（グリンゴッツ銀行）は、よいGoblinと悪いGoblinがいるからこそ、うまく運営していけるのかもしれません。よいGoblinがいるから、お金を安心して預けられ、悪いGoblinがいるから、誰も銀行強盗をしようと思わないのでしょう。Goblinということばの起源はギリシア語のkobalos（詐欺師）ですが、英語goblinの語源とされるのはいちばん語形が似ているフランス語のgobelin。 昔からGoblinは勤勉で働き者の旅人で、採鉱や金属細工に長けているとされています。しかし、ときには個人の家に住みついて、いたずらを仕掛けます。 そのGoblinを追い払うよい方法はアマの種を床にまくこと。勤勉なGoblinは種をひとつひとつ拾い集めるのですが、とてもたいくつな作業なので、もっといたずらのしがいのある家へ引っ越していくそうです。
Griffin/Griffon グリフィン／グリフォン	ワシの頭と翼に獅子の体をもつ魔物。Griffinが誕生したインドでは、たくさんの金の宝を守るのがGriffinの務めとされます。しかし、ヨーロッパの伝説や神話にもGriffinはよく登場しています。ギリシア神話では勇敢な兵士の象徴で、復讐の女神として知られるネメシスの化身となりました。アポロンとアレクサンダー大王は、Griffinによって守られていたといわれています。

単　語	解　説
Grindylow 水魔 **Jenny Greenteeth** **Nellie Long-Arms** **Peg O'Nell**	水の中に住む、気持ち悪い緑色の小さな生き物。とがった小さな角と牙があり、ひょろ長い指をしています。もともとはYorkshire（ヨークシャー）の伝説に登場した妖怪で、池や湖に棲み、水辺に近づいてきた子どもを水中に引きずり込むという悪さをします。イギリスの他の地方に伝わる伝説ではJenny Greenteeth（緑の歯のジェニー）やNellie Long-Arms（長い腕のネリー）とよばれています。 なかでもGrindylowにいちばん近い仲間は、井戸に棲んで同じような悪さをするPeg O'Nell（ペグ・オネル）でしょう。
Hippogriff ヒッポグリフ	Hippogriffということばは、16世紀のイタリアの詩人、ルドヴィーコ・アリオストの想像から湧きでたもので、『狂えるオルランド』という叙事詩の中に登場したのが最初です。しかし最初にこの生き物を思い浮かべたのは、紀元前1世紀のローマの詩人ウェルギリウスでした。ウェルギリウスはあり得ないことのたとえとして「グリフィン(griffin)が馬(hippo)とつがうとき」と表現したのです。それ以後、このフレーズは何世紀にもわたって、ほとんど起こり得ないことを表現するのに用いられてきました。英語で現在使われているフレーズwhen pigs have wings（豚が空を飛ぶとき）と、ちょうど同じような表現です。 Hippogriffの頭部は鳥、前脚はグリフィン、胴体は馬。その名は、ギリシア語hippos（馬）に由来するhippoと、griffinの短縮形griffをつなぎ合わせたものです。
Hinkypunk おいでおいで妖精 （ヒンキーパンク）	たぶんイギリスの伝説に出てくるwill-o'-the-wisp（きつね火）と関係する妖精。実体のある生き物というよりは、霧状の雲というほうがぴったりします。沼地で明かりをともして家があるかのように見せかけ、旅人を沼地に誘いこみます。

単語	解説
House-elf 屋敷しもべ妖精	大きな目と耳をした小さな生き物で、魔法使いたちのしもべ(奴隷)として働きます。「ハリー・ポッター」シリーズで大きな役割をはたしている屋敷しもべ妖精は、DobbyとWinky、そしてKreacher。雇い主（家の主人）の魔法使いに忠実に仕えなければなりませんが、自由になる方法がひとつあります。仕える屋敷の主人から衣服など身につける物を贈られたとき、解放されるのです。
Fenoderee	この特徴はマン島の伝説でFenodereeとして知られている架空の生き物を思わせます。あまり知性的ではありませんが、農夫のためにいっしょうけんめい働く生き物です。裸で動きまわり、衣服を与えようとするとたいへん怒り出し、もし衣服を贈られると働くのをやめてしまいます。屋敷しもべ妖精たちは、また、スコットランドの民話に
Brownie	でてくるBrownieとも似ています。Brownieは温厚な、目に見えない褐色の妖精あるいはスコットランドの田舎の家庭や農家にすむ小鬼です。人々が眠っているあいだに彼らのための労働をします。その奉仕に対して支払いをしようとしたり、また、ひどい取り扱いを受けたりすると、消えてしまって絶対に戻ってきません。ちなみに、何をやっても
Dobby	うまくできないbrownieはDobbyといいます。
Kelpie 水魔 （ケルピー）	緑色の草のたてがみをもつ馬の怪物で、名前はその姿から。英語のkelpが意味する「海草」に似たたてがみの怪物というわけです。旅人を背中に乗せて、そのまま深い水底まで引きずり込み、溺死させます。さまざまな姿に変身するので、ネス湖のネッシー(the Loch Ness Monster)は、人の目をごまかすためにウミヘビに姿を変えた世界最大のKelpieではないかと考えられています。
Knarl ナール	ハリネズミのような怪物。ハリネズミよりは少し荒っぽい気性です。Knarlはgnarl（ねじ曲げる）と同じ発音なので、どこかgnarled（ひねくれた）な性格の怪物と思えます。

単語	解説
Kneazle ニーズル	小さなネコのような動物で、耳は大きく、尻尾はライオンのようです。かしこくて誇り高く、ときには攻撃的です。しかし、気に入った魔法使いに対してはすばらしいペットになります。
Leprechaun レプラコーン **gnome**	Leprechaunはアイルランドの伝説には決まって登場する、背の低いしわくちゃのおじいさんで、緑色の服を着ています。イギリスの童話に出てくる典型的なGnomeの姿にも似ているところがあります。人にいたずらをするの大好きですが、ただおもしろがっているだけで、悪気はぜんぜんありません。 Leprechaunは黄金を集め、その黄金から金貨を造って壷に収めては、それをせっせと地面に埋めることで知られています。虹が出たときにその端を掘れば、Leprechaunが埋めた金貨の詰まった壷が見つかると言われています。
Manticore マンティコア	昔から恐れられている最も狂暴な怪物のひとつ。Manticoreという名前の起源は、man-eater（人食い種）を意味するペルシャ語のmartikhora。 インドでの目撃談によると、巨大なライオンよりもさらに大きくて、もじゃもじゃの赤い毛をした怪物とのこと。獣の体をしていますが、頭は人間で、口には鋭い牙が3列になって生えています。40センチ以上ある尻尾にはサソリの毒針があり、両端には30センチほどの矢がついています。敵から威嚇されたときには、その矢を遠くまで飛ばすことができ、その矢が当たった生き物はたちまち死んでしまうと言われています。

単語	解説
Merpeople 水中人 （人魚） **mer-**	魚は女性ばかりではないというわけでこの名前です。実際は昔からmermaid（女性の人魚）あるいはmerman（男性の人魚）と性別を示す名前で知られているもの。mer-という接頭辞は「海」を意味するラテン語のmareが語源。Merpeopleは人間の胴体をしていて、足の代わりに銀色の尾ひれがついています。人魚の伝説は世界中に存在し、フランスの貴族がMelusinaという名のmermaidの子孫だという説さえあります。有名なのは、人魚たちが歌う気味の悪い歌を船上で聞いた乗組員が、歌声に気を取られ、岩に衝突して死んでしまうという伝説です。
Metamorphmagus 「七変化」	外見を自在に変えられる魔法使いのことで、第5巻以降に出てくるNymphadora Tonksがそうです。Metamorphmagusということばは、ふたつの単語から合成されたもの。生物学の「変態」を意味する英語 metamorphosisからはじめの3音節をとり、「魔法使い」を意味するラテン語のmagusをつけています。
Murtlap マートラップ	ネズミに似ていて、海岸近くの海に生息します。背中に生えるイソギンチャクのようなものから、呪いを防ぐ水薬を作ります。
Niffler ニフラー	地中深くに潜んでいる、長い鼻、ふわふわの毛の生き物です。niffということばはsmell（においをかぐ）のスラングなので、Nifflerは鼻がきくと推測できるとおり、宝探しにとても役立つ生き物です。そして、Nifflerという発音はかわいらしい響きなので、危害を与えないことがわかります。
Nogtail ノグテイル	Nogtailは小型の豚に似た悪魔です。長い脚、短い尻尾、細くて黒い目をもち、農場に忍び込んで、授乳中の母豚から乳を奪って飲みます。農場に棲みついたNogtailを追い出すには、真っ白な犬をけしかけて追い払うしかありません。

単語	解説
Phoenix 不死鳥	赤と金の羽根の、500年の寿命をもつ魔法の鳥。死ぬときは樹上高くに巣を造って、そこで燃えあがって死を迎え、その死骸の灰から再び小さなPhoenixが復活して、また500年を生きるといいます。
Porlock ポーロック	毛むくじゃらで背丈は60センチほど。ふたつに割れた蹄（ひづめ）の後ろ足で歩きます。前足、つまり手は短く、指は4本です。さらにとても量のある髪の毛は硬く、鼻が大きい。草を食料とし、馬小屋でわらの中に丸くなっているところを見かけます。馬を守ることが、その主な役目なのです。
Puffskein パフスキーン	クリーム色のやわらかい毛でおおわれたボールのような生き物。とてもすなおで飼いやすいため、人気のあるペットです。うすいピンク色の長い舌を家中はわせて餌を探すのですが、魔法界の子どもたちが大好きなのは、その舌を眠っている魔法使いの鼻に入れて、中味を食べさせる遊びです。 Puffskeinの中でもPygmy Puffという種類の生き物は、小型で毛の色がピンクや紫色なので、女の子たちにとても人気があります。
Red Cap 赤帽鬼	古くからイングランドやスコットランドの伝説に登場する怪物。戦場となった場所に棲みついて、赤い帽子（red cap）で戦死者の血をすくうといわれています。Bloody Cap（血まみれの帽子）やRed Comb（赤い櫛）という名前でも知られています。
Salamander 火トカゲ	salamander（サンショウウオ）は世界各地域の淡水に見られる実在の両生類。しかし、伝説のSalamander（火トカゲ）は邪悪な怪物です。火の中から生まれて火の中に住み続け、火が消えたら死んでしまうといい、また、木に登って果実に毒を注入し、食べた人を殺すこともあるといいます。

単語	解説
Sphinx スフィンクス **Sphinx of Thebes** **Oedipus**	ハリーがTriwizard Tournament（三校対抗試合）第3の課題で対決します。ギリシア神話に登場するSphinxで、最も有名なのはSphinx of Thebes（テーベのスフィンクス）。若い男を誘拐したThebesの王Laius（ライオス）を懲らしめるため、女王Hera（ヘラ）が派遣したSphinxです。 またSphinxはThebesを通過しようとする旅人になぞなぞを出します。答えられないで来た道を引き返すことは許されますが、まちがった答えを言うと、すぐさまSphinxに食い殺されてしまいます。このSphinx に正解を述べたのは、Laiusの息子Oedipus（オイディプス）ただひとり。Oedipusを通したSphinxは、屈辱のあまり自殺を図ったそうです。ギリシア神話のとおり、ハリーはSphinxをやっつけるのではなく、なぞなぞの答えを出して通してもらいます。
Thestral セストラル	だれかが死ぬのを目撃した経験のあるものにだけ見える魔物です。はじめの4文字で、ギリシア悲劇を創り出したといわれる紀元前6世紀の詩人Thespisにもとづく造語だと察しがつきます。英語のthespian（悲劇・劇的な）も同じ由来のことばです。うしろのほうはspectral（幽霊の）という形容詞からもってきたのでしょう。この組み合わせで、悲劇にみまわれた幽霊の魔物と理解できます。しかも、死を目撃した人にしか見えないのですから。
Troll トロール	ヨーロッパの伝説によく登場し、童話でも有名なTrollは、もともとスカンジナビアが故郷。びっくりするほど巨大な体と、魔法を使ってしでかす悪さの数々で、地元の人たちを恐怖におとしいれます。住みかは城の中という説と、地下の宮殿という説があります。夜行性の生き物で、太陽の光にあたると石になってしまいます。イギリス北部には、夜が明けたとき地表に出ていたTrollが石に変わったものという造形物があります。

単語	解説
unicorn 一角獣	大昔から世界中で芸術や神話のモチーフになっています。ローマの博物学者Pliny（プリニウス）の説では、角が1メートル近く、人間の声をまねることができる敏捷なunicornや、角を自由自在に動かして武器にするunicorn、また、皮が丈夫で突かれても貫かれることのないunicornなど、数種族のUnicornが存在するということです。旧約聖書の『申命記』や『民数記』、『詩篇』や『ヨブ記』にも登場しています。Unicornはイエス・キリストの優美さと清純の象徴と信じられており、Unicornの角でつくった杯で酒を飲んだ人は毒に対する免疫力がつくといわれています。
Veela ヴィーラ	中央ヨーロッパに伝わる伝説の妖精。「ハリー・ポッター」シリーズでJ. K. Rowlingは、男性をまどわしてとりこにする若く美しい女性というVeelaの特徴そのままに描いています。Veelaは、洗礼を受けずに死んだため地上を去れないでいる女性の魂だという説もあります。 風の精で、つむじ風や嵐を引き起こす能力があり、Quidditch World Cup もVeelaのせいで荒れた天気になりました。
Wrackspurt ラックスパート	これは実在の生き物ではなく（魔法界にさえ実在しません）、ルーナの想像の産物です。けれどもその名前と、ルーナが「耳にふわふわ入っていって、頭をボーっとさせるやつ」と言っていることから、wrackは「破壊的な」を意味する古い英語wrackfulに由来すると考えられます。また、spurtは「ほとばしる」という意味ですから、その生き物のすばやい動きを表しているのでしょう。

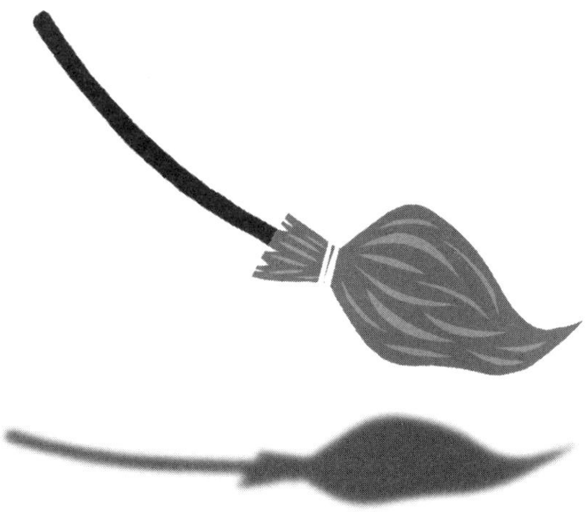

Did you know? 知らなくてもいいけど豆知識

トロールが登場する物語『ペール・ギュント』

Trollが登場する物語のひとつに、ヨーロッパで最も有名な詩劇『ペール・ギュント』*Peer Gynt*があります。『人形の家』で知られるノルウェーの作家Henrik Ibsen（ヘンリック・イプセン）の作品で、Edvard Grieg（エドヴァルド・グリーグ）がオーケストラ演奏の劇音楽を作曲しました。

冒険を求める若者ペールが恋人のソルヴェイグを捨てて村を去り、各地を放浪してさまざまな経験をします。年老いて故郷に帰ったペールは、その時まで彼の帰りをひとり待っていたソルヴェイグに抱かれて息をひきとる、という物語です。

呪文

呪いとまじない — ことばの魔術

'I think I'd better teach you how to block unfriendly spells'
(Vol.2 - Chap.11)

え？「友好的でないスペル」ってどんな綴りかって？　文字を綴ったものにはちがいないですが、このspellsは「呪文」なんです。

大好きなテディベアを生きたクマさんにする魔法の杖を夢見たり、また、悪い魔女の呪いで醜いカエルにされてしまうという類の悪夢を見たりするのは、どんな子どもでも経験すること。そのとき、どんな呪文を思い描いているでしょう。J. K. Rowlingほど、大胆かつ豊かな想像力をもって、あらゆる魔法や呪い、あらゆる呪文を物語にもりこんで、子どもばかりか大人のイマジネーションも刺激した作家はいません。「ハリー・ポッター」シリーズにはゆかいな魔法や恐ろしい呪いをかけるための、さまざまな様式の呪文が現れます。

魔法と呪文を意味する語の分類

spell

目的の善し悪しをとわず、charm、curseおよびenchantmentなど、魔法全体を指す語で、魔法をかけるときに唱える「呪文」の意味もあります。そのためspellは、呪文一般を解説する本のタイトルによく使用されます。例えば、*The Standard Book of Spells*『基本呪文集』。もしCharms（呪文学）の授業で使われる教科書なら*The Standard Book of Charms*と呼ばれることになり、「良い」呪文（'good' spells）だけを参照する本として、「悪い」呪文のcurse（呪い）に必要な本とは区別されます。

bewitch

bewitchはbewitchedの形で「魔法をかけられる」「魅惑される」「たたられる」状態を示す動詞です。かけられた魔法の目的が「よいか」「悪いか」にかかわらず、用いられます。

charm

「よい」魔法（'good' spells）の場合に用いられます。魔法をかけられる側にとってよいことだったり、あるいはあまりありがたくないいたずらということもありますが、いずれにしろ、害を及ぼしたり傷つけたりするものではありません。その例は呪文*Fidelius*です。さらに、無生物にかける暴力的でない呪文*Avis*とか呪文*Lumos*などもcharmです。

charmは名詞だけでも「お守り、魔力、魅力、アクセサリーの小さな飾り、（女性の）美しさ」といった、いろいろな用い方をされる語で、薬がとてもよく効いたときなどに言うwork like a charmというフレーズもあります。動詞では「魔法をかける、うっとりとさせる」ような優雅な魔法のイメージです。

curse

相手を呪って傷つけたり殺す目的で使われる悪い魔法。*Avada Kedavra*と*Imperio*および*Crucio*の3つは、いずれも厳しく使用を禁止されている呪文で、どれかひとつでも、使ったが最後、自動的に魔法界の牢獄Azkabanに投獄される対象になります。

enchantment

魔法の中でも最良のもの。人であれ、ものであれ、場所であれ、対象をよりよいものに変えます。enchantmentをかけられたものは、神々しいほどの魔法の美に輝きます。たとえばホグワーツの大広間の天井では、黒いビロードを背景に星がまたたいていますが、これはenchantmentによるものでしょう。

hex

幸いをもたらす魔法と不幸をよぶ呪い、どちらも指し、動詞として「魔法をかける」の意味にもなります。

incantation

魔法や呪いをかけるときに唱える呪文。たとえば、相手の両足をぴったりくっつけて歩けなくするLeg-locker Curse（足縛りの呪い）をかけるときのincantationは*Locomotor Mortis*です。

jinx

spellやhexと類似したことばで、善悪どちらの魔法にも関わりますが、だいたいにおいては不幸や悪事のときに用いられます。動詞としても使われます。

Did you know? 知らなくてもいいけど豆知識

「ハリー・ポッター」シリーズとシェイクスピア

グリンゴッツ銀行（Gringotts Bank）を運営する子鬼goblinのいとこにあたるいたずら者が、シェイクスピアの『真夏の夜の夢』*Midsummer Night's Dream*に現れるmerry wanderer of the night（陽気な夜の放浪者）のhobgoblin、妖精Puckであることを知っていましたか。

ダンブルドアのペットである不死鳥phoenixについて、シェイクスピアは、戯曲「ヘンリー８世」の第5幕2場で書いています。

When the bird of wonder dies, the maiden phoenix,
Her ashes new create another heir,
As great in admiration as herself

Hermioneと命名されるキャラクターがシェイクスピアの『冬物語』*A Winter's Tale*に登場し、彫像になります。第2巻で怪物Basiliskに襲われたHermione Grangerの身に起こったことそのものです。

「ハリー・ポッター」シリーズ 呪文のことば小辞典

J. K. Rowlingは、呪文にラテン語を多く用いて、神秘性と、古くから使われてきたという重々しさを表現する一方で、その呪文がどういう意味をもつか、読者がおおまかに把握できるように、ヨーロッパのほかの言語も用いています。

もちろん、彼女は、主な読者が子どもたちであることを忘れていません。ラテン語にしろ、ほかのヨーロッパ言語にしろ、英語の基礎を形成していることばを選んでおり、外国語の知識がない子どもたちにも呪文の内容がわかるように作っているのです。

J. K. Rowlingは、呪文の意味を知るヒントを提供することばだけでなく、オリジナルのラテン語により忠実な呪文もいくつか用いています。そうしたことばの意味は、イギリス人もほとんど推測できません。読者にいろいろな角度からのヒントをあたえることに彼女が費やした時間の量を考えると、なぜこのような呪文をいれたのかわかりませんが、ただ、わずかにぱらぱらと使われているだけなのは事実です。

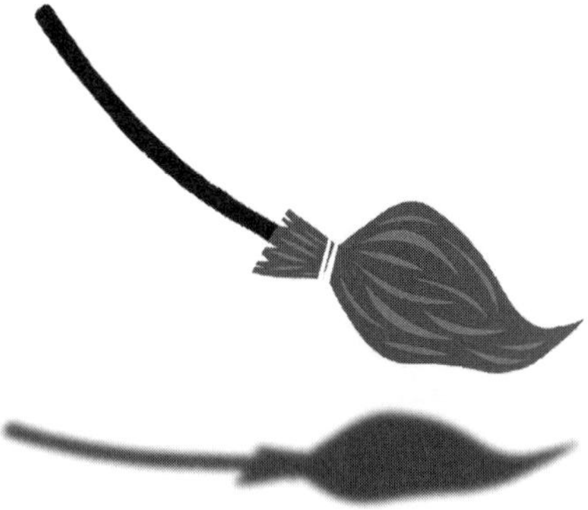

単 語	解 説
Accio アクシオ	呼び寄せ呪文。ラテン語の単語accioは、「呼ぶ」、「召喚する」の意味です。
Aguamenti アグアメンティ	杖の先から水を湧き出させる呪文。aguaはスペイン語で「水」の意味。また、「増やす」「ふくらませる」を意味する英語augmentも、この呪文の語源になっていると思われます。
Alohomora アロホモラ	鍵のかかったドアを開く呪文。「こんにちは」「さようなら」のどちらをも意味するハワイのことばAlohaと、「障害物」「邪魔なもの」を意味するラテン語moraから作られました。ふたつの語を合わせると、「さようなら、障害物」となるわけです。
Anapneo アナプニオ	気管につまった食べ物を取り除き、呼吸を楽にする呪文。「私は呼吸する」を意味する同じ綴りのギリシア語に由来します。よく似た語としてapneaという英語があり、これは睡眠中の「無呼吸」のこと。
Aparecium アパレシウム	見えないインキで書かれたものを見えるように再現します。ラテン語の単語appereoからですが、英語appear（出現する）を連想します。
Apparate/ Apparition 姿現わしする／姿現わし **Disapparate** **Splinched**	J. K. Rowlingの造語で、ある場所から姿を消し、まったく別の場所から姿を現すことを意味する動詞。「現れる」を意味するラテン語appareoから。姿を消すことを意味する魔法界の動詞は、これに否定の接頭辞dis- をつけたDisapparate（姿くらまし する）です。 この術を行うには、魔法界で成人とされる年齢17歳以上になってからApparition Test（姿現わしテスト）に合格し、免許を取らなければなりません。この術はたいへん難しく、失敗すると体の一部を置き去りにしてしまうSplinched（ばらけ）の状態になってしまいます。このことばは「ばらばらにする」「裂く」を意味するsplinterに由来していると思われます。

単語	解説
Side-Along-Apparition	また、Side-Along-Apparitionは、Apparateできる魔法使い・魔女が、Apparteできない人を連れてApparateすることを意味します。Side-Alongということばは、「並んで」「一緒に」を意味するalongsideの前半と後半を入れ替えたもの。
Avada Kedavra アバダ　ケダブラ	相手を殺す呪い。Unforgivable Curses（許されざる呪文）のひとつ（*Crucio*と*Imperio*を参照）。 語源は古代中近東の言語であるアラム語の*abhadda kedhabhra*であり、意味は「この語のごとく消滅せよ」。医師が用いた病気を治す呪文であることが究明されていますが、だれかを殺すために使用されたという記録はありません。
abracadabra	この*abhadda kedhabhra*は現代の英語abracadabra（アブラカダブラ）で子どもが遊びに使います。
Avis エイビス	呪文Avisは、杖の先から鳥を出す呪文です。avisはラテン語で「鳥」、英語avian（鳥類の）、aviary（鳥小屋）の語源です。
Backfiring Jinx 逆火呪い **backfire**	この呪いはとても危険です。杖を使ってかけた魔法が、杖を持っている本人にはね返ってしまうのですから。backfireとはもともと、砲身や銃身がつまっていたり不良品だったりしたために、大砲や銃が発砲した本人に向かって爆発することです。この語は慣用的に、計画が予定とは正反対の結果に終わったとき、よかれと思ってしたことが裏目に出たときなどにも使われます。また、古くなった車の排気管からときどき発せられる爆発音も、backfireと呼ばれます。
Caterwauling Charm 夜鳴き呪文	Intruder Charm（侵入者避け）のひとつ。その場所に侵入してくる人がいると、甲高い叫び声が響きわたります。caterwaulは「金切り声」のこと。この魔法の目的にはぴったりですね。
Colloportus コロポータス	ドアを密閉する呪文で、ラテン語のcolligo（しっかり綴じ合わせる）とportus（門）から。

単語	解説
Confringo コンフリンゴ	標的にしたものを爆破させるBlasting Curse（爆発呪文）をかけるときのことば。「爆破する」という意味のラテン語。
Confundus Charm 錯乱の呪文 **confuse**	人やものを惑わせ、自分の知っている状況がまちがっているのではないかと思わせる呪い。英語confuseの語源となったラテン語confundo（混乱させる）に由来。
Conjunctivitis Curse 結膜炎の呪い	相手の目を見えなくする呪い。第4巻に、Sirius Blackが、ドラゴンの弱点は眼なので、この呪いをハリーに教えるつもりだったと言う場面があります。このことばの由来は、ラテン語conjugo（結びつける）から派生したconjunctivitis（ラテン語、英語ともに同じ綴り）で、それがそのまま呪いの名前になっています。Conjunctivitisはウイルスやアレルギーが原因でconjunctiva（結膜）に起こる炎症、つまり「結膜炎」のこと。英語ではpink eyeとも呼ばれます。
Crucio クルーシオ	Unforgivable Curses（許されざる呪文）のひとつで、相手に極度の苦痛を与えます。Crucioはラテン語で「苦しめる」「拷問にかける」の意味。これに最もよく似た英語としてexcriciate（ひどく苦しめる）があり、英語圏の読者はこのことばからの類推で、この呪文の目的を知ることができるにちがいありません。
Deletrius デリトリウス **delete**	Priori Incantatem（直前呪文）で杖から呼び出されたものを消し去る呪文。英語のdelete（削除する）のもととなったラテン語deleoに由来。
Densaugeo デンソージオ	歯をでたらめに成長させます。ラテン語の単語dens（歯）およびaugeo（成長させる、増加させる）からつくっています。
Diffindo ディフィンド **diffuse** **differentiate**	「分ける」「裂く」を意味するラテン語diffindoからの、物を引き裂く呪文。diffindoは英語のdiffuse「拡散する」、differentiate「区別する」のもとになりました。

単語	解説
Disillusionment Charm 目くらまし呪文	この魔法をかけられた人や動物は、保護色になって姿が見えなくなります。disillusionは本来「幻滅」という意味なのですが、J. K. Rowlingはこの語に独自の意味を持たせました。「除く、剥ぐ」などの意味をもつ接頭辞dis-と名詞illusion（幻影）とを結びつけ、illusionが取り去られる、つまりこの魔法をかけられた人や動物の姿が消えてしまうという意味にしたのです。
Dissendium ディセンディウム	Hogwartsから Honeydukesに抜ける秘密の通路を守る魔女の彫像の背中にあるコブを開く呪文。ラテン語dissocio（分離する）に由来します。
Enervate エネルベート	活力をあたえ、元気づける呪文。不思議なことに、この呪文の語源は「衰弱させる」を意味するラテン語enervoですし、それに相当する英語enervateもやはり同じ意味。つまり、呪文とは正反対の意味なのです。 どうやらJ. K. Rowlingも、1960年代にイギリスで流行したテレビのCMの犠牲者と思われます。その健康飲料のCMは、enervateが「衰弱させる」という意味とも知らずに、'It enervates you.' を宣伝文句に使ったのです。そのため、当時まだ子どもだった世代は、enervateを「元気づける」の意味と勘違いしてしまったのです。
Engorgio エンゴージオ	相手を肥大させる呪文。英語のengorge（詰めこむ、肥大させる）に -ioをつけてラテン語風にしたもの。
Evanesco エヴァネスコ	ものを消す呪文。英語vanishの語源であるラテン語のvanesco「消える」から。
Expecto patronum エクスペクト パトローナム	守護霊（Patronus）を呼び出す呪文。expectoは英語expect（期待する）にあたるラテン語、patronusは英語patron（後援者）にあたるラテン語です。つまりこの呪文を唱える人は、その場に自分を助けてくれるものが現れるのを期待できるわけです。

単語	解説
Expelliarmus エクスペリアームズ **expel arms**	敵のもつ武器から効力をなくしてしまうために使います。この呪文は、expello（追い払う）およびarma（武器）というふたつのラテン語からなりたっています。どちらもほとんどそのまま英語にはいり、expel arms（武装解除する）という形で使われます。
Fidelius フィデリアス **fidelity**	信頼できる人に秘密を託して封じこめる呪文。託された人が明らかにしようと決めるまで、その秘密は安全です。もとになったラテン語fidelisは、英語のfidelity（厳守、忠誠）の語源。
Finite Incantatem フィニートインカンターテム	他人からかけられた魔法を終わりにする呪文。Finiteはラテン語finio（限界を定める、終える）、Incantatemもラテン語incantatio（呪文、魔法）に由来。つまり、両方合わせて「魔法を終わらせる」という意味になります。
Flagrate フラグレート	どんな印でも思ったとおりのかたちで、物体に印を焼きつけます。「燃える」という意味のラテン語flagroから。このことばはcon-という接頭辞をつけて「大火事」を意味する英語 conflagrationにもなっています。
Geminio ジェミニオ	同じものをもうひとつ作り出す呪文。「双子」を意味するラテン語geminusがもとになっています。ちなみに、星占いの星座の双子座（Gemini）も、このラテン語が語源。
Glisseo グリセオ	「滑る」を意味するフランス語glisserに由来。階段の段々を平らにし、斜面を作って人を滑らせる呪文です。
Homenum Revelio ホメナム　レベリオ	近くにいる人間を暴き出す呪文。Homenumは「人間」を意味するラテン語homoの変化形hominem、Revelioは「暴く」を意味するラテン語reveloに由来。

単語	解説
Impedimenta インペディメンタ **impede**	敵の動きを鈍らせる呪文。「妨害」を意味するラテン語impedimentumの複数形で、そのまま英語になっています。ふだんあまり使われない硬いことばですが、旅行や行軍の「荷物」や足手まといになる「障害物」の意味。また、関連する英語としてimpede（妨害する）があります。
Imperio インペリオ！	Unforgivable Curses（許されざる呪文）のひとつ（*Crucio*および*Avada Kedavra*を参照）。この呪文を発した側が、相手を絶対的に支配できます。imperoはラテン語で「命令する、指揮する」の意味。
Imperturbable Charm 邪魔よけ呪文	人や動物ではなく無生物にかける魔法で、そこに働きかけられる力を無効にします。imperturbableは「動じない」という意味。ドアの向こうで話されていることを盗聴しようとしても、ドアにこの魔法がかけられていると盗聴できません。
Impervius インパービアス **impervious**	水や音を通さないようにする呪文。ラテン語imperviusの意味は「通（り抜けら）れない」で、相当する英語のimpervious（水・空気・光線などを通さない）と綴りも語義もほぼ同じです。
Inanimatus Conjurus Charm 無生物出現呪文	物体を出現させます。inanimate（無生物の）とConjure（呼び出す）というふたつの英語に、ラテン語っぽく聞こえる接尾辞をつけています。
Incarcerous インカーサラス	杖の先からロープを出して、人やものを縛りあげる呪文。「牢獄につなぐ」「監禁する」という意味の英語incarcerateに、ラテン語らしく思わせる-ousをつけた造語です。
Incendio インセンディオ	暖炉から暖炉へと、Floo powderを使って移動するときに、暖炉の火をおこす呪文。英語incendiary（発火用の）、incinerate（焼いて灰にする）の語源となったラテン語incendia（火事）に由来。
Langlock ラングロック	この呪いをかけられた相手は、舌が上口蓋にくっつき、話すことができなくなってしまいます。この語は、英語languageの語源となったフランス語langue（舌）と、「錠」を意味する英語lockを組み合わせたものです。

単語	解説
Legilimens リジリメンス	相手の感情や記憶を引き出すために相手の心に入りこむ術Legilimency（開心術）を行うときに唱える呪文。「拾い集める」「読む」を意味するラテン語legoの変化形legiと、「心」を意味するラテン語mensに由来。
Levicorpus レビコーパス	この呪文をかけられた人は、空中を漂うことになってしまいます。この語は「軽さ」を意味するlevitas、「からだ」を意味するcorpusというふたつのラテン語が元になっています。また、「空中浮揚する」を意味する英語levitateに由来するとも言えるでしょう。
Liberacorpus リベラコーパス	人を空中浮揚させる*Levicorpus*の呪いを解くときに唱える呪文です。*Levicorpus*に使われている「からだ」を意味するcorpusという語が、この呪文にも使われています。liberaは「解放する」を意味するラテン語liberareから。
Locomotor ロコモーター	生物でも物体でも、この呪文のあとに唱えたものを動かします。たとえば第5巻では*Locomotor Trunk*と唱えて、トランクを生きもののように動かしていました。ある場所から別の場所へ移動させるアクションを意味するlocomotionからです。このことばは英語ではよく使われ、steam train（蒸気機関車）も指します。日本語になった「SL」は、Steam Locomotiveの頭文字をとった短縮形です。
Locomotor Mortis ロコモーター・モルティス **rigor mortis**	相手の両脚をぴたりとくっつけて歩けなくしてしまうLeg-Locker Curse（脚縛りの呪い）をかけるときに唱える呪文。英語でlocomotionは「移動」を意味するので、この呪文のLocomotorは脚を指すと考えられます。Mortisは「死」を意味するラテン語morsに由来しますが、おそらく「死後硬直」を意味する英語rigor mortisを連想させることによって、脚が硬直して役立たずになることを示しているのでしょう。

単語	解説
Lumos ルーモス	魔法の杖の先に光を出現させる呪文。英語のluminosity（発光体、光輝）、luminous（発光する、輝く、明るい）の語源であるラテン語lumen（光）から。
Meteologinx recant メテオロジンクス　レカント	好ましくない天候を生じさせているAtmospheric Charm（気象呪い）を解除する呪文。Meteolはmeteorological（気象の）に、ginxはjinx（呪い）に、recantoはrecant（撤回する）に由来します。
Morsmordre モースモードル	ヴォルデモートのDark Mark（闇の印）を空に浮かびあがらせる呪文。morsはラテン語で「死」、mordreはフランス語で「かじる」。つまり「死にくらいつく」といったニュアンスでしょう。
Muffliato マフリアート	他人に会話を盗み聞きされるのを防ぐ呪文。この呪文をかけると、周囲にいる人たちの耳の中には小さな騒音が響きわたり、他人の声が聞こえなくなってしまうのです。この語は「（防音などのために）覆う」「消音する」を意味する英語muffleから取られています。ear muffs（防寒や防音のための耳覆い）のmuffも同じ意味。
Nox ノックス	呪文*Lumos*によって魔法の杖の先に現れた光を、スイッチを切ってしまうように消す呪文は、「暗闇」を意味するラテン語です。
Obliteration Charm 消却呪文	あらゆる痕跡を消し去る呪文。形あるものも記憶・感情なども、あとかたもなく「抹消する」という意味の英語obliterateからです。
Obliviate オブリビエイト **oblivion**	人の記憶から、あるできごとを、それが起こったことも含めて消してしまう呪文。obliviateは、「忘却」を意味する英語oblivionの語源であるラテン語の単語oblivioから。
Petrificus Totalus ペトリフィカストタルス	人を動けなくする呪文。腕および脚を完全に拘束し、身体を硬直させてしまいます。ラテン語petra（岩、石）に由来する英語のpetrify（石にする）と、英語のtotal（完全な）からなります。totalに-usをつけてラテン語の感じを出しています。

単語	解説
Peskipiksi Pesternomi ペスキピクシ ペステルノミ	英話のことばを混ぜておもしろおかしく綴り合わせた呪文。Cornish Pixiesをつかまえるのに用いられました。 Peski → pesky「厄介な、うるさくつきまとう」 Piksi → pixie「小妖精」 Pester → pester「せがむ、しつこく悩ませる」 Nomi → not me したがって'Pesky pixie pester don't pester me.'（うるさい小妖精、うるさくつきまとって私を悩ませないで）という意味になる呪文です。
Portus ポータス	物体にかけて、瞬間移動するためのポートキーPortkeyに変える呪文。
Prior Incantato プライオア インカタート	杖が最後にどんな魔法を使ったのかがわかるPriori Incantatem（直前呪文）をかけるときに唱えることば。英語prior（前の）と同じ綴りのラテン語priorと、英語のincantation（呪文）に相当するラテン語incantatioを合わせたもの。
Protean Charm 変幻自在の呪文	生物でも無作物でも、その形を変えたり、違う役割や用途のものに変えたりする呪文です。 Protean（変幻自在）は、さまざまに変身する力をもったふしぎな海の神Proteusを語源とする英語です。
Protego プロテゴ	自分の周囲に見えない壁を築き、あまり強力ではない呪いから身を守るShield Charm（盾の呪文）をかけるときに唱えることば。Protegoは「前面を覆う」「保護する」を意味するラテン語です。
Quietus クワイエタス	呪文*Sonorous*で大きくされてしまった声を正常にもどす呪文。ラテン語quietusは「穏やかな」「静かな」の意味。類似した綴りの英語がquietです。
Reducio レデュシオ	*Engorgio*の反対呪文。肥大させられた相手を元どおりの大きさに戻します。英語reduce（減らす、小さくする）がもとになっているのですから、この呪文の目的はすぐに推測できますね。
Reparo レパロ	壊れたものを修理する呪文。ラテン語reparoから。英語のrepair「修理する」にそっくりです。

単語	解説
Repello Muggletum レペロ　マグルタム	ある場所にマグルを寄せつけないようにする呪文。その場所に近づいたマグルは、突然、大切な用事を思い出したり、自分が何をやっているのかわからなくなったりして、そこから立ち去ります。ホグワーツの敷地にも、クィディッチ・ワールドカップの会場にも、このマグル除けの魔法がかけられています。呪文の言葉は、英語のrepel（追い払う）と魔法界の語Muggle（人間）を、ラテン語風にしたもの。
Rictusempra リクタセンプラ	相手をくすぐる呪文。ラテン語rictus（開いた口）とsemper（常に）に由来します。rictusはそのまま英語になり、笑いなどで開いている口を意味しますが、ただし、死体の口が開いたままで笑っているように見えるといった、不気味なニュアンスです。
Riddikulus リディクラス	ものをこっけいに見せる呪文。第3巻で、Boggart(*p*.247参照）をおかしな生き物に変えるときに使われました。ラテン語ridiculusからですが、英語ではridiculous（ばかげた、こっけいな）と綴りが変わっています。
Scourgify スコージファイ	汚れを落とす呪文。ごしごしこすってきれいにする意味の英語scourからです。よく似た英語のscrouge（天罰、こらしめ）とまちがえないように。
Sectumsempra セクタムセンプラ	Half-Blood Prince（半純血のプリンス）が発明した闇の魔術で、相手にひどい傷を負わせる呪文。Sectumは、英語section（切断、切断された部分）やdissect（解剖する、切断する）などの語源となったラテン語seco（切る）の変化形sectumがもとになっています。sempraもラテン語semper（いつも、常に）から。つまり、この呪文で負わされた傷は、呪文で治さないかぎり治らないのです。
Serpensortia サーペンソーティア	ヘビを呼び出して敵を襲わせる呪文。ラテン語serpensは「ヘビ」の意味で、ortusは「誕生、発生」という意味です。
Silencio シレンシオ	人や動物にかけて口をきけなくさせます。英語silence（静寂）の語源となったラテン語で「静かになる」ことを意味するsileoから。

単　語	解　説
Sonorous ソノーラス	マイクロフォンのような拡声器を使わずに、声の音量を最大にする呪文で、「音が大きい、騒がしい」という意味のラテン語sonorusからきています。この呪文は英語sonorusと綴りも意味も同じです。英語のほうは、よい意味でのよく響き渡る、大きな声をいいます。
Stealth Sensoring Spell 隠密探知呪文	権限も許可もなくこっそりと動きまわる人を感知して知らせる呪文。stealthは「密かに行われる行為」、sensoringは「感知すること」を意味します。
Stupefy ステューピファイ	相手を失神させる呪文。「麻痺させる」を意味するラテン語stupefacioに由来しますが、英語にもstupefy（麻痺させる）ということばがあります。このラテン語は英語stupid（愚かな）の語源でもあります。
Tarantallegra タランタレグラ	踊らせる呪文。両足がバランスを失うほどはげしく動き出します。tarantellaはテンポの速い8分の6拍子のイタリアの民族舞踊で、allegraは音楽用語のallegro（アレグロ＝活発に）から。
Wingardium Leviosa ウィンガーディアム レビオーサ	ものを飛ばしたり、空中に浮かばせたりする呪文。Leviosaは「軽い」という意味のラテン語levisから。また、Wingardiumは英語wing（翼）をラテン語風にしたもの。

Did you know? 知らなくてもいいけど豆知識

聖ジョージ

イギリスはEnglandの守護聖人である聖ジョージSt Georgeは、ドラゴンを倒したこと（slaying a dragon）で知られています。

slay the dragonは「己れの弱点を克服する、ひるまず、挫けずに努力する」という意味のフレーズになっています。

甘い食べ物

魔法界のおかしなお菓子

'...Now, enough questions. I suggest you make a start on these sweets... !' (Vol.1 - Chap.17)

「……さあ、もう質問は終わり。そろそろこのお菓子に取りかかってはどうかね……」

では、とりかかりましょう。

「ハリー・ポッター」シリーズに食べ物やお菓子がたくさん登場するわけを、作者 J. K. Rowlingは、次のように語っています。*

「『ハリー・ポッター』の礎になっているのは、私が大好きな『まぼろしの白馬』* *The Little White Horse*（Elizabeth Goudge著）という本です。この本では、登場人物が何を食べているかが詳しく書かれていて、それがとってもおもしろいんです。だから、私もホグワーツでみんなが食べているものを詳しく書いているんですよ」。

お菓子は読者を物語の世界へ浸らせる

つまびらかな描写はHogwartsで出される食事やケーキにとどまらず、ハリーたちがしょっちゅう口に入れる駄菓子類にまで及びます。彼女の手にかかると、どんなお菓子も魔法がかけられているように思えてくるから不思議。しかし、ふうがわりに見えても、ヘンな名前がついていても、実はイギリス人だれもが口にしたことがある昔ながらの駄菓子だったりします。ここが彼女の狙いどころ。そんな懐かしいお菓子にであえば、大人の読者も遠い昔にウキウキと駄菓子屋に通ったころを思い出し、子どもの心に帰るはず。つまりお菓子は読者を物語にひたらせる役割をになっています。

子どもたちはグロテスクなものが好き

また、とんでもなくヘンなお菓子もたくさんでてきますが、「ハリー・ポッター」の主な読者層である子どもたちは、どこの国でも恐ろしいものやグロテスクなものに強い関心があるわけで、ゲロや耳クソの味がするお菓子をProfessor Dumbledoreが口に入れてしまったり、Cockroach Clusters（ゴキブリゴソゴソ豆板）やFudge Flies（ハエ型ヌガー）、Jelly Slugs（ナメクジゼリー）を食べるシーンでは、子どもたちはみんな笑いが止まらないはずです。

昔からあるお菓子、新しく作られたお菓子、また、ひたすら気味の悪いお菓子、「ハリー・ポッター」シリーズに登場するものは、どれも悪意のない、文句なくおもしろいものばかりです。

注 *An Interview with J. K. Rowling*, by Lindsey Fraser, Mammoth, 2000から
『まぼろしの白馬』（岩波少年文庫）*The Little White Horse*, by Elizabeth Goudge, 1946

単語	解説
Acid Pop すっぱいペロペロ酸飴	なめると舌に穴があくAcid Popは、イギリスで現在も人気のAcid Dropがその原型。Acid Dropは酸っぱく（acid）て、レモン・シトラスの香りがしますが、化学薬品の酸（acid）を使っているわけではないので舌も傷つきません。
Bertie Bott's Every-Flavour Beans バーティー・ボッツの百味ビーンズ	BertieはArbertの愛称、Bottも人名で、Beltonと同じくらい平凡な苗字で、Bをふたつ使ってなめらかなリズム感をだしたもの。特に意味のある名前ではありません。原型は、イギリスの駄菓子屋でいまも売られている、いろいろな味のJelly Beans（ジェリービーンズ）。 もちろん、こちらの風味はイチゴやラズベリー、オレンジやレモン、パイナップルといった、おいしいフルーツが主。それに比べて、Bertie Bott's Every-Flavor BeansのEvery-Flavour（百味）とは、ear wax 耳あか味、vomit へど味、spinach ほうれん草味、liver レバー味、tripe 臓物味、booger 鼻くそ味、sprouts 芽キャベツ味、sardineイワシ味、grass 芝生味、curry pepper カレーコショウ味など、どれもこれも気持ち悪いものばかりです。
Blood Blisterpod 流血豆	FredとGeorgeのSkiving Snackbox（「ずる休みスナックボックス」→「魔法の小道具」参照）にある菓子。blisterは皮膚にできる水ぶくれでpodは小さな容器ですが、この菓子を食べてできるブツブツは血まめのようになり、次々に破れて大量の血を流します。
Blood-Flavoured Lollipop 血の味がするペロペロ・キャンディ	日本でも若い女性がなめながら歩いているのを見かけることがある棒つきキャンディのlollipop。イギリスの幼い子どもにはたいへん人気のある飴で、フルーツの味がします。形は、卓球のラケットのように平べったい円形と、ピンポン玉のようにまんまるな2種類。どちらも短い棒がついていて、棒を持ってなめます。 平たいほうは値段が安いせいか、よくお医者さんが、注射を嫌がる子どもをなだめるのにくれたりします。しかし、この血の味がするlollipopsなんていうのが、あったかなあ……？

単語	解説
lollipop woman	ちなみにlollipop womanというと、‘Stop! Children Crossing’（止まれ！子ども横断中）と書いた円盤の付いた棒を持って横断歩道に立つ、日本の「緑のおばさん」にあたる保護員のことです。
Butterbeer バタービール	Hogsmeadeにある居酒屋Three Broomsticks（三本の箒）の常連がこぞって飲むビール。味はroot beer（ルートビア）と同じようなものです。 飲み物の名前にbutterがついていると、とてもおいしそうに聞こえます。たとえばbutter milk（バターミルク）。牛乳に乳酸菌を入れて発酵させた飲み物ですが、子どもたちは大好きです。 beerにはアルコール飲料のビールと、植物からつくった発泡飲料の両方の意味があり、名前にbeerがついているからといって、必ずしもアルコールが入っているとはかぎりません。子どもの好きなginger beer（ジンジャービール）やroot beerは、いずれもソーダのような炭酸飲料です。
Canary Cream カナリア・クリーム	creamという語は、実在する多くの菓子、たとえばchocolate creamやlemon creamなどでよく使われています。Canaryは鳥の「カナリア」で、Canary Creamは食べると体中に羽が生えてきて、鳥のように変身させてしまうお菓子。ちなみにカナリアは、イギリスでセキセイインコに次いで多く飼われている人気の小鳥です。
Cauldron Cake 大鍋ケーキ	この菓子は読んで字のごとく。つまり、cauldron（大きな鍋）で焼かれたケーキのこと。cauldronという語が使われていると、それで作られた食べ物も、なんだかミステリアスで、魔法使いや魔女たちがむしゃむしゃと食べるさまを連想させます。
cauldron	cauldronは現在ではもう使われていませんが、cauldronといえば「魔女」というイメージがあり、シェークスピアの『マクベス』でも、魔女が大きな黒いcauldronの中をかき混ぜて魔法の薬を作っていたシーンがあります。

単語	解説
Chocoballs チョコボール	どの国にもあるChocoballs、イギリスではたいていタフィーやピーナッツが入っていますが、ハリー・ポッターの世界のChocoballsに詰まっているのは、夏によくデザートとして皿にのって出されるお菓子で、イチゴのムースとクリーム。
Chocolate Cauldrons 大鍋チョコレート	マグル界のウィスキー・ボンボンにあたるお菓子。cauldron（大鍋）の形をした、中が空洞の小さなチョコレートの中に、少量のfirewhiskyが入っているのでしょう。
Chocolate Frog 蛙チョコレート **Easter Egg**	ひんぱんに登場するChocolate Frogは、Hogwartsの生徒たちに人気のチョコ。その秘密は、おまけについている有名な魔法使いや魔女のカードで、生徒たちはこのカードを集め、友だちと交換したりするのです。 動物の形をしたチョコレートは、イギリスでは決してめずらしいものではありません。イースター（復活祭）には、Easter Eggとよばれる、チョコレートでできた大きな卵を子どもたちにプレゼントする習わしがあります。チョコレートの卵を割ると、さらに小さなチョコレートがいくつもでてきます。イースターにちなんだウサギの形のチョコレートもあります。 ハリー・ポッターの世界では、Dementor（吸魂鬼）に遭遇してしまったとき、解毒剤としてChocolate Frogを食べさせられます。チョコレートには元気を回復させる効果があって、うつ病患者に医師がよく勧めることから発想を得たのでしょう。実は、作者のJ. K.Rowlingもうつ病を経験しています。Dementorが人におよばす影響は、うつ病の苦しみと同じで、蛙チョコレートを食べさせて、苦しみをやわらげ元気をとりもどさせるというわけです。

注 イギリスではキャンディなど、砂糖の固まったものをiceと呼ぶことがあります。先のlollypopもice lollyといいます。

単語	解説
Cockroach Cluster ゴキブリ・ゴソゴソ豆板	star cluster（星団）とか、a cluster of grapes（ひと房のぶどう）のようにclusterという語は、「集まる、かたまり、群れ」の意味なので、Cockroach Clusterと聞いただけでゲッとなりそう。しかしイギリス人なら、子どものころによく食べたnut clusterという、ナッツ類をチョコレートで固めたお菓子を思い出すはずです。
Coconut Ice ココナッツ・キャンディ	coconut iceは実在のお菓子。iceという語が使われていますが、アイスキャンディとは関係なく*、昔からあって現在も人気のある菓子。coconut iceは、乾燥させたココナッツを削ったものと、とても粘っこくて噛んでも噛んでも噛みきれない透明なゼリーとでできています。口にいれると、舌がひんやりと感じます。色は、白とピンクの2種類。まれに淡青色やパステルカラーのものも登場します。
Crumpet クランペット	イギリス人なら、crumpetと聞いただけでよだれが出そう。それくらいおいしいことで知られるcrumpetは、実在する塩味のパン菓子で、大きさはビール用のコースターぐらい、厚さは約1センチ。表面には、調理中にできたたくさんの穴があります。直火で焼いてバターをたっぷり塗ったcrumpetは、日曜日のアフタヌーンティーや夜食にもってこいのスナック菓子。イギリス人にとってcrumpetは、おいしいだけでなく、暖炉を前にしてのんびりと過ごす日曜日の午後を連想させてくれる特別なスナックです。
Droobles Best Blowing Gum ドルーブルの風船ガム	ふくらませるとbluebell（ブルーベル）の花のような青い色をした風船ができるガム。風船は何日たってもはじけません。Blowing Gumという語句は、「風船ガム」を意味するbubble gumと引っかけています。
Exploding Bonbons 爆発ボンボン **chocolate liqueur**	bonbonは、中味が柔らかく果物の味がするボンボン飴のこと。果物の絵が描かれた包み紙に1個ずつくるまれています。実際のbonbonはもちろん爆発などしませんが、ハリー・ポッターに出てくるexploding bonbonsは、大きくはじけます。 ウイスキー・ボンボンなど、ボンボンとして日本で売られているものはchocolate liqueurといいます。

単語	解説
Fainting Fancies 気絶キャンディ	Skiving Snackbox（「ずる休みスナックボックス」→「魔法の小道具」参照）の中に入っている菓子のひとつ。faintは気を失うことで、fanciesは優美で繊細なかたちをしたものをいい、飴でもケーキでも、そんな手の込んだかたちにしあげられた菓子類のこと。
Fizzing Whizzbee フィフィ・フィズビー	食べると数フィートも地上から浮き上がってしまうsherbet ball（炭酸入りキャンディ）。こんな不思議な食べ物は実際には存在しませんが、fizzはgin fizz（ジンフィズ）のフィズで、炭酸が入っている発泡性飲料、それにbee（ハチ）のようにwhiz（ブンブン飛ぶ）ですから、どんな魔法の菓子か想像できます。
Fudge Flies ハエ型ヌガー	日本ではヌガー（フランス語でnougat）の名で知られているfudgeは人気の高いお菓子。たいていは正方形ですが、イギリスではネズミ（mouse複数形はmice）の形をしたfudge miceも売られています（ネズミ形については次のIce Mice参照）。ネズミの形をしたヌガーはmice fudgeではなくfudge miceであることに注意。もしもmice fudgeならネズミ入りヌガーの意味になってしまいます。この法則によると、Fudge Fliesはハエ（fly）の形をしたfudgeということ。Flies Fudgeだったら、中にたくさんのハエを発見、ということに。 辞書でfudgeをひくと、「たわごと、ごまかし、その場しのぎ」から「新聞の差し替え記事用の印刷装置」などへんな意味がならんでいますが、実はどれも菓子のfudgeから派生した意味です。
Ice Mice ブルブル・マウス	食べると歯がガタガタ、キーキー鳴るお菓子（iceについてはCoconut Ice参照）。Fudge Fliesで述べたように、Ice（キャンデイー）のあとにMice（ネズミmouseの複数形）がきていますから、ネズミの形のキャンディです。このようにネズミの形をした駄菓子は、イギリスではいろいろな風味のものがとてもたくさん売られています。

単語	解説
Jelly Slug ナメクジゼリー	slug（ナメクジ）と聞けば、即座に「大嫌い、気持ち悪い」と思うことでしょう。イギリスの少年たちもしかり。でも、生きたナメクジを机やロッカーに入れて、女の子たちにいたずらをして喜ぶ男の子もいるんです。ナメクジをゼリーでくるんで口に入れるのを想像しただけで、その子たちは大はしゃぎするはずで、J. K. Rowlingはslugを菓子だけでなく、さまざまなシーンに登場させています。第2巻では、呪文を逆噴射させてしまったRon Weasleyが、話すたびにナメクジをいっぱい口から吐き出すシーンがありました。
Knickerbocker Glory チョコレート・パフェ	「ニッカーボッカー・グローリー」とは聞き慣れないでしょうが、アメリカのice-cream sundae（アイスクリーム・サンデー）をイギリスではこうよびます。背の高いグラスにアイスクリームと果物・クリームを入れた、フルーツサンデーやチョコレートサンデーは、日本でもおなじみですね。
knickerbockers	knickerbockersは、あの、登山着にもなっている、ひざの下で裾をくくるズボンですが、なぜ、アイスクリームサンデーをknickerbocker gloryとよぶのか、イギリス人でもわかりません。しかし、レストランのメニューにもちゃんとknickerbocker gloryとのってます。
Liquorice Wand 杖型甘草アメ	liquoriceは甘味料となる甘草。licoriceとも綴ります。そのスティックキャンデイliquorice stickはイギリスの子どもも大人も大好きな駄菓子(stickを略してliquoriceとよぶほうがふつう)。形・大きさ・固さはさまざまですが、いちばん人気があるのは、黒あるいは赤い色をして細長い靴ひものようなliquoriceです。魔法の杖の形をしたLiquorice Wandは実際には存在しないお菓子ですが、liquoriceにはいろんな形があるので、どこかで売られていてもおかしくありません。

単語	解説
Mulled Mead ホット蜂蜜酒	現在では見かけませんが、昔、中世にはよく飲まれていたという、ハチミツでできたアルコール飲料。mulledという語は、warmed（温めた）やheated（加熱された）を意味する古い英語の形容詞。加熱方法は、mead（ハチミツ酒）の入った壷に火で熱した鉄の棒を入れて温めるやり方です。
mulled wine **mulled beer**	この時代の飲み物では、mulled wine（ホットワイン）やmulled beer（ホットビール）が知られています。特にmulled wineは、いまでもハロウィーンの夜に、ミステリアスな雰囲気を盛り上げようとパブで出されることがあります。
Nosebleed Nougat 鼻血ヌルヌル・ヌガー	Skiving Snackbox（「ずる休みスナックボックス」→「魔法の小道具」参照）にある菓子のひとつ。nougatは砂糖を入れて練った、クチャクチャとかむやわらかい菓子ですが、このNosebleeed Nougatには、食べた子に鼻血を出させて授業をサボる口実をつくる力があります。
Pepper Imps 激辛ペッパー	HogsmeadeのHoneydukesで売っている口から煙が出るお菓子。Pepperという語のイメージはhot（辛い）。辛いものを食べると、口から火を吹きそうだといいますが、そこからこのお菓子を食べると口から煙が出るという発想でしょう。fairy（妖精）やdemon（悪魔）の形をしていることから、imp（子鬼、悪魔）という名前がついたと考えられます。
Peppermint Toad 蛙ミント	ヒキガエル(toad)の形をしたハッカ(peppermint)菓子。食べると胃の中で生きた蛙のように飛び回ります。ハッカ菓子はイギリスにたくさんあり、みんなの大好物。ハッカの「辛さ」加減もさまざまで、「ハリー・ポッター」シリーズに出てくる、mint humbug（ハッカ入りキャンデー）は、ちょっと「辛め」のキャンディです。
humbug	本来はキャンディーを意味する、このhumbugには、fudge（ヌガー）と同じように、「いんちき、大ぼら、詐欺師、ぺてん師」の意味もあります。

単語	解説
Puking Pastilles ゲーゲー・トローチ	Skiving Snackbox（「ずる休みスナックボックス」→「魔法の小道具」参照）にある菓子のひとつ。pukeは「吐く」という意味の俗語で、pastilleはいいにおいのする薬用ドロップのこと。
Pumpkin Pasty かぼちゃパイ	pasty（パスティー）は、イギリスのパブで、つまみとしてよく出される、ひき肉とポテトを分厚い生地で包んで1人用に小型に焼いたパイのこと 。材料費がかからず、お腹も十分満たしてくれるので、もともとは農作業の休憩時につまんで食べるスナックでした。かぼちゃのpastyは実際にはありませんが、ハロウィーンをイメージさせるかぼちゃをわざと使ったのでしょう。
Rock Cake ロックケーキ	干しぶどうをふんだんに使った、名前のとおり固いごつごつしたケーキで、実際にあるものです。どんなケーキでも、日にちがたてば干からびて固くなりますね。そうすると、Rock Cake（岩のようなケーキ）と、ネガティブな意味で呼ばれてしまいます。そんな二重の意味合いを含んでいるのかもしれません。Rock Cakeは、悪ガキたちが食堂でくりひろげるfood fights（食べ物の投げ合い）には、効き目ばつぐんの弾丸に早変わりします。
Stoat Sandwich イタチ・サンドイッチ	イギリス少年のグロテスク趣味を食べ物で表現した一例です。stoat（イタチ）の肉が入ったサンドイッチ。
Sugar Quill 砂糖羽根ペン	実在のお菓子ではありませんが、sugar（砂糖）とquill（羽根ペン）というふたつの語の組み合わせは、とても想像力を刺激します。お菓子の名にsugarが用いられると、紅茶やコーヒーに入れる砂糖とはまったく別の、何かとても繊細で美しい飴細工のようなイメージ。それがquillという語と組み合わされて、ますます繊細なイメージがふくらみます。 第6巻にはDeluxe Sugar Quillも登場します。ハーマイオニーが ‘...those would last for hours!’（これって何時間も持つわよ！）と言っていることから、溶けてなくなるまで長い時間なめて楽しめるお菓子のようです。

単語	解説
Ton-Tongue Toffee ベロベロ飴 （トンタントフィー）	Engorgement Charm（肥らせ魔法）がかけられているため、この飴を食べた人の舌は紫色にふくれ、あっというまに1メートル以上もの長さに延びてしまいます。自分で食べるために買う飴ではありません。Ton-Tongue Toffeeと3つの単語とTで始まってテンポがよく、Tongue のgの音は発音されないので、Ton-Tongueは「トンタン」と聞こえます。
Treacle Tart **Treacle Fudge** 糖蜜パイ／糖蜜ヌガー **molasses**	砂糖の精製過程でとれる黒いtreacle（糖蜜）は、気分が悪くなるほど強烈な甘さの、ねばねばした実在のシロップで、アメリカではmolassesとよばれています。誕生日などのパーティに出すケーキや砂糖菓子に使われ、有無を言わせぬ甘さで子どもたちを喜ばせますが、大人たちは、なんとか食べないですませようとします。
Trifle トライフル	実在のデザート菓子で子どもたちの大好物。それは子どもたちの好きな種類の甘いものがみんなはいっているからです。trifleの語頭のtri-は、triangle(三角形)のように､3つを意味する接頭語。trifle は三段重ねが決まりです。いちばん下は、フルーツのはいったゼリー（カステラのこともあります)、まんなかは、冷めたいカスタードケーキ、そしていちばん上はホイップクリームが一般的。トッピングに、hundreds-and-thousandsというカラフルなあられ砂糖を大量にかけます。

Did you know? 知らなくてもいいけど豆知識

巨人ゴグ・マゴグ

英国の最も有名な巨人、ゴグGog・マゴグMagogの彫像が15世紀に、ロンドンのGuildhallロンドン市庁舎に立てられましたが、それ以来2回にわたって破壊損傷を受け、つくりなおされました。1回めは1666年にロンドンの大火事のあとで、2回目は第二次世界大戦中に空襲を受けたあとです。

INDEX

ここにある語句のリストは、見出し語、特に説明を加えた語、「それぞれのキャラクターのしゃべり方」でリストにして示した語を、アルファベット順に並べています。興味のある語句を調べるのに使うのもよし、覚えたかどうかのチェックリストに使うのもよし、さまざまに工夫してご活用ください。

abracadabra 268
abruptly 134
Accio 267
Acid Pop 280
Acromantula 246
Adalbert Waffling 210
advised 122
Aggripa 211
agreed 127
Aguamenti 267
airily 127, 137
airport 224
Alastor 'Mad-Eye' Moody 142, 205
Alberic Grunnion 212
Albus Dumbledore 60, 130, 197
alley 19
alley cat 232
Alohomora 267
Anapneo 267
Ancient Runes 184, 190
angrily 122
Animagus 246
Antipodean Opaleye 250
any idea 36
any ideas 36
Aparecium 267
Apothecary 233
Apparate / Apparition 267
appreciatively 143, 151
approvingly 140
Arabella Figg 71, 148
Arachne 196
Aragog 196, 246
Argus Filch 199
Arithmancy 184, 190
arsenious 202
Arsenius Jigger 202
as 49
asked 148
assured 125
Astronomy 184, 190
Avada Kedavra 268
avian 268
Avis 268
Axminster 217
backfire 268
Backfiring Jinx 268
banquet 190
barked 129, 131, 136
baron 190
Barty Crouch Senior 144
basement 181
Basilisk 246
bathroom 242
baton 221
be done for 37
beak 196
beamed 141, 147
beast 190
Beauxbatons Academy 165, 231
Bertie Bott's Every-Flavour Beans 280
bet 27
bewitch 16, 263
bezoar 217
Billywig 247
blackboard 190
blankly 125
blast 247
Blast-Ended Skrewt 247
blazer 190
blimey 25
Blood Blisterpod 280
Blood-Flavoured Lollipops 280
blot 233

Bludger 188, 190, 217
bluntly 147
blurted 124
Boggart 247
book 190
boomed 129, 145, 147
Borgin and Burkes 233
bottom 203
bound 21, 30
Bowtruckle 247
brass 190
break off 39
breathed 144, 148
breathlessly 145
breezily 145
brightly 126, 128, 145, 148, 151
briskly 127, 143
broomshed 190
broomstick 190
Brownie 255
Bubotuber 217
buck 196
Buckbeak 196
bumble 197
Butterbeer 281
calmly 130, 142, 143
Canary Creams 281
candelabra 190
Care of Magical Creatures 184, 190
Careers Advice 184, 190
carelessly 134
caretaker 190
Cassandra Vablatsky 209
castle 190
casually 124, 140
Caterwauling Charm 268
cats 78
cauldron 190, 217, 281
Cauldron Cakes 281
Cauldrons 233
Centaur 248
Cerberus 248
chalk 190
chamber 190, 231
Chamber of Secrets 231
changing room 190
charm 16, 190, 263
Charms 184
Chaser 188, 190
cheerfully 128, 129, 130, 142
Chimaera 248
Chinese Fireball 250
Chocoballs 282
Chocolate Cauldrons 282
Chocolate Frog 282
chocolate liqueur 283
choked 138, 139, 149
chortled 122, 147
Christmas Crackers 228
chuckle 23
Circe 211
clearly 146
club 221
clutch 22
Cockroach Cluster 283
Coconut Ice 283
coldly 122, 131, 132, 140, 143, 144
Colloportus 268
comfortably 146
commanded 136
common room 190
Common Welsh Green 250
Confringo 269
Confundus Charm 269
confuse 269
Conjunctivitis Curse 269
conversationally 151
coolly 133, 134, 140, 142
copper 190
Cornelius Fudge 68, 137, 200
Cornish Pixies 248
corny 200
corridor 190
cosily 147
courtyard 190
Crabbe & Goyle 69
crabby 197
cried 123, 137, 142, 143, 145, 149, 150
crisply 131
croaked 133, 136
Crookshanks 78
crossly 124
crown 235
Crucio 269
Crumpet 283
Crup 248
cupboard 25
curse 17, 190, 264
curtly 144
Dark Arts 190

Dark Detector 218
darkly 124, 129
Dear me! 35
Death Eater 249
decisively 151
Decoy Detonator 218
Defense Against the Dark Arts 185, 190
delete 269
Deletrius 269
delicately 141
delightedly 126
Deluminator 224
demanded 127, 135, 137, 147
Dementor 249
Demiguise 249
Densaugeo 269
deputy 190
Dervish & Banges 239
desire 222
desperately 124
detention 190
Diagon Alley 176, 232
diagonally 232
differentiate 269
Diffindo 269
diffuse 269
Disapparate 267
Disillusionment Charm 270
Dissendium 270
Divination 185, 190
Dobby 70, 139, 170, 255
dogs 79
Dolores Jane Umbridge 73, 146, 209
doorknob 190
dormitory 24, 190
Doxy 249
Doxycide 218
Draco Malfoy 65, 134, 204
draft 191
Dragon 250
dramatically 141
drawled 134
dreamily 130, 148
drily 144
drive 18
Droobles Best Blowing Gum 283
Druidess Cliodna 211
Dudley Dursley 66, 135, 197
Dungbombs 218
dungeon 181, 191
dunno 29
Durmstrang Institute 168, 236
eagerly 122, 125, 126, 127, 146
earnestly 139, 150
Easter Egg 282
Eeylops Owl Emporium 233
Emeric Switch 208
enchantment 17, 191, 264
end of term 191
Enervate 270
Engorgio 270
enthusiastically 151
entrance hall 191
enviously 125
equipment 191
Ernie Prang 161, 206
Erumpent 251
Evanesco 270
evasively 150
exam 191
excitedly 123, 146
Expecto Patronum 270
expel 191
expel arms 271
Expelliarmus 271
explained 127
Exploding Bonbon 283
Fainting Fancies 284
faintly 131
faltered 131
farthing 235
fat lady 191
Fawkes 198
feast 191
feedback 221
Felix Felicis 219
Fenoderee 255
fidelity 271
Fidelius 271
Fiendfyre 251
fiercely 128
Finite Incantatem 271
fireplace 191
firmly 122, 130, 143
Fizzing Whizzbees 284
Flagrate 271
flatly 137
Fleur Delacour 197
Flobberworm 251
Floo Powder 219

Florean Fortescue's Ice-Cream Parlour 234
flourish 233
Flourish and Blotts 233
Fluffy 199, 248
Flying 186
Fobidden Forest 191, 237
Foe-Glass 219
fondly 125
for ages 38
forcefully 136
Forest of Dean 237
four-poster bed 191
frantically 137
Fred & George 126
friar 191
Fudge Flies 284
fungi 191
furiously 122, 125, 145, 149, 150
gabbled 149
gallery 191
Gambol and Japes Wizarding Joke shop 234
gargoyle 201
gasped 122, 123, 137, 138, 139, 144
Geminio 271
genially 147
gently 130
ghost 191
Ghoul 251
Giant 252
Giant Squid 252
Gigantes 252
giggle 23
gild 202
Gilderoy Lockhart 141, 202
Ginny Weasly 58, 128
gleefully 150
Glisseo 271
Gnome 252, 256
gnomes in one's garden 252
goalpost 189, 191
goblet 191
Goblet of Fire 219
Goblin 253
Gobstones 220
Godric's Hollow 237
Gog 252, 288
Golden Snitch 189, 191, 220
grab 22
graciously 141
grandfather clock 191
Granger Movement 201
grasp 22
grate 191
Great Hall 180, 191
greenhouse 191
Gregory Goyle 201
Griffin / Griffon 253
grimly 129, 143
Grindylow 254
Gringotts Wizarding Bank 234
grinned 127
grip 22
groaned 139
ground 191
growled 129, 133, 136, 143
grudgingly 131, 147
gruffly 129, 147
grumbled 124
grumpily 125
grunted 129, 147, 149
Gryffindor (House) 182, 238
guinea 235
Guy Fawkes 198
happily 123, 127, 146, 147, 148
Harry Potter 55, 122
harshly 134
head boy 179, 191
Head Girl 179
headmaster 179, 191
headmistress 191
heavily 130
Hebridean Black 250
Hedwig 201
Hengist of Woodcroft 212
herb 191
Herbology 185, 191
Hermes 201
Hermione Granger 56, 123, 201
hex 17, 191, 264
High Inquisitor 191
Hinkypunk 254
Hippogriff 254
hissed 131, 132, 133, 136
History of Magic 185, 191
hoarsely 134, 139
Hogsmeade 238
Hogwarts Express 176, 191
holiday 191
hollow 237
Holy Grail 219

Homenum Revelio 271
homework 191
Honeydukes 239
hoop 189, 191
hopefully 123, 125
Horace Slughorn 74, 147, 207
Horcrux 220
hospital wing 191
house 191
House Championship 191
house cup 191
house point 191
house-elf 255
House-Elves 170
How dare you! 35
howl 220
howled 135
Howler 191, 220
huffily 128
Hufflepuff (House) 183, 240
humbug 286
Hungarian Horntail 250
hysterically 149
Ice Mice 284
icily 132
idly 141
Idylls of the King 212
impatiently 124, 131, 141, 149
impede 272
Impedimenta 272
Imperio 272
Imperturbable Charm 272
impervious 272
Impervius 272
Inanimatus Conjurus Charm 272
incantation 17, 191, 264
Incarcerous 272
Incendio 272
indignantly 126, 145, 149
ingot 234
inn 240
interrupted 130, 134
Invisibility Cloak 221
irritably 131
James Potter 246
Jelly Slug 285
Jenny Greenteeth 254
jerkily 144
jinx 17, 191, 264
joke shop 234
jump 20
jumper 24
Keeper 188, 192
kelpie 255
kindly 124, 125
King's Cross Staion, Platform Nine and Three-Quarters 241
Kingdom of Kent 212
kitchen 192
Knarl 255
Kneazle 256
Knickerbocker Glory 285
knickerbockers 285
Knockturn Alley 232
Kreacher 73, 150, 202
lake 192
Langlock 272
laugh 23
laughed 137
lavatory 242
lazily 133, 140
Leaky Cauldron 241
leap 21
Legilimens 273
Leprechaun 256
Lestrange 202
Levicorpus 273
Liberacorpus 273
librarian 192
library 192
like 47
lines 192
Liquorice Wand 285
Locomotor 273
Locomotor Mortis 273
lollipop woman 281
loudly 127, 129, 135, 137, 141
love 32
lovely 33
lover 33
Lucius Malfoy 139, 204
Ludo Bagman 145
Ludovic Bagman 196
Lumos 274
Luna Lovegood 75, 148, 203
Madam 26
Madam Malkins Robes For All Occasions 235
Madam Olympe Maxime 205
Madam Pince 206
Madam Puddifoot's 239

magic 192
Magic Wand 221
Magical Menagerie 235
magnolia 242
Magog 252, 288
manage 28
Mansfiled Park 205
Manticore 256
Marauder's Map 221
marble staircase 192
Marge 198
Marvolo 200
master 192
mer- 257
Merlin 212
Merope 200
Merpeople 257
merrily 143
Metamorphmagus 257
Meteologinx recant 274
Minerva McGonagall 61, 131, 246
Ministry of Magic 241
Mirror of Erised 222
miserably 124, 139
Miss 26
moaned 124, 135, 144
Moaning Myrtle's Toilet 242
molasses 288
Monkshood 222
Morfin 200
Morgan le Fay 213
Morgana 213
Morsmordre 274
Mr Weasley 126
Mrs 26
Mrs Norris 78, 205
Mrs Weasley 125
Mudblood 192
Muffliato 274
Muggle 192
Muggle Studies 185, 192
mulled beer 286
Mulled Mead 286
mulled wine 286
mumbled 128, 136, 149
Mundungus Fletcher 72, 149, 165, 199
murmured 122, 130, 140
Murtlap 257
musingly 151
mutinously 145
muttered 124, 127, 136, 138, 140, 141, 142, 143, 147, 149, 150
mysteriously 129
N.E.W.T. (Nastily Exhausting Wizarding Test) 192
naga 205
Nagini 205
name tag 192
Narcissa 204
nastily 136
Nellie Long-Arms 254
Neville Longbottom 203
Nicolas Flamel 211
Niffler 257
nimbus 222
Nimbus 2000 222
Nogtail 257
none of your business 34
North Tower 192
Norwegian Ridgeback 250
Nosebleed Nougat 286
Nox 274
Number 4 Privet Drive 242
nut 40
nutcase 41
nuts 40
nutter 41
nutty 40
Nymphadora Tonks 76, 150, 208
O.W.L. (Ordinary Wizarding Level) 192
Obliteration Charm 274
Obliviate 274
oblivion 274
observed 127
Oedipus 259
Off you go 37
Ollivanders 235
Omnioculars 223
ordered 135
out-of-bounds 192
owl 192
owlery 192
owls 80
Padfoot 196
panel 192
panted 126
Paracelsus 213
parallel 232
parchment 181, 192
passageway 192
password 192

paternally 141
patiently 130
Peeves 206
Peg o'Nell 254
pence 235
penny for the Guy 199
Pensieve 223
pensive 223
Pepper Imps 286
Peppermint Toad 286
Percy 127
Perenelle Flamel 211
Peruvian Vipertooth 250
Peskipiksi Pestemomi 275
Peter Pettigrew 246
Petrificus Totalus 274
Petunia Dursley 67, 136, 197
pewter 192
phial 192
Philosopher's Stone 223
Phoenix 258
pince-nez 206
pitch 189, 192
pleasantly 142
pointedly 138
poltergeist 192
pompously 128
Porlock 258
port 224
Portkey 224
portrait 192
Portus 275
Post Office 239
potion 192
Potions 185
pound 235
prefect 192
prefect's badge 192
Prior Incantato 275
privet 242
professor 192
Professor Quirrell 140
Professor Sprout 208
prohibited 237
prompted 142
promptly 137
Protean Charm 275
Protego 275
proudly 148
Ptolemy 214
pub 240
puffed 145
Puffskein 258
Puking Pastilles 287
Pumpkin Pasty 287
Put-Outer 224
Quaffle 188, 192, 224
Quality Quidditch Supplies 236
Quick-Quotes Quill 225
Quidditch 186, 187, 192
quietly 123, 127, 128, 130, 133, 134, 138, 143, 150
Quietus 275
quill 182, 192
rats 80
raven 183
Ravenclaw (House) 183, 242
reasonably 125
Rebeus Hagrid 59, 129, 153
reckon 29
recycle shop 235
Red Cap 258
Reducio 275
remember 225
Remembrall 225
Remus 203
Remus Lupin 142, 203
Reparo 275
Repello Muggletum 276
restricted section 192
retorted 134, 143
reverently 139
rictus 276
Rictusempra 276
Riddikulus 276
riddle 206
rigor mortis 273
Rita Skeeter 143, 207, 246
road 18
roared 126, 129, 133, 134, 136, 143
robe 192
Rock Cakes 287
Romanian Longhorn 250
Romulus 203
Ron Weasley 57, 124
ruefully 129
rules 178
rumbled 130
Runes 225
Salamander 258
sang 146

Scabbers 206
scabby 206
scales 192
school report 192
scope 226
Scourgify 276
screamed 123, 133, 141, 150
screeched 133, 137
Scrivenshaft's Quill Shop 240
Sectumsempra 276
Seeker 188, 192
serenely 148
seriously 127, 134
Serpensortia 276
Severus Snape 62, 132, 207
sharply 125, 131, 137, 140, 144
shilling 235
shortly 131, 136, 140
shouted 123, 125, 126, 128, 136, 140, 141, 142, 143, 144, 147
shrewdly 142
shrieked 133, 137, 138, 140, 145, 149
Shrieking Shack 240
shrilly 124, 138, 146
shunpike 207
Sibyll Trelawney 208
Side-Along-Apparition 268
sieve 223
sighed 124, 125, 126, 130
Silencio 276
silkily 132
silver 192
simpered 146
Sirius Black 64, 133, 196, 246
Skele-Gro 225
Skiving Snackboxes 226
sleekly 146
sleepily 149
slowly 134, 142
slyly 128
Slytherin (House) 182, 242
smiled 137
smirked 134
smoothly 135, 140, 146
smugly 135
snakes 81
snapped 123, 125, 127, 132, 134, 136, 137, 139, 144
snarled 123, 132, 133, 136, 137
sneak 226
Sneakoscope 226
sneered 133, 134, 135, 136, 139
so 51
sobbed 128, 129, 145
softly 130, 132, 133, 143, 147
solemnly 148
Sonorous 277
soothingly 141
sorcerer 213
Sorting Hat 192, 226
spat 132, 139
spectator 192
spell 16, 192, 263
Spellotape 227
Sphinx 259
Sphinx of Thebes 259
Spinner's End 243
spiral staircase 192
Splinched 267
spluttered 127, 141
spring 21
squeaked 123, 138, 139, 145
squealed 123, 138, 145
St George 277
stadium 189, 192
staircase 192
stammered 140
Stan Shunpike 161, 207
stand 27
stated 146
statue 193
Stealth Sensoring Spell 277
sternly 128
stick 221
stiffly 137
Stoat Sandwich 287
stool 193
storm and stress 236
stormed 131
street 18
student 193
Stupefy 277
stupidly 135
Sugar Quill 287
suggested 122, 123, 124
suit of armour 193
Swedish Short-Snout 250
sweetly 147
symbol 176
tapestry 193
Tarantallegra 277

taunted 134
teacher 193
term 193
testily 138
The Burrow 210, 231
The Dursleys 197
The Fat Lady 198
The Gaunts 200
The Great Hall 238
The Hanged Man 238
The Hog's Head 239
the 'house' system 177
The Junk Shop 235
The Knight Bus 221, 241
The Lovegoods 203
The Malfoys 204
the philosopher's stone 211
the point system 178
the prefect system 179
The Quibbler 224
The Weasley's 210
Theosophical Society 209
Thestral 259
thickly 128
think 29
thinking cap 227
thoughtfully 123, 128, 142
Three Broomsticks 240
thundered 129
timetable 193
Time-Turner 227
Tom Marvolo Riddle 206
Ton-Tongue Toffee 288
tower 193
Transfiguration 186, 193
trapdoor 193
Treacle Fudge 288
Treacle Tart 288
Trifle 288
trilled 146
Triwizard Tournament 193
Troll 259, 261
trophy room 193
tunnel 193
turn time 227
turnpike 207
turret 193
Ukrainian Ironbelly 251
uncomfortably 138
ungraciously 147
unicorn 260
U-NO-POO 227
until the fat lady sings 198
urged 122
urgently 123
valley 237
Veela 260
vehemently 135
Veritaserum 228
Vernon Dursley 67, 135, 197
viciously 136
Viktor Krum 168, 202
Vincent Crabbe 197
Voldemort 63, 132. 209
wailed 123, 139, 145, 150
wand 193
warlock 193
warmly 141
washroom 242
weakly 141, 149
wearily 126, 138
weasel 210, 231
wept 128
What's going on? 37
What's on earth...? 38
wheedled 123
wheezed 150
whimpered 145
whined 135, 138
whispered 127, 128, 130, 133, 139, 145, 148
Who cares? 37
whomp 228
Whomping Willow 193, 228
Wingardium Leviosa 277
Winky 144, 170
witch 17, 193
witchcraft 17, 193
wizard 17, 193
Wizarding Crackers 228
wizardry 17, 193
Wizengamot 243
Wormtail 138, 246
Wrackspurt 260
Xenophilius 203
yawned 126
yelled 124, 127, 129, 135, 136, 142, 149
You had better 35
Zonko's Joke Shop 240

「ハリー・ポッター」Vol.1～7の語彙徹底分析

長沼君主（東海大学教授）

シリーズ1巻から7巻で総語数100万語超え！

「ハリー・ポッター」シリーズは巻が進むにつれて、話の厚みとともに本の厚みも増していき、最終的には累計100万語を超える長さとなりました。以下に示した表は巻末の各巻の分析資料から抜粋をしたものですが、5巻が最も厚く、総語数は25万語を超えています。最初の1巻と2巻は7～8万語程度であったことを考えると、実に3倍近くのボリュームです。単語の種類を表す異なり語数を見ても、1巻が4,000語以下であるのに対して、5巻は8,000語と倍増しています。もちろんすべてが新しい語ではなく、巻をまたいで出現する語も多いため、比較的短い1巻や2巻のうちに「ハリー・ポッター」の世界の語彙に慣れておけば、後は話の運びに乗って読み進めていけるでしょう。

	会話比率						基本語彙比率					
	type			token			type			token		
	all	nrt	cnv	all	nrt	cnv	JHS	HS	J/HS	JHS	HS	J/HS
Vol. 1	3874	3340	2038	77618	52182	25419	466	682	1148	53115	9907	63022
%	–	86.2	52.6	–	67.2	32.7	12.0	17.6	29.6	68.4	12.8	81.2
Vol. 2	4561	3806	2388	84993	55077	29916	467	720	1187	55567	11256	66823
%	–	83.4	52.4	–	64.8	35.2	10.2	15.8	26.0	65.4	13.2	78.6
Vol. 3	5181	4502	2630	107583	74085	33581	448	740	1188	68855	13682	82537
%	–	86.9	50.8	–	68.9	31.2	8.6	14.3	22.9	64.0	12.7	76.7
Vol. 4	6985	5888	3765	191694	129105	62214	464	816	1280	123503	24337	147840
%	–	84.3	53.9	–	67.3	32.5	6.6	11.7	18.3	64.4	12.7	77.1
Vol. 5	8114	6868	4346	258220	170070	88150	482	820	1302	169726	32970	202696
%	–	84.6	53.6	–	65.9	34.1	5.9	10.1	16.0	65.7	12.8	78.5
Vol. 6	7053	5676	4066	169907	98559	71348	470	794	1264	112349	21736	134085
%	–	80.5	57.6	–	58.0	42.0	6.7	11.3	17.9	66.1	12.8	78.9
Vol. 7	7460	6298	3863	199625	127691	71934	482	789	1271	131225	24508	155733
%	–	84.4	51.8	–	64.0	36.0	6.5	10.6	17.0	65.7	12.3	78.0

type:異なり語数（語の種類の数）／token：総語数（述べ出現回数）
nrt[narration]：地の文／cnv[conversation]：会話文
JHS：中学レベルの語彙約500語／HS：高1レベルの語彙約1,000語
＊異なり語数や総語数は、数字や間投詞のたぐい、また、途中で言いかけてやめたりなどの語を形成していないゴミを省いたものをカウント

話の重みが増していく際に難しさを感じるのが地の文の割合でしょうか。シリーズを通して会話文の比率は概ね3分の1程度で共通しています。6巻がやや多く4割を超えていますが、全体の物語も後半となり、長い語りも含まれるのでテンポよく短い会話が続くばかりではないことには注意が必要です。章によって会話文と地の文の比率は大きく異なるため、気になる人は巻末の表をチェックして、地の文の多い章にはじっくりと取り組んで、会話主体の章での気軽な会話を待つなど、メリハリを付けながら読んでいくこともおすすめです。

基本語彙約1,500語の比率は8割程度

少し古いデータとなりますが、中学校レベルの語彙約500語[1)]と高校1年生レベルの語彙約1,000語[2)]を基本語彙として分析をした基本語彙比率を左の表で見てみます。巻によって比率は前後しますが、中学レベルの語彙で65%程度、高1レベルの語彙と合わせると8割弱くらいの語は基本語彙で読める計算となります。実際には魔法の人名や地名のほか、世界独自の言葉なども含めた固有名詞も7%程度は含まれますので、概算ですが85%程度は知っている語である可能性が高いです。

現行の学習指導要領には語彙リストは掲載されていませんが、中学年の外国語活動も含めて小学校で扱う語が600～700語程度、中学校で1,600～1,800語程度の新語、高校でさらに400～600語程度の新語を扱うことが目安として示されています。小学校では定着を前提とした学びではなく、体験的な学びが重視されていますが、中学校までに2,000語以上の語彙に触れてきていることとなります。その中には特定の課でしか出てこない語彙もあると思いますが、高校でさらに繰り返し語彙を活用する中で、1,500語程度の基本語彙には十分に親しんでいることが期待できるでしょうか。

ちなみに地の文と会話文のそれぞれでの基本語彙の比率を各巻で調べてみると、地の文では75%程度、会話文では85%程度が基本語彙で構成されていました。予想通りかと思いますが、会話文のほうが基本語彙の占める割合が10%ほど高く、読みやすいことがわかります。中学校レベルの500語だけでも、地の文で60%以上、会話文では70%以上がわかることになります。会話文であれば、固有名詞も合わせると75%以上が理解しやすい語彙から成っていると言えるでしょう。

CEFR-Jの語彙リストから見てみると・・・

中高での到達目標としては、国際基準であるCEFR（ヨーロッパ言語共通参照枠）のA1-A2レベルを中学校で、A2-B1レベルを高校で到達することが現在期待されています。日本の教育文脈に当てはめてCEFRの枠組みを適応させたCEFR-Jでは、コーパス分析に基づいた語彙リストを公開しており[3]、各レベルの学校教育での相当レベルの基準[4]が示されています。それぞれのレベルでの見出し語数（カッコ内が品詞別語数で、見出し語数は参考値）を見てみると、A1レベルは小学校～中学1年程度で1,068（1,166）語、A2レベルは中学2年～高校1年程度で1,352（1,411）語、B1レベルは高校2年～大学受験レベルで2,353（2,445）語、B2レベルは大学受験～大学教養レベルで2,692（2,779）語、A1～B2レベルの合計で6,868（7,801）語があがっています。

基礎的使用者のレベルであるA1レベルは中1までで1,000語程度、高1までのA2レベルと合わせると2,400語程度が見出し語として含まれており、自立的使用者の入り口であるB1レベルと社会で求められる英語力であるB2レベルを合わせると7,000語弱の見出し語から構成されています。なお、CEFR-Jの語彙リストは、東アジア（中国・台湾・韓国）の小中高の教科書のコーパス分析をもとに、該当するCEFRレベルの教科書で扱われている共通語彙を分析し、さらに、ケンブリッジ英検の産出データに基づく学習者コーパスを分析して開発されたCEFR本体の語彙リスト（English Vocabulary Profile）との差分を取り込んだものであり、上記基本語彙で扱ったリストより新しい動向を踏まえた国際基準の語彙リスト

		CEFR-J語彙比率（出現語数）				CEFR-J語彙比率（累積語数）				
		A1	A2	B1	B2	A1	A2	B1	B2	ALL
Vol. 1		57966	6002	3175	1537	57966	63968	67143	68680	77618
	%	74.7	7.7	4.1	2.0	74.7	82.4	86.5	88.5	–
Vol. 2		60864	6777	4261	2247	60864	67641	71902	74149	84993
	%	71.6	8.0	5.0	2.6	71.6	79.6	84.6	87.2	–
Vol. 3		76544	8714	5361	2780	76544	85258	90619	93399	107583
	%	71.1	8.1	5.0	2.6	71.1	79.2	84.2	86.8	–
Vol. 4		136963	15761	9571	5162	136963	152724	162295	167457	191694
	%	71.4	8.2	5.0	2.7	71.4	79.7	84.7	87.4	–
Vol. 5		184500	21374	12757	6891	184500	205874	218631	225522	258220
	%	71.5	8.3	4.9	2.7	71.5	79.7	84.7	87.3	–
Vol. 6		122004	14313	8303	4407	122004	136317	144620	149027	169907
	%	71.8	8.4	4.9	2.6	71.8	80.2	85.1	87.7	–
Vol. 7		141079	17145	10012	5108	141079	158224	168236	173344	199625
	%	70.7	8.6	5.0	2.6	70.7	79.3	84.3	86.8	–

となっています。

CRFR-Jの語彙リストは品詞ごとに異なるレベルが割り当てられている点が特徴となりますが、便宜的に見出し語を用い、初出のレベルで分析をした各巻の出現語数（総語数）と累積語数およびその割合を左ページ下に示します。

CEFR-Jの語彙リストと照らし合わせて見ると、各巻を通して概ね、A1レベルの約1,000語で70%以上の語彙をカバーしていることがわかります。A2レベルまで含めると80%前後となり、高1程度までの語彙でのカバー率に、先の基本語彙比率と大きな変化はありません。それ以降のレベルでは緩やかにカバー率があがり、B1レベルで85%前後、B2レベルでも90%弱に留まっています。ここまでくると固有名詞等を含めて95%程度がわかる計算となり、20語に1語程度は未知語として推測可能だとすると、ようやく辞書なしでも概ね読めるレベルとなります。

このことは逆説的にいかに基本語彙の効率がよいかを示しています。まずは無理せずにわかる範囲の語彙で楽しみながら推測しつつ読むのもよいでしょう。あまり辞書に頼りすぎると､物語の流れが中断してしまい、「ハリー・ポッター」の世界に浸ることが難しくなってしまうおそれがあります。知らない語は何度目かに出会って気になってきた時に調べるくらいでもよいかもしれません。

最初の1周目は勢いでストーリーを追いながら、2周目でゆっくりと細かなニュアンスなどにもこだわりながら味わって読むなどもよいでしょう。基本的な語彙の文脈の中での生きた使い方に様々に触れながら、自然と意識せずに新しい語彙と出会って理解できるようになるのが理想です。ぜひ100万語の多読だけでなく、2周目、3周目と200万語、300万語の多読に楽しみながら挑んでみてください。

脚注
1）中学校学習指導要領平成3年版別表必修語彙リスト
2）平成12年度版の英語Ⅰ教科書48社に基づいた語彙リスト（杉浦リスト）を基に頻度上位の語彙から中学必修語彙や不規則変化形を除いたリスト
3）『CEFR-J Wordlist Version 1.6』東京外国語大学投野由紀夫研究室.（URL: http://www.cefr-j.org/download.html#cefrj_wordlist より2024年5月ダウンロード）
4）日本の学校教育での相当レベルであり、現行の学習指導要領にあわせて2019年3月に改定された基準

〈分析表1〉会話の比率

Vol.1 全体と各章における会話文（及び地の文）の占める比率

表の縦の列は全体と1章から17章までを表します。othersは分析不可能だったもの、frqは「出現回数」です。横の欄のtypeは「異なり語数<語の種類>」、tokenは「総語数」、その下のnrt（narration）の下の数字は「地の文の総語数」、cnv（conversation）の下は会話文の総語数です。

Each Chapter		type			token			type/token		
		all	nrt	cnv	all	nrt	cnv	all	nrt	cnv
All	frq	3874	3340	2039	77618	52182	25419	5.0	6.4	8.0
without others	%	-	86.2	52.6	-	67.2	32.7	20.0	15.6	12.5
Ch01	frq	950	786	392	4618	3322	1296	20.6	23.7	30.2
	%		82.7	41.3		71.9	28.1	4.9	4.2	3.3
Ch02	frq	796	742	185	3435	3049	386	23.2	24.3	47.9
	%		93.2	23.2		88.8	11.2	4.3	4.1	2.1
Ch03	frq	902	834	227	3848	3307	541	23.4	25.2	42.0
	%		92.5	25.2		85.9	14.1	4.3	4.0	2.4
Ch04	frq	861	657	415	3692	2193	1499	23.3	30.0	27.7
	%		76.3	48.2		59.4	40.6	4.3	3.3	3.6
Ch05	frq	1266	992	611	6593	4121	2472	19.2	24.1	24.7
	%		78.4	48.3		62.5	37.5	5.2	4.2	4.0
Ch06	frq	1075	872	541	6308	3974	2334	17.0	21.9	23.2
	%		81.1	50.3		63.0	37.0	5.9	4.6	4.3
Ch07	frq	1014	811	454	4473	3261	1212	22.7	24.9	37.5
	%		80.0	44.8		72.9	27.1	4.4	4.0	2.7
Ch08	frq	833	738	266	3059	2504	555	27.2	29.5	47.9
	%		88.6	31.9		81.9	18.1	3.7	3.4	2.1
Ch09	frq	1015	855	437	4905	3395	1510	20.7	25.2	28.9
	%		84.2	43.1		69.2	30.8	4.8	4.0	3.5
Ch10	frq	956	818	365	4285	3171	1114	22.3	25.8	32.8
	%		85.6	38.2		74.0	26.0	4.5	3.9	3.1
Ch11	frq	820	669	358	3325	2293	1032	24.7	29.2	34.7
	%		81.6	43.7		69.0	31.0	4.1	3.4	2.9
Ch12	frq	1100	981	391	5500	4127	1373	20.0	23.8	28.5
	%		89.2	35.5		75.0	25.0	5.0	4.2	3.5
Ch13	frq	786	650	347	3199	2179	1020	24.6	29.8	34.0
	%		82.7	44.1		68.1	31.9	4.1	3.4	2.9
Ch14	frq	813	613	421	3465	2109	1356	23.5	29.1	31.0
	%		75.4	51.8		60.9	39.1	4.3	3.4	3.2
Ch15	frq	987	736	518	5108	2917	2191	19.3	25.2	23.6
	%		74.6	52.5		57.1	42.9	5.2	4.0	4.2
Ch16	frq	1130	905	560	6440	3803	2637	17.5	23.8	21.2
	%		80.1	49.6		59.1	40.9	5.7	4.2	4.7
Ch17	frq	998	669	627	5365	2462	2903	18.6	27.2	21.6
	%		67.0	62.8		45.9	54.1	5.4	3.7	4.6

type/tokenは厳密には、タイプ/トークン比（type/token ratio）と書かれるべきものであり、異なり語数を総語数で割ったものです。上段に示したのは、それに100をかけて%表記としたもの。この値は語彙の密度を表すことになり、値が低いほど繰り返しが多く、逆に値が高いほど、種類の多い、繰り返しの高いテキストであると言えます。

〈分析表2〉基本語彙の比率

Vol.1 全体と各章の高校1年生までのレベルの語彙の占める比率

表の縦の列は全体と1章から17章までを表します。横の蘭のJHSはJunior High Schoolの省略で、中学レベルで習う単語「中学校学習指導要領」平成3年度版別表の必修語彙リスト、HSはHigh Schoolを省略したもので、英語Ⅰの教科書48社分のテキストをデータベース化して作成された既存の語彙リスト[杉浦リスト]です。J/HSはJHSとHSから作成した基本語彙のリストです。

Each Chapter		type				token				type/token		
		all	JHS	HS	J/HS	all	JHS	HS	J/HS	JHS	HS	J/HS
All	frq	3874	466	682	1148	77618	53115	9907	63022	0.9	6.9	1.8
without others	%	-	12.0	17.6	29.6	-	68.4	12.8	81.2	114.0	14.5	54.9
Ch01	frq	950	312	254	566	4618	3222	688	3910	9.7	36.9	14.5
	%		32.8	26.7	59.5		69.8	14.9	84.7	10.3	2.7	6.9
Ch02	frq	796	293	222	515	3435	2431	430	2861	12.1	51.6	18.0
	%		36.8	27.9	64.7		70.8	12.5	83.3	8.3	1.9	5.6
Ch03	frq	902	306	236	542	3848	2708	460	3168	11.3	51.3	17.1
	%		33.9	26.2	60.1		70.4	12.0	82.4	8.8	1.9	5.8
Ch04	frq	861	278	212	490	3692	2484	426	2910	11.2	49.8	16.8
	%		32.3	24.6	56.9		67.3	11.5	78.8	8.9	2.0	5.9
Ch05	frq	1266	344	311	655	6593	4245	836	5081	8.1	37.2	12.9
	%		27.2	24.6	51.8		64.4	12.7	77.1	12.3	2.7	7.8
Ch06	frq	1075	339	276	615	6308	4495	704	5199	7.5	39.2	11.8
	%		31.5	25.7	57.2		71.3	11.2	82.5	13.3	2.6	8.5
Ch07	frq	1014	307	250	557	4473	3035	621	3656	10.1	40.3	15.2
	%		30.3	24.7	55.0		67.9	13.9	81.8	9.9	2.5	6.6
Ch08	frq	833	281	224	505	3059	2076	386	2462	13.5	58.0	20.5
	%		33.7	26.9	60.6		67.9	12.6	80.5	7.4	1.7	4.9
Ch09	frq	1015	311	281	592	4905	3320	631	3951	9.4	44.5	15.0
	%		30.6	27.7	58.3		67.7	12.9	80.6	10.7	2.2	6.7
Ch10	frq	956	305	255	560	4285	2861	575	3436	10.7	44.3	16.3
	%		31.9	26.7	58.6		66.8	13.4	80.2	9.4	2.3	6.1
Ch11	frq	820	282	217	499	3325	2163	421	2584	13.0	51.5	19.3
	%		34.4	26.5	60.9		65.1	12.7	77.8	7.7	1.9	5.2
Ch12	frq	1100	341	298	639	5500	3857	695	4552	8.8	42.9	14.0
	%		31.0	27.1	58.1		70.1	12.6	82.7	11.3	2.3	7.1
Ch13	frq	786	277	215	492	3199	2158	384	2542	12.8	56.0	19.4
	%		35.2	27.4	62.6		67.5	12.0	79.5	7.8	1.8	5.2
Ch14	frq	813	294	204	498	3465	2372	381	2753	12.4	53.5	18.1
	%		36.2	25.1	61.3		68.5	11.0	79.5	8.1	1.9	5.5
Ch15	frq	987	307	260	567	5108	3475	667	4142	8.8	39.0	13.7
	%		31.1	26.3	57.4		68.0	13.1	81.1	11.3	2.6	7.3
Ch16	frq	1130	309	299	608	6440	4457	846	5303	6.9	35.3	11.5
	%		27.3	26.5	53.8		69.2	13.1	82.3	14.4	2.8	8.7
Ch17	frq	998	327	294	621	5365	3756	756	4512	8.7	38.9	13.8
	%		32.8	29.5	62.3		70.0	14.1	84.1	11.5	2.6	7.3

〈分析表1〉 会話の比率

Vol.2 全体と各章における会話文（及び地の文）の占める比率

表の縦の列は全体と1章から18章までを表します。othersは分析不可能だったもの、frqは「出現回数」です。横の欄のtypeは「異なり語数＜語の種類＞」、tokenは「総語数」、その下のnrt（narration）の下の数字は「地の文の総語数」、cnv（conversation）の下は会話文の総語数です。

Each Chapter		type			token			type/token		
		all	nrt	cnv	all	nrt	cnv	all	nrt	cnv
All	frq	4561	3806	2388	84993	55077	29916	5.4	6.9	8.0
without Others	%	-	83.4	52.4	-	64.8	35.2	18.6	14.5	12.5
Ch01	frq	761	657	248	2572	1944	628	29.6	33.8	39.5
	%		86.3	32.6		75.6	24.4	3.4	3.0	2.5
Ch02	frq	749	602	302	2879	1777	1102	26.0	33.9	27.4
	%		80.4	40.3		61.7	38.3	3.8	3.0	3.6
Ch03	frq	1017	715	529	4469	2490	1979	22.8	28.7	26.7
	%		70.3	52.0		55.7	44.3	4.4	3.5	3.7
Ch04	frq	1266	1034	535	5743	4006	1737	22.0	25.8	30.8
	%		81.7	42.3		69.8	30.2	4.5	3.9	3.2
Ch05	frq	1184	1044	380	5321	4190	1131	22.3	24.9	33.6
	%		88.2	32.1		78.7	21.3	4.5	4.0	3.0
Ch06	frq	1072	832	502	4548	2892	1656	23.6	28.8	30.3
	%		77.6	46.8		63.6	36.4	4.2	3.5	3.3
Ch07	frq	1088	821	529	4553	2780	1773	23.9	29.5	29.8
	%		75.5	48.6		61.1	38.9	4.2	3.4	3.4
Ch08	frq	1176	979	397	4341	3198	1143	27.1	30.6	34.7
	%		83.2	33.8		73.7	26.3	3.7	3.3	2.9
Ch09	frq	1090	750	619	5118	2602	2516	21.3	28.8	24.6
	%		68.8	56.8		50.8	49.2	4.7	3.5	4.1
Ch10	frq	1147	850	565	5274	3151	2123	21.7	27.0	26.6
	%		74.1	49.3		59.7	40.3	4.6	3.7	3.8
Ch11	frq	1283	1053	513	5976	4079	1897	21.5	25.8	27.0
	%		82.1	40.0		68.3	31.7	4.7	3.9	3.7
Ch12	frq	1194	971	497	5411	3702	1709	22.1	26.2	29.1
	%		81.3	41.6		68.4	31.6	4.5	3.8	3.4
Ch13	frq	1153	927	510	5498	3671	1827	21.0	25.3	27.9
	%		80.4	44.2		66.8	33.2	4.8	4.0	3.6
Ch14	frq	983	773	449	3934	2514	1420	25.0	30.7	31.6
	%		78.6	45.7		63.9	36.1	4.0	3.3	3.2
Ch15	frq	1031	891	349	4605	3471	1134	22.4	25.7	30.8
	%		86.4	33.9		75.4	24.6	4.5	3.9	3.2
Ch16	frq	1099	867	518	5660	3513	2147	19.4	24.7	24.1
	%		78.9	47.1		62.1	37.9	5.2	4.1	4.1
Ch17	frq	1093	778	559	5385	3114	2271	20.3	25.0	24.6
	%		71.2	51.1		57.8	42.2	4.9	4.0	4.1
Ch18	frq	904	609	504	3706	1983	1723	24.4	30.7	29.3
	%		67.4	55.8		53.5	46.5	4.1	3.3	3.4

〈分析表2〉基本語彙の比率

Vol.2 全体と各章の高校1年生までのレベルの語彙の占める比率

表の縦の列は全体と1章から18章までを表します。横の蘭のJHSはJunior High Schoolの省略で、中学レベルで習う単語「中学校学習指導要領」平成3年度版別表の必修語彙リスト、HSはHigh Schoolを省略したもので、英語Ⅰの教科書48社分のテキストをデータベース化して作成された既存の語彙リスト[杉浦リスト]です。J/HSはJHSとHSから作成した基本語彙のリストです。

Each Chapter		type				token				type/token		
		all	JHS	HS	J/HS	all	JHS	HS	J/HS	JHS	HS	J/HS
All	frq	4561	467	720	1187	84993	55567	11256	66823	0.8	6.4	1.8
without Others	%	-	10.2	15.8	26.0	-	65.4	13.2	78.6	119.0	15.6	56.3
Ch01	frq	761	288	193	481	2572	1737	310	2047	16.6	62.3	23.5
	%		37.8	25.4	63.2		67.5	12.1	79.6	6.0	1.6	4.3
Ch02	frq	749	265	200	465	2879	1861	425	2286	14.2	47.1	20.3
	%		35.4	26.7	62.1		64.6	14.8	79.4	7.0	2.1	4.9
Ch03	frq	1017	314	242	556	4469	3033	520	3553	10.4	46.5	15.6
	%		30.9	23.8	54.7		67.9	11.6	79.5	9.7	2.1	6.4
Ch04	frq	1266	338	311	649	5743	3688	750	4438	9.2	41.5	14.6
	%		26.7	24.6	51.3		64.2	13.1	77.3	10.9	2.4	6.8
Ch05	frq	1184	319	284	603	5321	3478	700	4178	9.2	40.6	14.4
	%		26.9	24.0	50.9		65.4	13.2	78.6	10.9	2.5	6.9
Ch06	frq	1072	303	284	587	4548	2990	628	3618	10.1	45.2	16.2
	%		28.3	26.5	54.8		65.7	13.8	79.5	9.9	2.2	6.2
Ch07	frq	1088	309	261	570	4553	2903	589	3492	10.6	44.3	16.3
	%		28.4	24.0	52.4		63.8	12.9	76.7	9.4	2.3	6.1
Ch08	frq	1176	291	278	569	4341	2633	642	3275	11.1	43.3	17.4
	%		24.7	23.6	48.3		60.7	14.8	75.5	9.0	2.3	5.8
Ch09	frq	1090	302	279	581	5118	3386	691	4077	8.9	40.4	14.3
	%		27.7	25.6	53.3		66.2	13.5	79.7	11.2	2.5	7.0
Ch10	frq	1147	306	291	597	5274	3372	732	4104	9.1	39.8	14.5
	%		26.7	25.4	52.1		63.9	13.9	77.8	11.0	2.5	6.9
Ch11	frq	1283	325	315	640	5976	3898	782	4680	8.3	40.3	13.7
	%		25.3	24.6	49.9		65.2	13.1	78.3	12.0	2.5	7.3
Ch12	frq	1194	321	277	598	5411	3563	634	4197	9.0	43.7	14.2
	%		26.9	23.2	50.1		65.8	11.7	77.5	11.1	2.3	7.0
Ch13	frq	1153	323	274	597	5498	3707	715	4422	8.7	38.3	13.5
	%		28.0	23.8	51.8		67.4	13.0	80.4	11.5	2.6	7.4
Ch14	frq	983	292	262	554	3934	2570	524	3094	11.4	50.0	17.9
	%		29.7	26.7	56.4		65.3	13.3	78.6	8.8	2.0	5.6
Ch15	frq	1031	290	262	552	4605	2998	641	3639	9.7	40.9	15.2
	%		28.1	25.4	53.5		65.1	13.9	79.0	10.3	2.4	6.6
Ch16	frq	1099	305	293	598	5660	3906	687	4593	7.8	42.6	13.0
	%		27.8	26.7	54.5		69.0	12.1	81.1	12.8	2.3	7.7
Ch17	frq	1093	291	282	573	5385	3459	782	4241	8.4	36.1	13.5
	%		26.6	25.8	52.4		64.2	14.5	78.7	11.9	2.8	7.4
Ch18	frq	904	271	243	514	3706	2385	504	2889	11.4	48.2	17.8
	%		30.0	26.9	56.9		64.4	13.6	78.0	8.8	2.1	5.6

〈分析表1〉 会話の比率

Vol.3 全体と各章における会話文（及び地の文）の占める比率

表の縦の列は全体と1章から22章までを表します。横の欄のJHSはJunior High Schoolの省略で、中学レベルで習う単語「」frqは「出現回数」です。横の欄のtypeは「異なり語数<語の種類>」、tokenは「総語数」、その下のnrt（narration）の下の数字は「地の文の総語数」、cnv（conversation）の下は会話文の総語数です。

Each Chapter		type			token			type/token		
		all	nrt	cnv	all	nrt	cnv	all	nrt	cnv
All	frq	5181	4502	2630	107583	74085	33581	4.8	6.1	7.8
without Others	%	-	86.9	50.8	-	68.9	31.2	20.8	16.5	12.8
Ch01	frq	969	959	69	3708	3617	91	26.1	26.5	75.8
	%		99.0	7.1		97.5	2.5	3.8	3.8	1.3
Ch02	frq	973	778	390	3873	2708	1165	25.1	28.7	33.5
	%		80.0	40.1		69.9	30.1	4.0	3.5	3.0
Ch03	frq	1061	845	454	4364	2952	1412	24.3	28.6	32.2
	%		79.6	42.8		67.6	32.4	4.1	3.5	3.1
Ch04	frq	1160	980	491	5122	3460	1662	22.6	28.3	29.5
	%		84.5	42.3		67.6	32.4	4.4	3.5	3.4
Ch05	frq	1305	1086	534	6581	4677	1904	19.8	23.2	28.0
	%		83.2	40.9		71.1	28.9	5.0	4.3	3.6
Ch06	frq	1343	1003	656	6704	4259	2446	20.0	23.6	26.8
	%		74.7	48.8		63.5	36.5	5.0	4.2	3.7
Ch07	frq	988	779	468	4252	2727	1525	23.2	28.6	30.7
	%		78.8	47.4		64.1	35.9	4.3	3.5	3.3
Ch08	frq	1192	1004	473	5055	3490	1565	23.6	28.8	30.2
	%		84.2	39.7		69.0	31.0	4.2	3.5	3.3
Ch09	frq	1101	869	531	5262	3444	1818	20.9	25.2	29.2
	%		78.9	48.2		65.5	34.5	4.8	4.0	3.4
Ch10	frq	1472	1089	796	7120	3963	3157	20.7	27.5	25.2
	%		74.0	54.1		55.7	44.3	4.8	3.6	4.0
Ch11	frq	1236	982	542	5584	3618	1966	22.1	27.1	27.6
	%		79.4	43.9		64.8	35.2	4.5	3.7	3.6
Ch12	frq	984	766	491	4790	2869	1921	20.5	26.7	25.6
	%		77.8	49.9		59.9	40.1	4.9	3.7	3.9
Ch13	frq	997	818	398	4258	3086	1172	23.4	26.5	34.0
	%		82.0	39.9		72.5	27.5	4.3	3.8	2.9
Ch14	frq	1194	926	580	5535	3487	2048	21.6	26.6	28.3
	%		77.6	48.6		63.0	37.0	4.6	3.8	3.5
Ch15	frq	1187	1000	459	5482	4084	1398	21.7	24.5	32.8
	%		84.2	38.7		74.5	25.5	4.6	4.1	3.0
Ch16	frq	1074	927	381	4356	3270	1086	24.7	28.3	35.1
	%		86.3	35.5		75.1	24.9	4.1	3.5	2.9
Ch17	frq	867	724	302	4193	3125	1068	20.7	23.2	28.3
	%		83.5	34.8		74.5	25.5	4.8	4.3	3.5
Ch18	frq	591	298	444	2287	755	1532	25.8	39.5	29
	%		50.4	75.1		33.0	67.0	3.9	2.5	3.5
Ch19	frq	963	633	579	5160	2269	2891	18.7	27.9	20
	%		65.7	60.1		44.0	56.0	5.4	3.6	5
Ch20	frq	573	537	99	2022	1808	214	28.3	29.7	46.3
	%		93.7	17.3		89.4	10.6	3.5	3.4	2.2
Ch21	frq	1137	824	622	7235	4240	2995	15.7	19.4	20.8
	%		72.5	54.7		58.6	41.4	6.4	5.1	4.8
Ch22	frq	1050	779	536	4723	2780	1943	22.2	28	27.6
	%		74.2	51.0		58.9	41.1	4.5	3.6	3.6

〈分析表2〉基本語彙の比率

Vol.3 全体と各章の高校1年生までのレベルの語彙の占める比率

表の縦の列は全体と1章から22章までを表します。横の蘭のJHSはJunior High Schoolの省略で、中学レベルで習う単語「中学校学習指導要領」平成3年度版別表の必修語彙リスト、HSはHigh Schoolを省略したもので、英語Ⅰの教科書48社分のテキストをデータベース化して作成された既存の語彙リスト[杉浦リスト]です。J/HSはJHSとHSから作成した基本語彙のリストです。

Each Chapter		type				token				type/token		
		all	JHS	HS	J/HS	all	JHS	HS	J/HS	JHS	HS	J/HS
All	frq	5181	448	740	1188	107583	68855	13682	82537	0.7	5.4	1.4
without Others	%	-	8.6	14.3	22.9	-	64.0	12.7	76.7	153.7	18.5	69.5
Ch01	frq	969	303	249	552	3708	2423	479	2902	12.5	52.0	19.0
	%		31.3	25.7	57.0		65.3	12.9	78.2	8.0	1.9	5.3
Ch02	frq	973	297	222	519	3873	2538	429	2967	11.7	51.7	17.5
	%		30.5	22.8	53.3		65.5	11.1	76.6	8.5	1.9	5.7
Ch03	frq	1061	286	255	541	4364	2773	481	3254	10.3	53.0	16.6
	%		27.0	24.0	51.0		63.5	11.0	74.5	9.7	1.9	6.0
Ch04	frq	1160	319	296	615	5122	3302	615	3917	9.7	48.1	15.7
	%		27.5	25.5	53.0		64.5	12.0	76.5	10.4	2.1	6.4
Ch05	frq	1305	320	307	627	6581	4145	852	4997	7.7	36.0	12.5
	%		24.5	23.5	48.0		63.0	12.9	75.9	13.0	2.8	8.0
Ch06	frq	1343	326	307	633	6704	4248	889	5137	7.7	34.5	12.3
	%		24.3	22.9	47.2		63.4	13.3	76.7	13.0	2.9	8.1
Ch07	frq	988	275	247	522	4252	2669	571	3240	10.3	43.3	16.1
	%		27.8	25.0	52.8		62.8	13.4	76.2	9.7	2.3	6.2
Ch08	frq	1192	313	284	597	5055	3174	680	3854	9.9	41.8	15.5
	%		26.3	23.8	50.1		62.8	13.5	76.3	10.1	2.4	6.5
Ch09	frq	1101	298	285	583	5262	3492	685	4177	8.5	41.6	14.0
	%		27.1	25.9	53.0		66.4	13.0	79.4	11.7	2.4	7.2
Ch10	frq	1472	334	378	712	7120	4560	918	5478	7.3	41.2	13.0
	%		22.7	25.7	48.4		64.0	12.9	76.9	13.7	2.4	7.7
Ch11	frq	1236	302	292	594	5584	3536	681	4217	8.5	42.9	14.1
	%		24.4	23.6	48.0		63.3	12.2	75.5	11.7	2.3	7.1
Ch12	frq	984	303	245	548	4790	3149	594	3743	9.6	41.2	14.6
	%		30.8	24.9	55.7		65.7	12.4	78.1	10.4	2.4	6.8
Ch13	frq	997	278	236	514	4258	2664	562	3226	10.4	42.0	15.9
	%		27.9	23.7	51.6		62.6	13.2	75.8	9.6	2.4	6.3
Ch14	frq	1194	307	319	626	5535	3501	752	4253	8.8	42.4	14.7
	%		25.7	26.7	52.4		63.3	13.6	76.9	11.4	2.4	6.8
Ch15	frq	1187	303	279	582	5482	3318	726	4044	9.1	38.4	14.4
	%		25.5	23.5	49.0		60.5	13.2	73.7	11.0	2.6	6.9
Ch16	frq	1074	281	259	540	4356	2726	551	3277	10.3	47.0	16.5
	%		26.2	24.1	50.3		62.6	12.6	75.2	9.7	2.1	6.1
Ch17	frq	867	256	218	474	4193	2686	559	3245	9.5	39.0	14.6
	%		29.5	25.1	54.6		64.1	13.3	77.4	10.5	2.6	6.8
Ch18	frq	591	228	158	386	2287	1517	280	1797	15.0	56.4	21.5
	%		38.6	26.7	65.3		66.3	12.2	78.5	6.7	1.8	4.7
Ch19	frq	963	275	262	537	5160	3406	632	4038	8.1	41.5	13.3
	%		28.6	27.2	55.8		66.0	12.2	78.2	12.4	2.4	7.5
Ch20	frq	573	199	133	332	2022	1254	244	1498	15.9	54.5	22.2
	%		34.7	23.2	57.9		62.0	12.1	74.1	6.3	1.8	4.5
Ch21	frq	1137	301	298	599	7235	4774	902	5676	6.3	33.0	10.6
	%		26.5	26.2	52.7		66.0	12.5	78.5	15.9	3.0	9.5
Ch22	frq	1050	311	282	593	4723	3045	605	3650	10.2	46.6	16.2
	%		29.6	26.9	56.5		64.5	12.8	77.3	9.8	2.1	6.2

〈分析表1〉 会話の比率

Vol.4 全体と各章における会話文（及び地の文）の占める比率

表の縦の列は全体と1章から37章までを表します。othersは分析不可能だったもの、frqは「出現回数」です。横の欄のtypeは「異なり語数<語の種類>」、tokenは「総語数」、その下のnrt（narration）の下の数字は「地の文の総語数」、cnv（conversation）の下は会話文の総語数です。

Each Chapter		type			token			type/token		
		all	nrt	cnv	all	nrt	cnv	all	nrt	cnv
All	frq	6985	5888	3765	191694	129105	62214	3.6	4.6	6.1
without Others	%	-	84.3	53.9	-	67.3	32.5	27.4	21.9	16.5
Ch01	frq	965	769	420	4189	2786	1403	23.0	27.6	29.9
	%		79.7	43.5		66.5	33.5	4.3	3.6	3.3
Ch02	frq	771	764	46	2863	2790	73	26.9	27.4	63.0
	%		99.1	6.0		97.5	2.5	3.7	3.7	1.6
Ch03	frq	840	809	173	3194	2802	392	26.3	28.9	44.1
	%		96.3	20.6		87.7	12.3	3.8	3.5	2.3
Ch04	frq	813	704	226	2989	2365	624	27.2	29.8	36.2
	%		86.6	27.8		79.1	20.9	3.7	3.4	2.8
Ch05	frq	963	687	493	3804	2189	1615	25.3	31.4	30.5
	%		71.3	51.2		57.5	42.5	4.0	3.2	3.3
Ch06	frq	690	494	352	2369	1351	1018	29.1	36.6	34.6
	%		71.6	51.0		57.0	43.0	3.4	2.7	2.9
Ch07	frq	1254	975	563	5296	3472	1824	23.7	28.1	30.9
	%		77.8	44.9		65.6	34.4	4.2	3.6	3.2
Ch08	frq	1200	1076	377	5855	4769	1086	20.5	22.6	34.7
	%		89.7	31.4		81.5	18.5	4.9	4.4	2.9
Ch09	frq	1258	991	576	7268	4646	2622	17.3	21.3	22.0
	%		78.8	45.8		63.9	36.1	5.8	4.7	4.6
Ch10	frq	872	586	482	3207	1645	1562	27.2	35.6	30.9
	%		67.2	55.3		51.3	48.7	3.7	2.8	3.2
Ch11	frq	904	625	446	3272	1861	1411	27.6	33.6	31.6
	%		69.1	49.3		56.9	43.1	3.6	3.0	3.2
Ch12	frq	1302	1038	558	5493	3887	1606	23.7	26.7	34.7
	%		79.7	42.9		70.8	29.2	4.2	3.7	2.9
Ch13	frq	1104	879	432	3912	2719	1193	28.2	32.3	36.2
	%		79.6	39.1		69.5	30.5	3.5	3.1	2.8
Ch14	frq	1088	889	458	4868	3379	1489	22.4	26.3	30.8
	%		81.7	42.1		69.4	30.6	4.5	3.8	3.3
Ch15	frq	1293	1148	413	5255	4230	1025	24.6	27.1	40.3
	%		88.8	31.9		80.5	19.5	4.1	3.7	2.5
Ch16	frq	1221	967	556	6131	4292	1839	19.9	22.5	30.2
	%		79.2	45.5		70.0	30.0	5.0	4.4	3.3
Ch17	frq	956	690	483	4098	2517	1581	23.3	27.4	30.6
	%		72.2	50.5		61.4	38.6	4.3	3.6	3.3
Ch18	frq	1317	1154	477	6682	5073	1609	19.7	22.7	29.6
	%		87.6	36.2		75.9	24.1	5.1	4.4	3.4
Ch19	frq	1250	1083	459	6408	4717	1691	19.5	23	27.1
	%		86.6	36.7		73.6	26.4	5.1	4.4	3.7
Ch20	frq	1285	1078	510	7130	5169	1961	18	20.9	26
	%		83.9	39.7		72.5	27.5	5.5	4.8	3.8
Ch21	frq	1196	981	496	5613	3512	2101	21.3	27.9	23.6
	%		82.0	41.5		62.6	37.4	4.7	3.6	4.2
Ch22	frq	986	828	400	4475	2975	1500	22	27.8	26.7
	%		84.0	40.6		66.5	33.5	4.5	3.6	3.8
Ch23	frq	1586	1296	642	8194	5899	2295	19.4	22	28
	%		81.7	40.5		72.0	28.0	5.2	4.6	3.6
Ch24	frq	1274	1000	614	6295	3818	2477	20.2	26.2	24.8
	%		78.5	48.2		60.7	39.3	4.9	3.8	4
Ch25	frq	1095	942	414	5579	4098	1481	19.6	23	28
	%		86.0	37.8		73.5	26.5	5.1	4.4	3.6
Ch26	frq	1456	1295	470	8054	6358	1696	18.1	20.4	27.7
	%		88.9	32.3		78.9	21.1	5.5	4.9	3.6
Ch27	frq	1312	1005	701	7040	3911	3129	18.6	25.7	22.4
	%		76.6	53.4		55.6	44.4	5.4	3.9	4.5
Ch28	frq	1391	1100	622	7341	4781	2560	18.9	23	24.3
	%		79.1	44.7		65.1	34.9	5.3	4.3	4.1
Ch29	frq	947	684	496	4341	2442	1899	21.8	28	26.1
	%		72.2	52.4		56.3	43.7	4.6	3.6	3.8
Ch30	frq	1083	773	557	6012	3792	2220	18	20.4	25.1
	%		71.4	51.4		63.1	36.9	5.6	4.9	4
Ch31	frq	1406	1231	519	7967	6081	1886	17.6	20.2	27.5
	%		87.6	36.9		76.3	23.7	5.7	4.9	3.6
Ch32	frq	566	536	50	2020	1951	69	28	27.5	72.5
	%		94.7	8.8		96.6	3.4	3.6	3.6	1.4
Ch33	frq	880	469	600	4050	1546	2504	21.7	30.3	24
	%		53.3	68.2		38.2	61.8	4.6	3.3	4.2
Ch34	frq	641	605	127	2927	2646	281	21.9	22.9	45.2
	%		94.4	19.8		90.4	9.6	4.6	4.4	2.2
Ch35	frq	1065	650	702	5964	2404	3560	17.9	27	19.7
	%		61.0	65.9		40.3	59.7	5.6	3.7	5.1
Ch36	frq	1138	746	690	6217	3354	2863	18.3	22.2	24.1
	%		65.6	60.6		53.9	46.1	5.5	4.5	4.1
Ch37	frq	1051	763	566	4947	2878	2069	21.2	26.5	27.4
	%		72.6	53.9		58.2	41.8	4.7	3.8	3.7

〈分析表2〉 基本語彙の比率

Vol.4 全体と各章の高校1年生までのレベルの語彙の占める比率

表の縦の列は全体と1章から37章までを表します。横の蘭のJHSはJunior High Schoolの省略で、中学レベルで習う単語「中学校学習指導要領」平成3年度版別表の必修語彙リスト、HSはHigh Schoolを省略したもので、英語Ⅰの教科書48社分のテキストをデータベース化して作成された既存の語彙リスト[杉浦リスト]です。J/HSはJHSとHSから作成した基本語彙のリストです。

Each Chapter		type				token				type/token		
		all	JHS	HS	J/HS	all	JHS	HS	J/HS	JHS	HS	J/HS
All without Others	frq	6985	464	816	1280	191694	123503	24337	147840	0.4	3.4	0.9
	%	-	6.6	11.7	18.3	-	64.4	12.7	77.1	266.2	29.8	115.5
Ch01	frq	965	288	254	542	4189	2828	640	3468	10.2	39.7	15.6
	%		29.8	26.3	56.1		67.5	15.3	82.8	9.8	2.5	6.4
Ch02	frq	771	278	177	455	2863	1954	327	2281	14.2	54.1	19.9
	%		36.1	23.0	59.1		68.3	11.4	79.7	7.0	1.8	5.0
Ch03	frq	840	277	217	494	3194	2178	364	2542	12.7	59.6	19.4
	%		33.0	25.8	58.8		68.2	11.4	79.6	7.9	1.7	5.1
Ch04	frq	813	257	192	449	2989	1850	352	2202	13.9	54.5	20.4
	%		31.6	23.6	55.2		61.9	11.8	73.7	7.2	1.8	4.9
Ch05	frq	963	287	233	520	3804	2452	429	2881	11.7	54.3	18.0
	%		29.8	24.2	54.0		64.5	11.3	75.8	8.5	1.8	5.5
Ch06	frq	690	237	164	401	2369	1547	275	1822	15.3	59.6	22.0
	%		34.3	23.8	58.1		65.3	11.6	76.9	6.5	1.7	4.5
Ch07	frq	1254	323	278	601	5296	3342	597	3939	9.7	46.6	15.3
	%		25.8	22.2	48.0		63.1	11.3	74.4	10.3	2.1	6.6
Ch08	frq	1200	294	279	573	5855	3541	783	4324	8.3	35.6	13.3
	%		24.5	23.3	47.8		60.5	13.4	73.9	12.0	2.8	7.5
Ch09	frq	1258	306	297	603	7268	4632	882	5514	6.6	33.7	10.9
	%		24.3	23.6	47.9		63.7	12.1	75.8	15.1	3.0	9.1
Ch10	frq	872	269	198	467	3207	2049	352	2401	13.1	56.3	19.5
	%		30.8	22.7	53.5		63.9	11.0	74.9	7.6	1.8	5.1
Ch11	frq	904	273	219	492	3272	2065	388	2453	13.2	56.4	20.1
	%		30.2	24.2	54.4		63.1	11.9	75.0	7.6	1.8	5.0
Ch12	frq	1302	311	314	625	5493	3421	776	4197	9.1	40.5	14.9
	%		23.9	24.1	48.0		62.3	14.1	76.4	11.0	2.5	6.7
Ch13	frq	1104	292	252	544	3912	2360	536	2896	12.4	47.0	18.8
	%		26.4	22.8	49.2		60.3	13.7	74.0	8.1	2.1	5.3
Ch14	frq	1088	287	273	560	4868	3140	630	3770	9.1	43.3	14.9
	%		26.4	25.1	51.5		64.5	12.9	77.4	10.9	2.3	6.7
Ch15	frq	1293	316	307	623	5255	3320	739	4059	9.5	41.5	15.3
	%		24.4	23.7	48.1		63.2	14.1	77.3	10.5	2.4	6.5
Ch16	frq	1221	317	280	597	6131	3895	792	4687	8.1	35.4	12.7
	%		26.0	22.9	48.9		63.5	12.9	76.4	12.3	2.8	7.9
Ch17	frq	956	269	244	513	4098	2632	529	3161	10.2	46.1	16.2
	%		28.1	25.5	53.6		64.2	12.9	77.1	9.8	2.2	6.2
Ch18	frq	1317	329	320	649	6682	4336	807	5143	7.6	39.7	12.6
	%		25.0	24.3	49.3		64.9	12.1	77.0	13.2	2.5	7.9
Ch19	frq	1250	329	297	626	6408	4253	752	5005	7.7	39.5	12.5
	%		26.3	23.8	50.1		66.4	11.7	78.1	12.9	2.5	8.0
Ch20	frq	1285	319	319	638	7130	4787	906	5693	6.7	35.2	11.2
	%		24.8	24.8	49.6		67.1	12.7	79.8	15.0	2.8	8.9
Ch21	frq	1196	308	292	600	5613	3500	742	4242	8.8	39.4	14.1
	%		25.8	24.4	50.2		62.4	13.2	75.6	11.4	2.5	7.1
Ch22	frq	986	281	240	521	4475	3001	543	3544	9.4	44.2	14.7
	%		28.5	24.3	52.8		67.1	12.1	79.2	10.7	2.3	6.8
Ch23	frq	1586	356	357	713	8194	5244	1039	6283	6.8	34.4	11.3
	%		22.4	22.5	44.9		64.0	12.7	76.7	14.7	2.9	8.8
Ch24	frq	1274	331	312	643	6295	4065	773	4838	8.1	40.4	13.3
	%		26.0	24.5	50.5		64.6	12.3	76.9	12.3	2.5	7.5
Ch25	frq	1095	278	273	551	5579	3482	793	4275	8.0	34.4	12.9
	%		25.4	24.9	50.3		62.4	14.2	76.6	12.5	2.9	7.8
Ch26	frq	1456	329	335	664	8054	5254	995	6249	6.3	33.7	10.6
	%		22.6	23.0	45.6		65.2	12.4	77.6	16.0	3.0	9.4
Ch27	frq	1312	332	323	655	7040	4602	872	5474	7.2	37.0	12.0
	%		25.3	24.6	49.9		65.4	12.4	77.8	13.9	2.7	8.4
Ch28	frq	1391	330	327	657	7341	4581	851	5432	7.2	38.4	12.1
	%		23.7	23.5	47.2		62.4	11.6	74.0	13.9	2.6	8.3
Ch29	frq	947	274	235	509	4341	2933	483	3416	9.3	48.7	14.9
	%		28.9	24.8	53.7		67.6	11.1	78.7	10.7	2.1	6.7
Ch30	frq	1083	301	263	564	6012	3945	707	4652	7.6	37.2	12.1
	%		27.8	24.3	52.1		65.6	11.8	77.4	13.1	2.7	8.2
Ch31	frq	1406	326	350	676	7967	5184	1098	6282	6.3	31.9	10.8
	%		23.2	24.9	48.1		65.1	13.8	78.9	15.9	3.1	9.3
Ch32	frq	566	194	129	323	2020	1301	251	1552	14.9	51.4	20.8
	%		34.3	22.8	57.1		64.4	12.4	76.8	6.7	1.9	4.8
Ch33	frq	880	262	223	485	4050	2491	649	3140	10.5	34.4	15.4
	%		29.8	25.3	55.1		61.5	16.0	77.5	9.5	2.9	6.5
Ch34	frq	641	224	155	379	2927	1894	375	2269	11.8	41.3	16.7
	%		34.9	24.2	59.1		64.7	12.8	77.5	8.5	2.4	6.0
Ch35	frq	1065	297	301	598	5964	3825	883	4708	7.8	34.1	12.7
	%		27.9	28.3	56.2		64.1	14.8	78.9	12.9	2.9	7.9
Ch36	frq	1138	296	291	587	6217	4048	806	4854	7.3	36.1	12.1
	%		26.0	25.6	51.6		65.1	13.0	78.1	13.7	2.8	8.3
Ch37	frq	1051	305	278	583	4947	3332	569	3901	9.2	48.9	14.9
	%		29.0	26.5	55.5		67.4	11.5	78.9	10.9	2.0	6.7

〈分析表1〉 会話の比率

Vol.5 全体と各章における会話文（及び地の文）の占める比率

表の縦の列は全体と1章から38章までを表します。othersは分析不可能だったもの、frqは「出現回数」です。横の欄のtypeは「異なり語数＜語の種類＞」、tokenは「総語数」、その下のnrt（narration）の下の数字は「地の文の総語数」、cnv（conversation）の下は会話文の総語数です。

Each Chapter		type			token			type/token		
		all	nrt	cnv	all	nrt	cnv	all	nrt	cnv
All without Others	frq	8114	6868	4346	258220	170070	88150	3.1	4.0	4.9
	%	-	84.6	53.6	-	65.9	34.1	31.8	24.8	20.3
Ch01	frq	1307	1185	335	5825	4808	1017	22.4	24.6	32.9
	%		90.7	25.6		82.5	17.5	4.5	4.1	3
Ch02	frq	1221	1007	481	6085	3984	2101	20.1	25.3	22.9
	%		82.5	39.4		65.5	34.5	5.0	4.0	4.4
Ch03	frq	1236	1028	451	5258	3909	1349	23.5	26.3	33.4
	%		83.2	36.5		74.3	25.7	4.3	3.8	3
Ch04	frq	1169	797	631	5697	2873	2824	20.5	27.7	22.3
	%		68.2	54.0		50.4	49.6	4.9	3.6	4.5
Ch05	frq	1149	678	685	5388	2403	2985	21.3	28.2	22.9
	%		59.0	59.6		44.6	55.4	4.7	3.5	4.4
Ch06	frq	1417	1061	700	6819	4111	2708	20.8	25.8	25.8
	%		74.9	49.4		60.3	39.7	4.8	3.9	3.9
Ch07	frq	1152	901	457	4596	3353	1243	25.1	26.9	36.8
	%		78.2	39.7		73.0	27.0	4.0	3.7	2.7
Ch08	frq	985	695	515	4242	2322	1920	23.2	29.9	26.8
	%		70.6	52.3		54.7	45.3	4.3	3.3	3.7
Ch09	frq	1436	1112	712	8094	5158	2936	17.7	21.6	24.3
	%		77.4	49.6		63.7	36.3	5.6	4.6	4.1
Ch10	frq	1324	1116	486	5864	4283	1581	22.6	26.1	30.7
	%		84.3	36.7		73	27	4.4	3.8	3.3
Ch11	frq	1304	1121	462	6019	4619	1400	21.7	24.3	33.0
	%		86.0	35.4		76.7	23.3	4.6	4.1	3
Ch12	frq	1582	1269	745	8415	5208	3207	18.8	24.4	23.2
	%		80.2	47.1		61.9	38.1	5.3	4.1	4.3
Ch13	frq	1539	1254	673	8993	5884	3109	17.1	21.3	21.6
	%		81.5	43.7		65.4	34.6	5.8	4.7	4.6
Ch14	frq	1518	1283	627	8120	5598	2522	18.7	22.9	24.9
	%		84.5	41.3		68.9	31.1	5.3	4.4	4
Ch15	frq	1336	1018	649	6890	4048	2842	19.4	25.1	22.8
	%		76.2	48.6		58.8	41.2	5.2	4	4.4
Ch16	frq	1174	938	535	5960	3507	2453	19.7	26.7	21.8
	%		79.9	45.6		58.8	41.2	5.1	3.7	4.6
Ch17	frq	1362	1069	618	6616	4231	2385	20.6	25.3	25.9
	%		78.5	45.4		64	36	4.9	4.0	3.9
Ch18	frq	1372	1106	607	6919	4480	2439	19.8	24.7	24.9
	%		80.6	44.2		64.7	35.3	5.0	4.1	4
Ch19	frq	1328	1110	552	6738	4599	2139	19.7	24.1	25.8
	%		83.6	41.6		68.3	31.7	5.1	4.1	3.9
Ch20	frq	1219	742	749	6041	2621	3420	20.2	28.3	21.9
	%		60.9	61.4		43.4	56.6	5.0	3.5	4.6
Ch21	frq	1450	1187	574	7338	5088	2250	19.8	23.3	25.5
	%		81.9	39.6		69.3	30.7	5.1	4.3	3.9
Ch22	frq	1541	1283	621	8039	5512	2527	19.2	23.3	24.6
	%		83.3	40.3		68.6	31.4	5.2	4.3	4.1
Ch23	frq	1484	1207	624	7458	4915	2543	19.9	24.6	24.5
	%		81.3	42.0		65.9	34.1	5.0	4.1	4.1
Ch24	frq	1535	1218	662	8082	5334	2748	19.0	22.8	24.1
	%		79.3	43.1		66	34	5.3	4.4	4.2
Ch25	frq	1598	1333	639	8129	5659	2470	19.7	23.6	25.9
	%		83.4	40.0		69.6	30.4	5.1	4.2	3.9
Ch26	frq	1540	1273	650	8622	5738	2884	17.9	22.2	22.5
	%		82.7	42.2		66.6	33.4	5.6	4.5	4.4
Ch27	frq	1470	1081	736	7510	4439	3071	19.6	24.4	24.0
	%		73.5	50.1		59.1	40.9	5.1	4.1	4.2
Ch28	frq	1544	1297	590	8059	6027	2032	19.2	21.5	29.0
	%		84.0	38.2		74.8	25.2	5.2	4.6	3.4
Ch29	frq	1418	1116	644	7463	4740	2723	19.0	23.5	23.7
	%		78.7	45.4		63.5	36.5	5.3	4.2	4.2
Ch30	frq	1599	1297	616	8295	5535	2760	19.3	23.4	22.3
	%		81.1	38.5		66.7	33.3	5.2	4.3	4.5
Ch31	frq	1597	1398	526	8003	6248	1755	20.0	22.4	30.0
	%		87.5	32.9		78.1	21.9	5.0	4.5	3.3
Ch32	frq	1233	870	633	6221	3195	3026	19.8	27.2	20.9
	%		70.6	51.3		51.4	48.6	5.0	3.7	4.8
Ch33	frq	916	697	382	3860	2618	1242	23.7	26.6	30.8
	%		76.1	41.7		67.8	32.2	4.2	3.8	3.3
Ch34	frq	1076	1000	233	5227	4484	743	20.6	22.3	31.4
	%		92.9	21.7		85.8	14.2	4.9	4.5	3.2
Ch35	frq	1206	1034	414	7742	6147	1595	15.6	16.8	26.0
	%		85.7	34.3		79.4	20.6	6.4	5.9	3.9
Ch36	frq	878	710	333	3844	2866	978	22.8	24.8	34.0
	%		80.9	37.9		74.6	25.4	4.4	4.0	2.9
Ch37	frq	1350	964	777	8113	4074	4039	16.6	23.7	19.2
	%		71.4	57.6		50.2	49.8	6.0	4.2	5.2
Ch38	frq	1489	1286	545	7636	5452	2184	19.5	23.6	25.0
	%		86.4	36.6		71.4	28.6	5.1	4.2	4

〈分析表2〉基本語彙の比率

Vol.5 全体と各章の高校1年生までのレベルの語彙の占める比率

表の縦の列は全体と1章から38章までを表します。横の蘭のJHSはJunior High Schoolの省略で、中学レベルで習う単語「中学校学習指導要領」平成3年度版別表の必修語彙リスト、HSはHigh Schoolを省略したもので、英語Ⅰの教科書48社分のテキストをデータベース化して作成された既存の語彙リスト[杉浦リスト]です。J/HSはJHSとHSから作成した基本語彙のリストです。

Each Chapter		type				token				type/token			
		all	JHS	HS	J/HS	all	JHS	HS	J/HS	all	JHS	HS	J/HS
All	frq	8114	482	820	1302	258220	169726	32970	202696	3.1	0.3	2.5	0.6
without Others	%	-	5.9	10.1	16.0	-	65.7	12.8	78.5	31.8	352.1	40.2	155.7
Ch01	frq	1307	320	296	616	5825	3845	758	4603	22.4	8.3	39.1	13.4
	%		24.5	22.6	47.1		66.0	13.0	79.0	4.5	12.0	2.6	7.5
Ch02	frq	1221	290	296	586	6085	4032	733	4765	20.1	7.2	40.4	12.3
	%		23.8	24.2	48.0		66.3	12.0	78.3	5.0	13.9	2.5	8.1
Ch03	frq	1236	308	294	602	5258	3460	621	4081	23.5	8.9	47.3	14.8
	%		24.9	23.8	48.7		65.8	11.8	77.6	4.3	11.2	2.1	6.8
Ch04	frq	1169	303	289	592	5697	3863	685	4548	20.5	7.8	42.2	13.0
	%		25.9	24.7	50.6		67.8	12.0	79.8	4.9	12.7	2.4	7.7
Ch05	frq	1149	298	276	574	5388	3569	668	4237	21.3	8.3	41.3	13.5
	%		25.9	24.0	49.9		66.2	12.4	78.6	4.7	12.0	2.4	7.4
Ch06	frq	1417	333	332	665	6819	4432	882	5314	20.8	7.5	37.6	12.5
	%		23.5	23.4	46.9		65.0	12.9	77.9	4.8	13.3	2.7	8.0
Ch07	frq	1152	290	266	556	4596	2805	698	3503	25.1	10.3	38.1	15.9
	%		25.2	23.1	48.3		61.0	15.2	76.2	4.0	9.7	2.6	6.3
Ch08	frq	985	286	225	511	4242	2752	503	3255	23.2	10.4	44.7	15.7
	%		29.0	22.8	51.8		64.9	11.9	76.8	4.3	9.6	2.2	6.4
Ch09	frq	1436	333	347	680	8094	5262	1032	6294	17.7	6.3	33.6	10.8
	%		23.2	24.2	47.4		65.0	12.8	77.8	5.6	15.8	3.0	9.3
Ch10	frq	1324	310	322	632	5864	3703	775	4478	22.6	8.4	41.5	14.1
	%		23.4	24.3	47.7		63.1	13.2	76.3	4.4	11.9	2.4	7.1
Ch11	frq	1304	309	327	636	6019	3988	792	4780	21.7	7.7	41.3	13.3
	%		23.7	25.1	48.8		66.3	13.2	79.5	4.6	12.9	2.4	7.5
Ch12	frq	1582	354	371	725	8415	5473	1158	6631	18.8	6.5	32.0	10.9
	%		22.4	23.5	45.9		65.0	13.8	78.8	5.3	15.5	3.1	9.1
Ch13	frq	1539	345	366	711	8993	6192	1099	7291	17.1	5.6	33.3	9.8
	%		22.4	23.8	46.2		68.9	12.2	81.1	5.8	17.9	3.0	10.3
Ch14	frq	1518	338	389	727	8120	5422	996	6418	18.7	6.2	39.1	11.3
	%		22.3	25.6	47.9		66.8	12.3	79.1	5.3	16.0	2.6	8.8
Ch15	frq	1336	319	326	645	6890	4558	886	5444	19.4	7.0	36.8	11.8
	%		23.9	24.4	48.3		66.2	12.9	79.1	5.2	14.3	2.7	8.4
Ch16	frq	1174	306	280	586	5960	4067	688	4755	19.7	7.5	40.7	12.3
	%		26.1	23.9	50.0		68.2	11.5	79.7	5.1	13.3	2.5	8.1
Ch17	frq	1362	312	333	645	6616	4260	884	5144	20.6	7.3	37.7	12.5
	%		22.9	24.4	47.3		64.4	13.4	77.8	4.9	13.7	2.7	8
Ch18	frq	1372	321	339	660	6919	4620	845	5465	19.8	6.9	40.1	12.1
	%		23.4	24.7	48.1		66.8	12.2	79	5.0	14.4	2.5	8.3
Ch19	frq	1328	314	306	620	6738	4264	883	5147	19.7	7.4	34.7	12.0
	%		23.6	23.0	46.6		63.3	13.1	76.4	5.1	13.6	2.9	8.3
Ch20	frq	1219	304	274	578	6041	3808	643	4451	20.2	8.0	42.6	13.0
	%		24.9	22.5	47.4		63.0	10.6	73.6	5.0	12.5	2.3	7.7
Ch21	frq	1450	333	342	675	7338	4866	928	5794	19.8	6.8	36.9	11.6
	%		23.0	23.6	46.6		66.3	12.6	78.9	5.1	14.6	2.7	8.6
Ch22	frq	1541	348	367	715	8039	5201	1083	6284	19.2	6.7	33.9	11.4
	%		22.6	23.8	46.4		64.7	13.5	78.2	5.2	14.9	3.0	8.8
Ch23	frq	1484	339	333	672	7458	4965	951	5916	19.9	6.8	35.0	11.4
	%		22.8	22.4	45.2		66.6	12.8	79.4	5.0	14.6	2.9	8.8
Ch24	frq	1535	357	363	720	8082	5299	1073	6372	19.0	6.7	33.8	11.3
	%		23.3	23.6	46.9		65.6	13.3	78.9	5.3	14.8	3.0	8.9
Ch25	frq	1598	345	361	706	8129	5395	988	6383	19.7	6.4	36.5	11.1
	%		21.6	22.6	44.2		66.4	12.2	78.6	5.1	15.6	2.7	9.0
Ch26	frq	1540	345	362	707	8622	5867	1069	6936	17.9	5.9	33.9	10.2
	%		22.4	23.5	45.9		68.0	12.4	80.4	5.6	17.0	3.0	9.8
Ch27	frq	1470	327	361	688	7510	4880	1010	5890	19.6	6.7	35.7	11.7
	%		22.2	24.6	46.8		65.0	13.4	78.4	5.1	14.9	2.8	8.6
Ch28	frq	1544	330	262	692	8059	5252	1037	6289	19.2	6.3	34.9	11.0
	%		21.4	23.4	44.8		65.2	12.9	78.1	5.2	15.9	2.9	9.1
Ch29	frq	1418	326	353	679	7463	4944	978	5922	19.0	6.6	36.1	11.5
	%		23.0	24.9	47.9		66.2	13.1	79.3	5.3	15.2	2.8	8.7
Ch30	frq	1599	328	374	702	8295	5270	1042	6312	19.3	6.2	35.9	11.1
	%		20.5	23.4	43.9		63.5	12.6	76.1	5.2	16.1	2.8	9.0
Ch31	frq	1597	361	351	712	8003	5323	941	6264	20.0	6.8	37.3	11.4
	%		22.6	22.0	44.6		66.5	11.8	78.3	5.0	14.7	2.7	8.8
Ch32	frq	1233	293	296	589	6221	4151	738	4889	19.8	7.1	40.1	12.0
	%		23.8	24.0	47.8		66.7	11.9	78.6	5.0	14.2	2.5	8.3
Ch33	frq	916	257	228	485	3860	2516	507	3023	23.7	10.2	45.0	16.0
	%		28.1	24.9	53.0		65.2	13.1	78.3	4.2	9.8	2.2	6.2
Ch34	frq	1076	285	259	544	5227	3446	710	4156	20.6	8.3	36.5	13.1
	%		26.5	24.1	50.6		65.9	13.6	79.5	4.9	12.1	2.7	7.6
Ch35	frq	1206	280	266	546	7742	4867	1050	5917	15.6	5.8	25.3	9.2
	%		23.2	22.1	45.3		62.9	13.6	76.5	6.4	17.4	3.9	10.8
Ch36	frq	878	250	209	459	3844	2436	575	3011	22.8	10.3	36.3	15.2
	%		28.5	23.8	52.3		63.4	15	78.4	4.4	9.7	2.8	6.6
Ch37	frq	1350	331	325	656	8113	5596	1078	6674	16.6	5.9	30.1	9.8
	%		24.5	24.1	48.6		69.0	13.3	82.3	6.0	16.9	3.3	10.2
Ch38	frq	1489	340	350	690	7636	5077	983	6060	19.5	6.7	35.6	11.4
	%		22.8	23.5	46.3		66.5	12.9	79.4	5.1	14.9	2.8	8.8

〈分析表1〉 会話の比率

Vol.6 全体と各章における会話文（及び地の文）の占める比率

表の縦の列は全体と1章から30章までを表します。othersは分析不可能だったもの、frqは「出現回数」です。横の欄のtypeは「異なり語数<語の種類>」、tokenは「総語数」、その下のnrt（narration）の下の数字は「地の文の総語数」、cnv（conversation）の下は会話文の総語数です。

Each Chapter		type			token			type/token		
		all	nrt	cnv	all	nrt	cnv	all	nrt	cnv
All without Others	frq	7053	5676	4066	169907	98559	71348	4.2	5.8	5.7
	%		80.5	57.6		58.0	42.0	24.1	17.4	17.5
Ch01	frq	1124	870	538	5135	3179	1956	21.9	27.4	27.5
	%		77.4	47.9		61.9	38.1	4.6	3.7	3.6
Ch02	frq	1029	613	609	4941	2114	2827	20.8	29.0	21.5
	%		59.6	59.2		42.8	57.2	4.8	3.4	4.6
Ch03	frq	1174	966	454	4742	3363	1379	24.8	28.7	32.9
	%		82.3	38.7		70.9	29.1	4.0	3.5	3.0
Ch04	frq	1353	890	759	6019	2938	3081	22.5	30.3	24.6
	%		65.8	56.1		48.8	51.2	4.4	3.3	4.1
Ch05	frq	1243	865	672	5964	3127	2837	20.8	27.7	23.7
	%		69.6	54.1		52.4	47.6	4.8	3.6	4.2
Ch06	frq	1323	1002	637	5905	3669	2236	22.4	27.3	28.5
	%		75.7	48.1		62.1	37.9	4.5	3.7	3.5
Ch07	frq	1365	1079	601	6587	4106	2481	20.7	26.3	24.2
	%		79.0	44.0		62.3	37.7	4.8	3.8	4.1
Ch08	frq	1070	831	476	4321	2950	1371	24.8	28.2	34.7
	%		77.7	44.5		68.3	31.7	4.0	3.5	2.9
Ch09	frq	1307	1001	659	5917	3572	2345	22.1	28.0	28.1
	%		76.6	50.4		60.4	39.6	4.5	3.6	3.6
Ch10	frq	1303	916	674	6016	3449	2567	21.7	26.6	26.3
	%		70.3	51.7		57.3	42.7	4.6	3.8	3.8
Ch11	frq	1224	948	536	5114	3305	1809	23.9	28.7	29.6
	%		77.5	43.8		64.6	35.4	4.2	3.5	3.4
Ch12	frq	1190	971	492	5403	3434	1969	22.0	28.3	25.0
	%		81.6	41.3		63.6	36.4	4.5	3.5	4.0
Ch13	frq	1154	735	703	5478	2523	2955	21.1	29.1	23.8
	%		63.7	60.9		46.1	53.9	4.7	3.4	4.2
Ch14	frq	1348	1179	446	6512	4983	1529	20.7	23.7	29.2
	%		87.5	33.1		76.5	23.5	4.8	4.2	3.4
Ch15	frq	1262	932	624	5851	3245	2606	21.6	28.7	23.9
	%		73.9	49.4		55.5	44.5	4.6	3.5	4.2
Ch16	frq	1196	758	744	6173	2839	3334	19.4	26.7	22.3
	%		63.4	62.2		46.0	54.0	5.2	3.7	4.5
Ch17	frq	1337	836	833	6411	2905	3506	20.9	28.8	23.8
	%		62.5	62.3		45.3	54.7	4.8	3.5	4.2
Ch18	frq	1383	1147	540	6596	4593	2003	21.0	25.0	27.0
	%		82.9	39.0		69.6	30.4	4.8	4.0	3.7
Ch19	frq	1316	1007	637	6242	3654	2588	21.1	27.6	24.6
	%		76.5	48.4		58.5	41.5	4.7	3.6	4.1
Ch20	frq	1313	824	790	6645	2943	3702	19.8	28.0	21.3
	%		62.8	60.2		44.3	55.7	5.1	3.6	4.7
Ch21	frq	1116	837	582	5765	3189	2576	19.4	26.2	22.6
	%		75.0	52.2		55.3	44.7	5.2	3.8	4.4
Ch22	frq	1242	932	570	5800	3479	2321	21.4	26.8	24.6
	%		75.0	45.9		60.0	40.0	4.7	3.7	4.1
Ch23	frq	1114	474	863	5824	1409	4415	19.1	33.6	19.5
	%		42.5	77.5		24.2	75.8	5.2	3.0	5.1
Ch24	frq	1273	1127	421	5963	4610	1353	21.3	24.4	31.1
	%		88.5	33.1		77.3	22.7	4.7	4.1	3.2
Ch25	frq	1124	800	595	5092	2583	2509	22.1	31.0	23.7
	%		71.2	52.9		50.7	49.3	4.5	3.2	4.2
Ch26	frq	1134	926	460	6335	4418	1917	17.9	21.0	24.0
	%		81.7	40.6		69.7	30.3	5.6	4.8	4.2
Ch27	frq	967	654	514	4530	2340	2190	21.3	27.9	23.5
	%		67.6	53.2		51.7	48.3	4.7	3.6	4.3
Ch28	frq	871	801	197	3611	3167	444	24.1	25.3	44.4
	%		92.0	22.6		87.7	12.3	4.1	4.0	2.3
Ch29	frq	1057	713	623	5543	2586	2957	19.1	27.6	21.1
	%		67.5	58.9		46.7	53.3	5.2	3.6	4.7
Ch30	frq	1193	1025	413	5472	3887	1585	21.8	26.4	26.1
	%		85.9	34.6		71.0	29.0	4.6	3.8	3.8

〈分析表2〉 基本語彙の比率

Vol.6 全体と各章の高校1年生までのレベルの語彙の占める比率

表の縦の列は全体と1章から30章までを表します。横の欄のJHSはJunior High Schoolの省略で、中学レベルで習う単語「中学校学習指導要領」平成3年度版別表の必修語彙リスト、HSはHigh Schoolを省略したもので、英語Ⅰの教科書48社分のテキストをデータベース化して作成された既存の語彙リスト[杉浦リスト]です。J/HSはJHSとHSから作成した基本語彙のリストです。

Each Chapter		type				token				type/token		
		all	JHS	HS	J/HS	all	JHS	HS	J/HS	JHS	HS	J/HS
All	frq	7053	470	794	1264	169907	112349	21736	134085	0.4	3.7	0.9
without Others	%		6.7	11.3	18.0		66.1	12.8	78.9	239.0	27.4	106.1
Ch01	frq	1124	286	276	562	5135	3422	608	4030	8.4	45.4	13.9
	%		25.4	24.6	50.0		66.6	11.8	78.4	12.0	2.2	7.2
Ch02	frq	1029	283	243	526	4941	3364	619	3983	8.4	39.3	13.2
	%		27.5	23.6	51.1		68.1	12.5	80.6	11.9	2.5	7.6
Ch03	frq	1174	299	275	574	4742	3060	607	3667	9.8	45.3	15.7
	%		25.5	23.4	48.9		64.5	12.8	77.3	10.2	2.2	6.4
Ch04	frq	1353	321	352	673	6019	3971	813	4784	8.1	43.3	14.1
	%		23.7	26.0	49.7		66.0	13.5	79.5	12.4	2.3	7.1
Ch05	frq	1243	325	306	631	5964	3999	777	4776	8.1	39.4	13.2
	%		26.1	24.6	50.7		67.1	13.0	80.1	12.3	2.5	7.6
Ch06	frq	1323	326	302	628	5905	3766	734	4500	8.7	41.1	14
	%		24.6	22.8	47.4		63.8	12.4	76.2	11.6	2.4	7.2
Ch07	frq	1365	319	325	644	6587	4257	832	5089	7.5	39.1	12.7
	%		23.4	23.8	47.2		64.6	12.6	77.2	13.3	2.6	7.9
Ch08	frq	1070	279	260	539	4321	2846	550	3396	9.8	47.3	15.9
	%		26.1	24.3	50.4		65.9	12.7	78.6	10.2	2.1	6.3
Ch09	frq	1307	307	298	605	5917	3802	738	4540	8.1	40.4	13.3
	%		23.5	22.8	46.3		64.3	12.5	76.8	12.4	2.5	7.5
Ch10	frq	1303	318	305	623	6016	3910	776	4686	8.1	39.3	13.3
	%		24.4	23.4	47.8		65.0	12.9	77.9	12.3	2.5	7.5
Ch11	frq	1224	307	300	607	5114	3337	633	3970	9.2	47.4	15.3
	%		25.1	24.5	49.6		65.3	12.4	77.7	10.9	2.1	6.5
Ch12	frq	1190	314	281	595	5403	3524	663	4187	8.9	42.4	14.2
	%		26.4	23.6	50.0		65.2	12.3	77.5	11.2	2.4	7.0
Ch13	frq	1154	310	289	599	5478	3746	695	4441	8.3	41.6	13.5
	%		26.9	25.0	51.9		68.4	12.7	81.1	12.1	2.4	7.4
Ch14	frq	1348	316	326	642	6512	4192	825	5017	7.5	39.5	12.8
	%		23.4	24.2	47.6		64.4	12.7	77.1	13.3	2.5	7.8
Ch15	frq	1262	320	294	614	5851	3887	713	4600	8.2	41.2	13.3
	%		25.4	23.3	48.7		66.4	12.2	78.6	12.1	2.4	7.5
Ch16	frq	1196	334	310	644	6173	4204	768	4972	7.9	40.4	13
	%		27.9	25.9	53.8		68.1	12.4	80.5	12.6	2.5	7.7
Ch17	frq	1337	327	326	653	6411	4310	821	5131	7.6	39.7	12.7
	%		24.5	24.4	48.9		67.2	12.8	80.0	13.2	2.5	7.9
Ch18	frq	1383	316	340	656	6596	4279	849	5128	7.4	40	12.8
	%		22.8	24.6	47.4		64.9	12.9	77.8	13.5	2.5	7.8
Ch19	frq	1316	301	329	630	6242	3991	794	4785	7.5	41.4	13.2
	%		22.9	25.0	47.9		63.9	12.7	76.6	13.3	2.4	7.6
Ch20	frq	1313	322	327	649	6645	4530	838	5368	7.1	39	12.1
	%		24.5	24.9	49.4		68.2	12.6	80.8	14.1	2.6	8.3
Ch21	frq	1116	298	278	576	5765	3990	627	4617	7.5	44.3	12.5
	%		26.7	24.9	51.6		69.2	10.9	80.1	13.4	2.3	8.0
Ch22	frq	1242	301	310	611	5800	3780	759	4539	8	40.8	13.5
	%		24.2	25.0	49.2		65.2	13.1	78.3	12.6	2.4	7.4
Ch23	frq	1114	285	270	555	5824	3915	798	4713	7.3	33.8	11.8
	%		25.6	24.2	49.8		67.2	13.7	80.9	13.7	3.0	8.5
Ch24	frq	1273	320	317	637	5963	3942	782	4724	8.1	40.5	13.5
	%		25.1	24.9	50.0		66.1	13.1	79.2	12.3	2.5	7.4
Ch25	frq	1124	301	289	590	5092	3474	647	4121	8.7	44.7	14.3
	%		26.8	25.7	52.5		68.2	12.7	80.9	11.5	2.2	7.0
Ch26	frq	1134	274	284	558	6335	4148	861	5009	6.6	33	11.1
	%		24.2	25.0	49.2		65.5	13.6	79.1	15.1	3.0	9.0
Ch27	frq	967	266	254	520	4530	3050	605	3655	8.7	42	14.2
	%		27.5	26.3	53.8		67.3	13.4	80.7	11.5	2.4	7.0
Ch28	frq	871	247	212	459	3611	2248	517	2765	11	41	16.6
	%		28.4	24.3	52.7		62.3	14.3	76.6	9.1	2.4	6.0
Ch29	frq	1057	283	265	548	5543	3645	775	4420	7.8	34.2	12.4
	%		26.8	25.1	51.9		65.8	14.0	79.8	12.9	2.9	8.1
Ch30	frq	1193	316	330	646	5472	3760	712	4472	8.4	46.3	14.4
	%		26.5	27.7	54.2		68.7	13.0	81.7	11.9	2.2	6.9

〈分析表1〉 会話の比率

Vol.7 全体と各章における会話文（及び地の文）の占める比率

表の縦の列は全体と１章から37章までを表します。othersは分析不可能だったもの、frqは「出現回数」です。横の欄のtypeは「異なり語数＜語の種類＞」、tokenは「総語数」、その下のnrt（narration）の下の数字は「地の文の総語数」、cnv（conversation）の下は会話文の総語数です。

Each Chapter		type			token			type/token		
		all	nrt	cnv	all	nrt	cnv	all	nrt	cnv
All	frq	7460	6290	3863	199625	127691	71934	3.7	4.9	5.4
without Others	%		84.4	51.8		64.0	36.0	26.8	20.3	18.6
Ch01	frq	904	637	406	3131	1938	1193	28.9	32.9	34.0
	%		70.5	44.9		61.9	38.1	3.5	3.0	2.9
Ch02	frq	1152	1011	356	4110	3335	775	28.0	30.3	45.9
	%		87.8	30.9		81.1	18.9	3.6	3.3	2.2
Ch03	frq	860	639	386	3336	2097	1239	25.8	30.5	31.2
	%		74.3	44.9		62.9	37.1	3.9	3.3	3.2
Ch04	frq	1144	910	480	5434	3718	1716	21.1	24.5	28.0
	%		79.5	42.0		68.4	31.6	4.8	4.1	3.6
Ch05	frq	1164	865	573	5921	3535	2386	19.7	24.5	24.0
	%		74.3	49.2		59.7	40.3	5.1	4.1	4.2
Ch06	frq	1330	936	723	6662	3271	3391	20.0	28.6	21.3
	%		70.4	54.4		49.1	50.9	5.0	3.5	4.7
Ch07	frq	1340	982	673	6618	3883	2735	20.2	25.3	24.6
	%		73.3	50.2		58.7	41.3	4.9	4.0	4.1
Ch08	frq	1445	1030	742	6236	3654	2582	23.2	28.2	28.7
	%		71.3	51.3		58.6	41.4	4.3	3.5	3.5
Ch09	frq	988	774	400	4177	2771	1406	23.7	27.9	28.4
	%		78.3	40.5		66.3	33.7	4.2	3.6	3.5
Ch10	frq	1330	1134	493	6676	4440	2236	19.9	25.5	22.0
	%		85.3	37.1		66.5	33.5	5.0	3.9	4.5
Ch11	frq	1276	849	718	5613	2877	2736	22.7	29.5	26.2
	%		66.5	56.3		51.3	48.7	4.4	3.4	3.8
Ch12	frq	1369	1081	589	6123	3947	2176	22.4	27.4	27.1
	%		79.0	43.0		64.5	35.5	4.5	3.7	3.7
Ch13	frq	1278	1113	371	5885	4725	1160	21.7	23.6	32.0
	%		87.1	29.0		80.3	19.7	4.6	4.2	3.1
Ch14	frq	1004	867	340	4266	3194	1072	23.5	27.1	31.7
	%		86.4	33.9		74.9	25.1	4.2	3.7	3.2
Ch15	frq	1402	1043	692	7081	3901	3180	19.8	26.7	21.8
	%		74.4	49.4		55.1	44.9	5.1	3.7	4.6
Ch16	frq	1160	1053	328	5222	4281	941	22.2	24.6	34.9
	%		90.8	28.3		82.0	18.0	4.5	4.1	2.9
Ch17	frq	1141	1026	288	5458	4423	1035	20.9	23.2	27.8
	%		89.9	25.2		81.0	19.0	4.8	4.3	3.6
Ch18	frq	936	814	339	3501	2533	968	26.7	32.1	35.0
	%		87.0	36.2		72.4	27.6	3.7	3.1	2.9
Ch19	frq	1258	1059	462	6774	4774	2000	18.6	22.2	23.1
	%		84.2	36.7		70.5	29.5	5.4	4.5	4.3
Ch20	frq	1127	842	511	4488	2677	1811	25.1	31.5	28.2
	%		74.7	45.3		59.6	40.4	4.0	3.2	3.5
Ch21	frq	1086	613	700	4850	2048	2802	22.4	29.9	25.0
	%		56.4	64.5		42.2	57.8	4.5	3.3	4.0
Ch22	frq	1208	775	747	5889	2744	3145	20.5	28.2	23.8
	%		64.2	61.8		46.6	53.4	4.9	3.5	4.2
Ch23	frq	1334	1085	520	7854	5469	2385	17.0	19.8	21.8
	%		81.3	39.0		69.6	30.4	5.9	5.0	4.6
Ch24	frq	1239	920	624	6777	3942	2835	18.3	23.3	22.0
	%		74.3	50.4		58.2	41.8	5.5	4.3	4.5
Ch25	frq	1024	731	532	4385	2508	1877	23.4	29.1	28.3
	%		71.4	52.0		57.2	42.8	4.3	3.4	3.5
Ch26	frq	1390	1229	406	6879	5616	1263	20.2	21.9	32.1
	%		88.4	29.2		81.6	18.4	4.9	4.6	3.1
Ch27	frq	722	663	185	2650	2155	495	27.2	30.8	37.4
	%		91.8	25.6		81.3	18.7	3.7	3.3	2.7
Ch28	frq	994	665	539	4551	2180	2371	21.8	30.5	22.7
	%		66.9	54.2		47.9	52.1	4.6	3.3	4.4
Ch29	frq	1020	724	526	4579	2292	2287	22.3	31.6	23.0
	%		71.0	51.6		50.1	49.9	4.5	3.2	4.3
Ch30	frq	1109	820	514	4937	2967	1970	22.5	27.6	26.1
	%		73.9	46.3		60.1	39.9	4.5	3.6	3.8
Ch31	frq	1498	1236	599	8020	5703	2317	18.7	21.7	25.9
	%		82.5	40.0		71.1	28.9	5.4	4.6	3.9
Ch32	frq	1125	996	335	5547	4320	1227	20.3	23.1	27.3
	%		88.5	29.8		77.9	22.1	4.9	4.3	3.7
Ch33	frq	1532	1094	778	8258	4615	3643	18.6	23.7	21.4
	%		71.4	50.8		55.9	44.1	5.4	4.2	4.7
Ch34	frq	890	842	157	3892	3496	396	22.9	24.1	39.6
	%		94.6	17.6		89.8	10.2	4.4	4.2	2.5
Ch35	frq	1011	474	744	5019	1597	3422	20.1	29.7	21.7
	%		46.9	73.6		31.8	68.2	5.0	3.4	4.6
Ch36	frq	1387	1138	540	7190	5043	2147	19.3	22.6	25.2
	%		82.0	38.9		70.1	29.9	5.2	4.4	4.0
Ch37	frq	560	408	251	1636	1022	614	34.2	39.9	40.9
	%		72.9	44.8		62.5	37.5	2.9	2.5	2.4

〈分析表2〉 **基本語彙の比率**

Vol.7 全体と各章の高校1年生までのレベルの語彙の占める比率

表の縦の列は全体と1章から37章までを表します。横の蘭のJHSはJunior High Schoolの省略で、中学レベルで習う単語「中学校学習指導要領」平成3年度版別表の必修語彙リスト、HSはHigh Schoolを省略したもので、英語Ⅰの教科書48社分のテキストをデータベース化して作成された既存の語彙リスト[杉浦リスト]です。J/HSはJHSとHSから作成した基本語彙のリストです。

Each Chapter		type				token					
		all	JHS	HS	J/HS	all	JHS	HS	J/HS	p.noun	known
All without Others	frq	7460	482	789	1271	199625	131225	24508	155733	14287	170020
	%		6.5	10.6	17.0		65.7	12.3	78.0	7.2	85.2
Ch01	frq	904	255	210	465	3131	2020	386	2406	187	2593
	%		28.2	23.2	51.4		64.5	12.3	76.8	6.0	82.8
Ch02	frq	1152	307	268	575	4110	2663	521	3184	227	3411
	%		26.6	23.3	49.9		64.8	12.7	77.5	5.5	83.0
Ch03	frq	860	262	219	481	3336	2183	405	2588	288	2876
	%		30.5	25.5	55.9		65.4	12.1	77.6	8.6	86.2
Ch04	frq	1144	296	253	549	5434	3485	631	4116	367	4483
	%		25.9	22.1	48.0		64.1	11.6	75.7	6.8	82.5
Ch05	frq	1164	295	286	581	5921	3865	731	4596	529	5125
	%		25.3	24.6	49.9		65.3	12.3	77.6	8.9	86.6
Ch06	frq	1330	329	319	648	6662	4442	786	5228	504	5732
	%		24.7	24.0	48.7		66.7	11.8	78.5	7.6	86.0
Ch07	frq	1340	328	320	648	6618	4410	730	5140	595	5735
	%		24.5	23.9	48.4		66.6	11.0	77.7	9.0	86.7
Ch08	frq	1445	343	327	670	6236	3886	766	4652	615	5267
	%		23.7	22.6	46.4		62.3	12.3	74.6	9.9	84.5
Ch09	frq	988	267	256	523	4177	2735	542	3277	273	3550
	%		27.0	25.9	52.9		65.5	13.0	78.5	6.5	85.0
Ch10	frq	1330	333	312	645	6676	4421	763	5184	481	5665
	%		25.0	23.5	48.5		66.2	11.4	77.7	7.2	84.9
Ch11	frq	1276	319	315	634	5613	3665	676	4341	444	4785
	%		25.0	24.7	49.7		65.3	12.0	77.3	7.9	85.2
Ch12	frq	1369	330	330	660	6123	3919	806	4725	400	5125
	%		24.1	24.1	48.2		64.0	13.2	77.2	6.5	83.7
Ch13	frq	1278	304	299	603	5885	3638	820	4458	427	4885
	%		23.8	23.4	47.2		61.8	13.9	75.8	7.3	83.0
Ch14	frq	1004	279	248	527	4266	2854	512	3366	285	3651
	%		27.8	24.7	52.5		66.9	12.0	78.9	6.7	85.6
Ch15	frq	1402	332	331	663	7081	4652	842	5494	529	6023
	%		23.7	23.6	47.3		65.7	11.9	77.6	7.5	85.1
Ch16	frq	1160	318	276	594	5222	3569	651	4220	310	4530
	%		27.4	23.8	51.2		68.3	12.5	80.8	5.9	86.7
Ch17	frq	1141	302	277	579	5458	3703	686	4389	259	4648
	%		26.5	24.3	50.7		67.8	12.6	80.4	4.7	85.2
Ch18	frq	936	277	229	506	3501	2354	428	2782	245	3027
	%		29.6	24.5	54.1		67.2	12.2	79.5	7.0	86.5
Ch19	frq	1258	305	303	608	6774	4610	806	5416	345	5761
	%		24.2	24.1	48.3		68.1	11.9	80.0	5.1	85.0
Ch20	frq	1127	301	270	571	4488	2939	513	3452	335	3787
	%		26.7	24.0	50.7		65.5	11.4	76.9	7.5	84.4
Ch21	frq	1086	306	261	567	4850	3210	564	3774	321	4095
	%		28.2	24.0	52.2		66.2	11.6	77.8	6.6	84.4
Ch22	frq	1208	309	299	608	5889	3873	684	4557	449	5006
	%		25.6	24.8	50.3		65.8	11.6	77.4	7.6	85.0
Ch23	frq	1334	303	291	594	7854	5008	948	5956	694	6650
	%		22.7	21.8	44.5		63.8	12.1	75.8	8.8	84.7
Ch24	frq	1239	305	326	631	6777	4556	774	5330	486	5816
	%		24.6	26.3	50.9		67.2	11.4	78.6	7.2	85.8
Ch25	frq	1024	293	251	544	4385	2926	507	3433	335	3768
	%		28.6	24.5	53.1		66.7	11.6	78.3	7.6	85.9
Ch26	frq	1390	298	321	619	6879	4292	848	5140	489	5629
	%		21.4	23.1	44.5		62.4	12.3	74.7	7.1	81.8
Ch27	frq	722	237	187	424	2650	1823	352	2175	119	2294
	%		32.8	25.9	58.7		68.8	13.3	82.1	4.5	86.6
Ch28	frq	994	306	245	551	4551	3193	497	3690	245	3935
	%		30.8	24.6	55.4		70.2	10.9	81.1	5.4	86.5
Ch29	frq	1020	284	253	537	4579	3133	485	3618	372	3990
	%		27.8	24.8	52.6		68.4	10.6	79.0	8.1	87.1
Ch30	frq	1109	287	286	573	4937	3177	689	3866	397	4263
	%		25.9	25.8	51.7		64.4	14.0	78.3	8.0	86.3
Ch31	frq	1498	321	342	663	8020	5141	1056	6197	641	6838
	%		21.4	22.8	44.3		64.1	13.2	77.3	8.0	85.3
Ch32	frq	1125	279	255	534	5547	3531	713	4244	378	4622
	%		24.8	22.7	47.5		63.7	12.9	76.5	6.8	83.3
Ch33	frq	1532	342	367	709	8258	5485	1004	6489	621	7110
	%		22.3	24.0	46.3		66.4	12.2	78.6	7.5	86.1
Ch34	frq	890	267	235	502	3892	2704	531	3235	212	3447
	%		30.0	26.4	56.4		69.5	13.6	83.1	5.4	88.6
Ch35	frq	1011	285	267	552	5019	3475	666	4141	250	4391
	%		28.2	26.4	54.6		69.2	13.3	82.5	5.0	87.5
Ch36	frq	1387	315	318	633	7190	4611	1002	5613	494	6107
	%		22.7	22.9	45.6		64.1	13.9	78.1	6.9	84.9
Ch37	frq	560	224	127	351	1636	1074	187	1261	139	1400
	%		40.0	22.7	62.7		65.6	11.4	77.1	8.5	85.6

著者紹介

クリストファー・ベルトン
Christopher Belton（1955-2024）

1955年ロンドンに生まれる。1978年に来日して以来、途中帰国した4年間を除き、日本在住。1991年以降はフリーランスのライターおよび翻訳家として活躍。

1997年には処女作、*Crime Sans Frontiéres*（ブッカー賞ノミネート作品）が英国で出版され、小説家としてのデビューを果たす。ほかにも2003年、日本を舞台にした*Isolation*、*Nowhere to Run*などがある。

また、翻訳家としてもフィクションおよびノンフィクションの幅広い分野で多数の翻訳を手がけた。訳書としては人気の絵本「バムとケロ」シリーズ（文溪堂刊）の英訳などがある。

「ハリー・ポッターが英語で楽しく読めるシリーズ」（小社刊）は、Vol.1からVol.8までのすべてを手がけている。

決定版

「ハリー・ポッター」が英語で楽しく読める本

2024年7月15日　第1版第1刷発行

著者：Christopher Belton
翻訳：速見陶子、渡辺順子
データ分析・記事：長沼君主

編集協力：渡辺順子

装丁：B.C.（稲野 清、金川道子）
表紙・本文イラスト：古瀬 稔

発行人：坂本由子
発行所：コスモピア株式会社
〒151-0053 東京都渋谷区代々木4-36-4 MCビル2F
営業部：Tel: 03-5302-8378 email: mas@cosmopier.com
編集部：Tel: 03-5302-8379 email: editorial@cosmopier.com

https://www.cosmopier.com/（会社・出版物案内）
https://e-st.cosmopier.com/（コスモピア eステーション）
https://kids-ebc.com（子ども英語ブッククラブ）

印刷：シナノ印刷株式会社

本書についてのご意見・ご感想は右のQRコードからどうぞ。

電子版の使い方

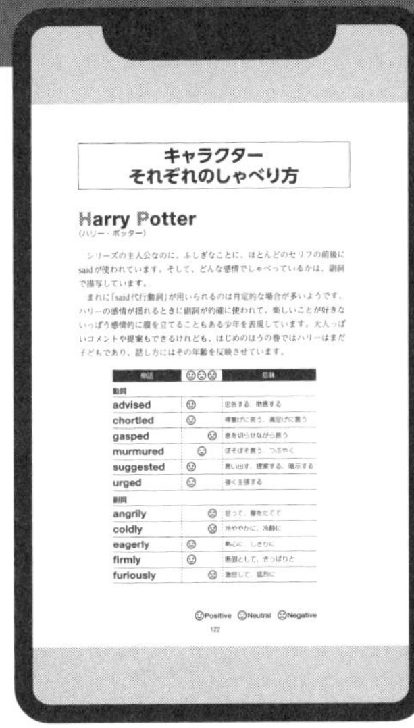

本書購入者は
無料でご使用いただけます！
本書がそのままスマホでも
読めます。

電子版ダウンロードには
クーポンコードが必要です

詳しい手順は下記をご覧ください。
右下の QR コードからもアクセスが可能です。

電子版：無料引き換えコード
CB55y4

★クーポンコードをご利用いただけるのは 1 回のみです。

ブラウザベース（HTML5 形式）でご利用いただけます。

★クラウドサーカス社 ActiBook電子書籍です。

●対応機種

- PC（Windows/Mac）
- iOS（iPhone/iPad）
- Android（タブレット、スマートフォン）

電子版ご利用の手順

❶コスモピア・オンラインショップにアクセスしてください。（無料ですが、会員登録が必要です）
https://www.cosmopier.net/

❷ログイン後、カテゴリ「電子版」のサブカテゴリ「書籍・英語」をクリックしてください。

❸本書のタイトルをクリックし、「カートに入れる」をクリックしてください。

❹「カートへ進む」→「レジに進む」と進み、「クーポンを変更する」をクリック。

❺「クーポン」欄に本ページにある無料引き換えコードを入力し、「登録する」をクリックしてください。

❻ 0 円になったのを確認して、「注文する」をクリックしてください。

❼ご注文を完了すると、「マイページ」に電子書籍が登録されます。